講談社文庫

ACT《アクト》

警視庁特別潜入捜査班

矢月秀作

JN177677

講談社

目次

ACT《アクト》

警視庁特別潜入捜査班

プロローグ

小玉茂《こだましげる》は、五十メートルほど離れた公園の木陰から古びた一軒家の軒先《のきさき》を見つめていた。

八田部春恵《やたべはるえ》という七十過ぎの女性が独《ひと》りで暮らしている。小玉の目的は、八田部春恵から三百万円の現金を受け取ることだった。

周囲に視線を這《は》わせる。住宅街に不似合いな人物はいないか。不審な車は停まっていないか。妙な緊張感は漂《ただよ》っていないか。五感を駆使して状況を探る。真新しいスーツの下のワイシャツは汗で湿っていた。

これまでに七人の老男老女から金を受け取った。その額は一千万円以上になる。中には裕福な老人もいたが、ほとんどは老後のために蓄えたなけなしの生活資金を吐き出し、我が子の窮地を救おうとする人たちだった。

金を受け取る際、しくりと胸の奥が痛む。できれば、こんなことはしたくない。詐《さ》欺《ぎ》だと名乗り、騙《だま》されないようにと諭《さと》してあげたい。

が、それはできない。

命じられた金額を詐取《さしゅ》できなければ、自分の身が滅んでしまう。

先週、三十七歳になった。もうすぐ四十の声を聞こうという大の男なのに、定職もなければ貯金もない。あるのは、五百万円を超える借金のみ。

もとより夢も希望もなかったが、金で命を落とすのは忍びない。何一ついいことのなかった人生だが、せめて最後は自分の生活を取り戻して朽ち果てたい。

そのために、人生の先輩方の力をほんの少し貸してもらうだけ。

小玉は汗ばんだ手を何度も何度も握り、自身にそう言い聞かせた。

腕時計に目を落とした。現場に到着して十分が経っていた。そろそろ約束の時刻になる。

舞い落ちる桜の花びらが目の前をよぎった。

小玉はネクタイを締め直して大きく深呼吸をし、右脚を踏み出した。

ゆっくりと家に近づいていく。顔は前に向けたままだ。周りを必要以上に見回せば、挙動不審に映り、かえって疑われる。黒目だけを動かし、周囲に神経を尖《とが》らせつつ、八田部春恵の家の玄関前まで進んだ。

ドア前で周囲を見やった。人の気配は感じない。

意を決して、呼び鈴を押した。ドアの向こうからチャイムの音が聞こえた。まもなく足音が近づき、ドアが開いた。

　顔を覗《のぞ》かせたのは、小柄な老女だった。腰が曲がり、目尻や口元には深い皺《しわ》が刻まれている。優しい目をした女性だった。

　胸の奥がしくりと疼《うず》いた。

　小玉は、罪悪感を飲み込むように満面の笑みを浮かべた。

「八田部さんのお母さんですか？」

「……ナガエさん？」

「はい。八田部さんにはいつもお世話になっております」

　小玉は深々と頭を下げた。

　春恵は小玉の背後を見やった。小玉は春恵の視線を追った。誰もいない。

「こちらへ……」

　春恵は小声で玄関内へ招いた。

「失礼します」

　会釈をし、中へ入る。

　玄関先から春恵越しに廊下の奥を覗く。左右にあるドアは閉まっている。人はいなさそうだ。

　あとは、金を受け取って去るだけ……。

「早速ですが、先輩から預かってきてほしいと頼まれた〝書類〟を」

小玉が切り出した。

金を受け取ることはわかっているが、物《ブツ》を受け取る際は必ず〝書類〟と言うようにと含められていた。万が一、逮捕された時にシラを切るためだ。

「こちらです」

春恵は靴箱の上に置いていた茶封筒を取り、小玉に差し出した。

小玉は両手を伸ばし受け取った。指で厚みを確かめる。数センチの束がぎっしりと詰まっている。小玉は胸中でほくそ笑んだ。

「ありがとうございます。確かに受け取りました」

一礼をして背を向け、ドアノブに手をかけた。

瞬間、背後がざわっとした。

振り返る。

廊下の両脇のドアが一斉に開いた。スーツに身を包んだ男たちが迫ってくる。

小玉はドアを押し開いた。表へ駆け出ようとする。

目の前には人の壁があった。何人いるのかわからない。小玉を囲んだ男たちは大挙して襲いかかってきた。

腕を摑《つか》まれ、引き倒された。玄関のタイルに顔面を打ちつけた。額が割れ、鼻から血が流れ出る。髪の毛を毟《むし》られた。喚《わめ》くことすらできない。

腕を後ろにねじ上げられた。硬く冷たい輪が両手首を拘束した。

「ナガエ！　詐欺及び窃盗の現行犯で逮捕する！」

男の鋭い声が耳管《じかん》を揺るがせた。

逮捕、という言葉が脳裏に響く。腹の奥から現実感が湧いてきて、口唇が震えた。

いつの日か、人生最悪の時が来ることはわかっていた。

わかっていたが、何度も詐取に成功しているうちに、ひょっとしてこのまま捕まらずにやり過ごせるのではないだろうかという願望を含んだ慢心が芽生えていた。

その過信を突かれた。

これほどの警察官が待機しているのに気づかなかった。

彼らが巧みに気配を消していたとしても、自分に油断があったことは否めない。

終わった……という言葉だけが、胸に去来していた。

第1章

1

下北沢《しもきたざわ》の古びたビルの三階にある稽古場《けいこば》では、津々見清《つつみきよし》が主宰する劇団〈つつみんシアター〉の立ち稽古が行なわれていた。

田宮一郎《たみやいちろう》は、茶色い全身タイツに身を包み、緑色のアフロのカツラを被《かぶ》っていた。タイツに包まれた腹は、ぽっこりと膨《ふく》らんでいる。

今回の演目は、環境破壊と森林再生をテーマとした内容だった。演者はみな、森の動植物の何かに扮《ふん》している。

奥の長テーブルには津々見が鎮座していた。今年四十五歳になる。ジージャンにジーパンという出で立ちで蚊とんぼのように細く、顔はカマキリのようだ。一時は大手劇団に所属し、大きい舞台やテレビドラマに出演したらしいが、本当のところはよくわからない。

つつみんシアターは、津々見が四十歳の時に設立した劇団だ。田宮は、劇団創設時から劇団員として参加している。

劇団の芝居の評価は悪くないが、一般ウケは見込めない演目ばかりで、創立から五年、いまだ小劇団としてくすぶっていた。

中央では、桜井由里子《さくらいゆりこ》と他の役者が淀《よど》みない掛け合いを続けている。桜井由里子は二十五歳になるつつみんシアターの看板女優だ。小柄でくるりとした瞳が印象的な童顔の女性だが、清純な役から狂気に満ちた役まで幅広くこなす。津々見が経営しているプロダクションに所属し、テレビドラマや大手劇場での舞台に呼ばれることもある。つつみんシアターの経営は、彼女の稼ぎに支えられている部分も大きい。

由里子はルリカケスを模《も》したドレスに身を包み、頭には鳥を表現した前後に長い帽子を被っている。奇天烈《きてれつ》な格好だが、由里子が着るとそれも艶《あで》やかに映った。

一方、田宮は見た目通り〝森の樹《き》〟の役を与えられていた。劇中盤でルリカケスを呼びに行くだけの役だ。あとは、舞台のにぎやかしとなるだけ。それでも、久しぶりにセリフ付きの役を与えられ、緊張していた。

劇は滞りなく進み、中盤に差しかかった。いよいよ出番が近づいてきた。田宮は壁際に立ち、ペットボトルの水で乾いた口を何度も湿らせ、脚本を睨《にら》んでいた。

「はい、樹！」

津々見の声が飛んだ。

田宮は口に含んでいた水を喉に詰まらせ、咳き込んだ。ペットボトルを足下に落とす。弛《ゆる》んでいた蓋《ふた》が外れ、水が四散した。その上に脚本を落とす。脚本が濡れ、紙がふやけた。

「ああ……」

あわてて、近くにあったタオルを取り、拭おうとする。

「何やってんだ！　早く出ろ！」

津々見の怒声が響く。

田宮はタオルを放り投げ、おたおたしながらも中央に出た。由里子の脇に立つ。

由里子は唇を少しだけ動かして、囁《ささや》いた。

「田宮君、落ち着いて」

田宮は頷《うなず》き、大きく息を吸った。由里子を見やる。

「リルカケスさん！　森の奥で僕のなかまが斬られてるんす！」

上擦《うわず》った声で叫んだ。緊張しすぎて、自分が何を口にしたのかわかっていなかった。

「ストップ！」

津々見が怒鳴る。まもなく、脚本が飛んできた。

脚本の角が額にぶつかり、田宮は顔をしかめた。

「おまえ、たった一行のセリフも言えないのか！」

「言えたと思うんですけど……」

「言えただと？」

津々見が気色《けしき》ばむ。次はペットボトルが飛んできた。水が半分ほど入ったペットボトルが、田宮のぽってりとした腹にめり込む。

田宮は息を詰めて、その場にうずくまった。

「大丈夫、田宮君！」

由里子が屈《かが》んで、二の腕に手を添える。甘やかな香りが田宮の鼻腔《びこう》をくすぐった。

「リルカケスとかなまかってのは何なんだよ！　え！」

津々見に言われ、顔を上げた。由里子以外の役者が笑いを堪《こら》え、肩を揺らしている。

そこで初めて、自分が言い間違えたことに気づいた。

正しくは、〝ルリカケスさん！　森の奥で僕の仲間が斬られているんです！〟というセリフだった。

「斬られてるんす、てのは何なんだ？　おまえはそこいらのチンピラか！」

津々見の指摘を聞いていた他の役者が堪えきれず、笑声を漏らした。

田宮は腹をさすりつつ、立ち上がった。

「すみません。もう一度、お願いします！」

深々と頭を下げる。

と、ドアが開いた。くたびれたスーツに身を包んだ、髪がボサボサで大柄の壮年男性が顔を覗かせていた。ドア近くにいた劇団員が駆け寄る。二言三言かわし、津々見の下に駆け寄ってくる。

「津々見さん。田宮のおじさんが来ていますけど」

「また、あいつか……」

津々見がドアに目を向けた。席を立ち、ドアに近づく。

壮年男は首を突き出したまま、会釈《えしやく》をした。田宮もドアに駆け寄る。津々見は冷ややかに男を見据《みす》えた。

「今、稽古中なんだけどね」

「すみません。急用だったもので」

愛想笑いを浮かべる。

「おじさん、何？」

田宮が訊《き》いた。

「いや、これからいつもの行商に出るんでね。手伝ってもらえないかと思って」

「今、立ち稽古中なんだ。それに、二週間後に公演があるんだよね。今回は、ちょっと無理かな」

田宮が言う。

と、津々見が口を開いた。

「いいぞ」

「えっ」

津々見を見やる。

「行商を手伝ってこい」

「いや、でも、公演が……」

「おまえ、降板《クビ》」

津々見は田宮のカツラを取った。田宮が手を伸ばす。津々見はその手を払った。

「ついでに、もう戻ってこなくていいぞ」

「そんな……」

「おまえ、役者の才能がないんだよ。死んだ名優と一字違いの偉そうな名前をしているが、才能は雲泥《うんでい》の差だ。この機会に、行商しながら今後の身の振り方を考えたらどうだ？」

「僕はここで役者を続けたいんです。お願いします」

頭を下げる。

が、津々見の目は冷たかった。津々見は男に目を向けた。

「あんたもだ。古川《ふるかわ》さんだっけ？　また、田舎町で羽毛布団だかなんだかを押し売りする行商に出るんだろう？　いい加減に地に足の付いた生き方をしたらどうだ。ろくな死に方しないぞ」

高慢な口ぶりで言い放つ。

男の太い眉の尻が上がった。顔を伏せる。

「おまえに言われたくはないな」

小声で呟《つぶや》いた。

「何か言ったか？」

津々見が問う。

男はすぐに顔を上げ、笑みを作った。

「忠言、ありがとうございます。いやしかし、この歳になると新しい仕事を探すと言っても難しいもんでしてね。いやはやなんともですな」

煙に巻くような言葉を返す。

津々見は不愉快そうに奥歯を嚙む。

「眉も太いし、無駄に眼光も鋭いし。そんなのでよく行商なんかできるもんだな。客商売を続けたいなら、もう少し愛想良くしたらどうだ？」

「これでも愛想はいい方だと思うんですけどねえ」

男が津々見を見据える。

「ほら、その目だ。他人にちょっと何か言われたからって、不機嫌ありありの目の色を覗かせてどうするんだ。まったく、あんたも田宮もうちの新人以上に使えない」

「そりゃどうも、すみませんね」

男は思いきり笑みを浮かべた。眦《まなじり》がひくひくと引きつっている。

津々見は鼻を鳴らし、田宮を見た。

「田宮。さっさと着替えて出て行け。しばらく戻ってこなくていいぞ」

そう言い、背を向け、奥の長テーブルへ戻った。

田宮は肩を落とし、隣の更衣室へ向かった。男が見送る。

全身タイツを脱いで、長袖のポロシャツとジーパンに着替える。カバンを肩に掛け、ドアを開ける。と、由里子が待っていた。

「田宮君」

「由里子さん、ごめんなさい。今回は出られなくなっちゃった。せっかく、由里子さんのおススメでセリフ付きの役をもらったのに」

田宮が目を潤《うる》ませる。

由里子は首を横に振った。

「今日は調子が悪かっただけ。気にしないこと。津々見さんもひどいことを言ってたけど、本当は戻って来てほしがっていると思うの。田宮君は起《た》ち上げからのメンバーなんだし。だから、お仕事終わったら――」

「わかってます。僕は辞める気ありませんから」

田宮が微笑《ほほえ》む。

「よかった」

由里子は頰を綻《ほころ》ばせた。

由里子もまた、創設時からの劇団員だった。メンバーが十名ほどしかいなかった頃から、みなで協力し合って劇団を盛り上げてきた。

創設時のメンバーの半分はつつみんシアターを去ったが、残った役者は田宮以外みな、メインを張っている。

田宮にも何度かチャンスは与えられた。しかし、極度のあがり症の田宮はセリフを嚙んだり忘れたり、出番を間違ったりと散々だった。

次第に端役に回され、今はセリフのないエキストラ役がほとんどだ。

創設時の仲間や新入りの役者たちは、あまりに不甲斐ない田宮を見限り、ただの同期や先輩として接するだけだが、由里子だけは何度となく田宮にチャンスを与えるよう、津々見に掛け合ってくれていた。

津々見はもう、田宮を主役として使う気はさらさらないが、稼ぎ頭の由里子に言われては、にべもなく断わるわけにもいかない。

おかげで、時々セリフ付きの役をもらうが、うまくいったためしがない。

由里子には迷惑をかけっぱなしで申し訳なく思う。けど、失敗を続ける田宮に由里子は優しい。

由里子が田宮の何かに期待しているのか、それとも元々優しいだけなのかはわからないが、田宮はいつも由里子の温かさに救われていた。

「二週間後の公演、がんばってくださいね」

田宮が言う。

「田宮君も、お仕事がんばって」

そう言う由里子に笑顔を向ける。

田宮は男と共に稽古場を去った。

2

田宮は、古川が運転する白いワゴンの助手席に乗っていた。車は、首都高速3号渋《しぶ》谷《や》線を東へ進んでいた。

「それにしても、あの津々見という男は毎度毎度いけ好かないな」

古川が口角を下げる。

「公演前でキリキリしているだけです。普段は、僕らを食事に連れて行ってくれたりするし。悪い人じゃないんですよ。許してあげてください」

田宮は苦笑し、眉尻を下げた。

「しかし、君も君だ。あんな男に言われっぱなしで悔しくないのか？　USTイチの名優と謳《うた》われる君なら、あんな小劇団でくすぶっている役者など目でもないだろうに」

「そうでもないんですよ。表の舞台だと、とんでもなく緊張してしまって、いつもしどろもどろになってしまうんです。自分でも不思議なんですけどね」

「君は表舞台で役者として活躍するつもりがあるのか？」

「そういう気はありません。僕はつつみんシアターにいたいだけです」

「なあ、田宮。そろそろUSTの仕事一本に絞ったらどうだ。それだけの報酬は出しているると思うが」

「金の問題じゃないんです。僕にとって、つつみんシアターは、表で唯一〝人〟としていられる場所ですから」

そう言い、フロントガラスの先に視線を投げる。

田宮は、古川誠明《まさあき》警視長が率いる警視庁特別潜入捜査班〈UST＝Undercover investigation special team〉の専門捜査官だった。

USTは、巧妙化する組織犯罪に対処するため、当時の井岡貢《いおかみつぐ》警視総監の肝いりで六年前に設立された潜入捜査専門の極秘部署だ。本部はお台場《だいば》にある。

古川は、現在五十七歳。以前は、警視庁の組織犯罪対策部の部長を務めていた男だ。大柄で眉毛が太く、目鼻立ちがはっきりしている。体格と顔つきは、犯罪者を威圧するには十分な迫力を持っている。

その古川が井岡警視総監の命を受け、UST設立に携わったのが七年前。組織犯罪対策部部長の肩書を捨て、表向きには閑職に異動し、裏でUSTの起ち上げに奔走《ほんそう》した。

田宮は現在二十六歳。UST創設時からのメンバーだ。

高校を卒業した一年後、警察学校へ入校した。そのまま警察官になるつもりだったが、当時、潜入専門捜査官の人材選定をしていた古川の目に留まり、引き抜かれた。

田宮はいったん、警察学校を退学したように見せかけ、その後、お台場にある〈スタジオUST〉で、潜入捜査官となる様々な訓練を受け、一年後、UST起ち上げと同時に捜査官としての活動を始めた。

USTに所属する潜入捜査官は司法警察員の肩書を持っている。田宮のように警察学校時代に引き抜かれた者もいれば、すでに警察官として働いていた者もいる。

潜入捜査官となった者は、その後一年、USTで専門教育を受ける。

その訓練は俳優養成のレッスンに近い。発声方法から心理に応じた表情の作り方など。セレブから底辺に生きる人間まで、様々な役に対応できる総合基礎訓練を受ける。

普通の俳優養成と違うのは、格闘訓練があることだ。

潜入捜査官は、いったん警察のデータベースからは履歴を抹消されるが、肩書は司法警察員だ。緊急時にはその場で逮捕できる権限を有する。

また、潜入先で危険が迫った際は、自力で脱出する必要に迫られる。格闘訓練は、身を守るための術だった。

潜入捜査官が何人いるのか、どこで何をしているのかは、古川の他、幹部と一部の職員しか知らない。もちろん、末端の専門捜査官が全貌《ぜんぼう》を知ることはない。

伝え聞くところによると、五十名前後の専門捜査官がいるそうだが、その実態は田宮にもわからない。

末端の潜入捜査官に情報が明かされないのは、組織を守るためだった。

潜入捜査は非合法だ。当然、組織の存在をあきらかにすることはできない。潜入捜査官が敵に捕まった際、情報を漏らさないための措置だった。

USTが扱う事案は古川を含めた警視庁幹部で検討され、決定される。取り扱い事案が決まった後、古川が自ら捜査官の選定や潜入方法、期間などを決め、周りの職員がその指示に従って段取りを整える。

捜査官の選定は事案ごとに違う。各事案ごとに古川が選び、その都度招集する。メンバーを固定しないのも、組織の全容を末端に知られないための対策だった。

捜査官は、潜入捜査がないときは何をしていてもいいことになっている。ただ、招集がかかった際は、よほどの事情がない限り、何を措《お》いても捜査を優先しなければならない。

「座長。今回の演目は何ですか？」

田宮が訊いた。

USTは劇団に例えられている。演目は潜入事案のこと。座長は、USTを取り仕切る古川を示すもの。他にも、小屋入りや本公演など、USTに関わるすべての者が演劇用語を隠語として使用している。

「振り込め詐欺の内偵だ」

「珍しいですね」

田宮が言った。

田宮たちが内偵を請け負う事案は麻薬や銃の密輸や不法入国に関するものが多い。詐欺事案を扱うことは稀だった。

「捜査二課の扱いじゃないんですか？」

「本来はそうだが、今回は少々背景が入り組んでいそうな色があってね。そこで、君たちに内偵してもらうことになった。概況はグローブボックスの中のシナリオで確認できる。ファイルＡ－３だ」

古川が言う。

グローブボックスを開いた。10・1インチのタブレットがある。ＵＳＴでは、タブレットのことを〝シナリオ〟と呼ぶ。田宮は電源を入れ、ディスプレイに表示されている〝Ａ－３〟のＰＤＦデータをタップする。

一ページ目には〈第32回　ＵＳＴ公演　キボウノヒカリ〉と記されている。タイトルはいつも古川が考えている。それらしいタイトルを刻むのは、あくまでも自分たちのいる部署が〝極秘裏〟だということを常に意識させるためらしい。

人差し指でタッチパネルをスクロールすると、今回の事件の概要が出てきた。

先日、松原《まつばら》中央署が振り込め詐欺の受け子を逮捕した。名前は小玉茂。江東《こうとう》区大島《おおじま》に住む三十七歳の独身男性だ。

彼の供述は、通常の受け子とは少々違っていた。

この頃の主流は、高額バイトと称して募集をし、なし崩し的に受け子にして協力させるというものだ。この方法であれば、金を受け取る人物が捕まったところで接触した人物以外、組織に通じる糸はなく、組織全体を炙《あぶ》り出されるリスクを限りなく低くすることができる。

ところが、小玉が受け子になった経緯は少々奇異だった。

小玉は三十三歳の頃、派遣先の工場をクビになり、宿舎からも追い出されてホームレスとなった。その後、都内の炊き出しを転々としながら生きていたが、二年後、上野《うえの》公園で炊き出しをしていたNPO法人の理事、三好拓海《みよしたくみ》という大学生に声をかけられ、シェアハウスへ入居した。

初めは生活保護を受けながらシェアハウスで暮らしていたが、その後、三好に紹介された石橋《いしばし》トラベルという金券ショップでアルバイトとして働くようになり、一年後には貯めた金でアパートを借り、自活《じかつ》を始めた。

しかし、ようやく本格的な生活の立て直しが始まったという矢先、客から偽の収入印紙を多量に買い取らされ、店に損害を与え、賠償金を請求されて借金生活に転落している。

その頃、石橋トラベルに出入りしていた業者の〝秋山《あきやま》〟という男から高額バイトの話を持ちかけられた。それが受け子の仕事だった。

当初は罪悪感があったものの、バイト代だけでは生活ができず、やむにやまれず続けているうちに感覚が麻痺してきたという。

「これほどの情報が揃っていれば、捜査二課に秋山という男と小玉のバイト先の石橋トラベルを探らせれば十分なのでは？」

田宮はタブレットに目を落として言う。

「そんな単純な話なら、君を呼ばない」

古川は横目でちらりと田宮を見た。

「その供述書の中に出てくるNPO法人〈キボウノヒカリ〉の代表を務めているのは根岸了三《ねぎしりようぞう》。群馬《ぐんま》県選出の衆議院議員だ。また、そのNPO法人の設立には中丸孝次朗《なかまるこうじろう》が関わっていて、生活保護申請や社会復帰に関するサポートをしている」

「中丸孝次朗というと、弱者救済を前面に打ち出して活動している人権派弁護士ですね。根岸了三も与党内では年代格差の問題について言及している議員だ。今回の振り込め詐欺事案にこの二人が関与していると？」

「わからんが、小玉が援助を受けたり、関係している組織に両名の名前がある以上、確認しないわけにはいかない」

「つまり、場合によってはNPOを隠れ蓑《みの》とした組織が形成されている可能性もあると踏んでいるわけですね」

「そういうことだ。いずれにせよ、内情を探る必要はある」

「なるほど」

「細かい話はスタジオに着いてからだ」

古川はハンドルを切り、首都高速11号台場線に乗った。

3

古川の運転するワゴンは、お台場海浜《かいひん》公園駅近くにある商業ビルの地下駐車場へ入っていった。所定の位置に車を停める。田宮は古川と共にエレベーターに乗り込んだ。

三十階建て高層ビルの十一階にスタジオUSTがある。表向きは芸能事務所を装っているが、ここが警視庁特別潜入捜査班の本部だった。

ドアは厳重なセキュリティーでロックされていた。古川はセンサーに左手をかざし、ドア脇のモニターを覗き込んだ。掌紋《しょうもん》と顔認証をパスしなければ、ロックが外れない仕組みになっている。

認証が終わると、ドアの赤いLEDが緑色に変わり、カチャリとロックの外れる音がした。取っ手のないドアが自動的に開く。古川に続いて、田宮も中へ入った。

ドアを潜《くぐ》ると、カウンターがあり、その先に職員が働いているメインオフィスがあった。オープンフロアには三十名分の机があり、中央奥に古川のデスクが置かれていた。

五メートルほど続くカウンターの両端には、それぞれ扉がある。右のドアの先は調達班のオフィスだ。中には、変装のための衣服やメイク用品、小道具が置かれている。十名ほどの職員がいて、彼らは潜入捜査官から〝道具屋〟と呼ばれ、調達班のいる部屋は〝道具室〟と言われている。

左のドアの奥はミーティングルームだ。七十平米ほどの広さがあり、長テーブルやパイプ椅子、ホワイトボードが用意されている。

潜入捜査がある場合は、ここに捜査官が集められ、打ち合わせが行なわれるが、普段は新人教育に使われている。その時々の用途に応じた使い方をする多目的ルームだった。

古川は、二百平米以上あるこのフロアのすべてを仕切っていた。

「USTきっての主演男優のお出ましだな」

入ってすぐ、小柄ででっぷりとした男性に声を掛けられた。つるがこめかみに食い込んだ小さな丸眼鏡を鼻先に引っかけている。

「ご無沙汰しています、伴《ばん》さん」

田宮は会釈をした。

伴恒彦《つねひこ》は五十五歳。UST調達班の班長を務めている。古川と二人三脚でUSTを築きあげてきた警視正だった。警視庁の総務部で辣腕を振るっていたが、古川に誘われ、USTへの参画を決めた。今でも本庁に出向くことはあるが、リタイア組を装っている。週の半分以上は、スタジオUSTに出向していた。

伴が〝男優〟と称したのは捜査官のことだ。USTでは、潜入専門の捜査官を〝男優〟〝女優〟〝俳優〟と呼ぶ。中でもメインを張る人間は〝主演〟と呼ばれた。

「今回は、どこで役作りをするんだ？」

「公演内容を聞いてから決めます。その時はよろしくお願いします」

「任せとけ」

伴は田宮の二の腕を叩く。

「伴。他の役者は？」

古川が訊く。

「揃ってるよ。シナリオは渡してある。終わったら、声かけてくれ」

伴は右手を挙げ、道具室へ引っ込んだ。

田宮と古川は、中央の職員オフィスを横目に左奥のミーティングルームへ向かった。ドア前で古川が立ち止まり、ドアハンドルに手をかけた。レバーを倒し、ゆっくりと押し開く。古川に続いて、田宮が中へ入った。

テーブルとパイプ椅子、ホワイトボードが置かれた殺風景な部屋で三人の男女が待っていた。窓の向こうには陽光に輝くレインボーブリッジが見える。

「田宮君、久しぶりだね」

手前に腰かけていた白髪交じりの壮年男性が声を掛けてきた。

「谷内《やない》さんもお元気そうで」

田宮は微笑んだ。

ブルドッグのように弛んだ頬ながら印象的な武骨な顔をした小柄な壮年男性は、谷内勇《いさむ》という五十五歳の捜査官だ。田宮と同じく初期メンバーで、これまでに何度か共に仕事をしたことがある。

強面《こわもて》だが、ヤクザの親分から隠居した好々爺《こうこうや》まで、年配者の役なら何でもこなすベテラン男優だ。博識で語学も堪能なことから、サロンなどで政治家や企業人に成りすまし、情報収集にあたることもある。

奥へ進むと、髪の長い女性が立ち上がった。小顔で妖艶《ようえん》な雰囲気を漂わせている。

「はじめまして。大友《おおとも》です」

右手を差し出す。田宮は握手をした。しっとりとした長い指が田宮の手の甲を包む。

「大友舞衣子《まいこ》さんですね。お噂はかねがね」

「あら、光栄ですわ。USTイチの看板俳優さんに覚えていただいているとは」

声にも艶がある。

大友舞衣子とは初めての共演だが、噂は聞いている。現在、三十三歳だが二十代後半から、時には六十近いセレブマダムを演じることもあるという。それを可能にしているのは、声優さながらの七色の声だった。数字に明るく、事務員などの潜入を得意とする。

田宮はそのままさらに奥へ進んだ。ホワイトボード前の席に腰を下ろす。

正面にスラリとした若い男が座っていた。端整な顔をしている。一見すると細身に映るが、Tシャツを押し上げる胸板は厚く、腹筋もうっすらと割れている。肉体派のようだ。

「田宮一郎です。よろしく」

田宮から声を掛けた。

すると、男は斜めに向いて座ったまま、田宮を見据えた。

「USTイチの看板男優が来ると言うから、どんな野郎かと思ったら、ただのぼんやりとした小デブじゃねえか」

「吉沢《よしざわ》君。失礼ですよ」

谷内がたしなめる。

吉沢は意に介さない。

「なんだ、そのピカピカの白い歯は？　ホワイトニングでもやってんのか？　そのぱっちりとした二重のお目々、もう少しシャキッとさせてくれないか？　オカマかよ、あんた。気持ち悪いおっさんだな」

「吉沢君。いい加減にしなさい」

谷内がトーンを落とす。声が腹に響いた。

吉沢は舌打ちをして、そっぽを向いた。舞衣子は谷内と目を合わせ、苦笑して両肩を竦《すく》めた。

田宮はかすかに微笑んだだけで流し、車から持ってきたタブレットに手を伸ばし、電源を入れた。

「さてと。軽い自己紹介は済んだようなので、今回の公演についての説明をする。シナリオトップのA－3ファイルを開いてくれ」

古川が言う。

田宮は同タイトルのPDFファイルをタップした。先ほど、車の中で見たものよりも詳細なデータが表示された。

「小玉茂が受け子となるまでの流れは、全員、一通り目を通していると思うが」

古川は全員を見やった。

谷内と舞衣子が頷く。田宮が車中で概況を確認したことは承知だ。

「吉沢。目を通したか？」

「通しましたよ」

「だったら、頷くか返事をするか、意思表示をしろ」

古川は語気を強めた。

「すみませんでした」

ふてくされたように言葉を吐く。

古川はため息を吐き、話を続けた。

「本来であれば、捜査二課で事足りる話だったが、小玉茂の供述から、政治家が絡むNPO法人が関与している可能性が出てきた。今回は、振り込め詐欺組織の全容解明と共に、NPO法人及び与党政治家、弁護士が事案に関係しているかを綿密に調べてほしい」

「根岸了三と中丸孝次朗が本件に絡んでいる可能性はいかほどですか？」

谷内が訊く。

「二課では半々とみている」

「意外と高いですね」

舞衣子が呟いた。

「二課は、小玉茂が受け子となった経緯を重視している。これまでとは少々異なるからな」

「秋山という人物の特定が為されていないようですが」

田宮が訊いた。

「小玉の証言からモンタージュを作り、探っているが、いまだ見つかっていない。出入り業者だと供述しているところから、石橋トラベルへは頻繁に出入りしていたものと思われるがな。本件が潜入事案に移行してからは、秋山についての捜査は中断している。秋山のモンタージュもシナリオに添付してある」

古川が言う。

田宮はタッチパネルをスクロールした。資料の最後の方に秋山の顔があった。眉毛がほとんどなく、きつね目をした面長の男だった。

「秋山の捜索も必要ですか？」

谷内が訊く。

「いや、捜査過程で出てくれば捕捉する程度に留めておいてほしい。本件のメインは、組織の全容解明と政治家や弁護士の関与の有無だからな」

古川は言い、全員を見回した。

「これまでの捜査を踏まえ、君たちに潜入してもらう舞台は三ヵ所と決まった。一つはNPO法人〈キボウノヒカリ〉。一つは小玉の供述に頻繁《ひんぱん》に出てきた中丸孝次朗が経営する弁護士事務所。もう一つは小玉が三好に声を掛けられたという上野公園だ。各舞台にそれぞれ潜入してもらいたい」

「公演期間は？」

古川が言った。

「稽古に一ヵ月。本公演が二ヵ月だ」

公演期間というのは、稽古開始から任務終了までの期間のことだ。稽古は潜入するまでの準備期間。本公演が潜入捜査を実行する日数のことだった。

「キャスティングは書いてある通りだ」

古川が言う。

田宮は目次の配役欄を見た。

自身はホームレス役だった。小玉と同じようにホームレスへ身を落とし、そこから

NPO団体に拾われ、小玉がアルバイトをしていた石橋トラベルに潜り込むことが使命だ。

谷内は公園に先行潜入をし、舞台を整え、田宮に引き継ぎ、その後、サポートに回る役目を担っている。

舞衣子は中丸弁護士事務所への潜入を命じられていた。

吉沢翼《つばさ》は〈キボウノヒカリ〉にボランティアとして潜入し、内情を探ることになっていた。

「座長」

吉沢が口を開いた。

古川が吉沢を見やる。

「俺、稽古に一ヵ月もいりませんよ」

「これは決定事項だ」

「ボランティア役でしょう？　だったら、今すぐにでも潜入できる。それに、本公演の二ヵ月というのも長くないですか？　俺なら、小玉茂が辿《たど》った道を一ヵ月もかからずに再現してみせますけど」

そう言い、田宮を見据える。

田宮は目も合わせない。その態度に、吉沢は奥歯を噛んだ。

「吉沢。座長は私だ。私の決定に逆らうことは許さん。従えないなら、降板だ」

古川が語気を強める。

吉沢はあからさまに舌打ちをした。場の空気が重くなる。

田宮が口を開いた。

「座長、一つお願いがあるのですが」

「何だ？」

「稽古期間の始め、吉沢と合同稽古をさせてもらえませんか？」

田宮は初めて、吉沢の顔をまっすぐ見つめた。

吉沢は目を剝《む》き、田宮を睨みつけた。が、田宮は涼しげに見つめ返すだけだった。

吉沢のこめかみがひくりと動く。

「いいだろう」

古川が言う。

「冗談じゃねえ！」

吉沢がテーブルを叩いて立ち上がった。

「俺とあんたじゃ、配役が違う。看板だか何だか知らねえが、同じ役者に指図される覚えはねえぞ」

テーブルに両手を突き、身を乗り出して怒鳴り散らした。

「座長」

田宮が声を張った。耳の奥を貫く通った声だ。吉沢は黙った。

「この芝居の主役は？」

「当然、君だ」

「ありがとうございます」

返事をして、再び吉沢を見る。

吉沢の眦がひくりと引きつった。

田宮の眼光が鋭くなっていた。この部屋に入ってきた時はどちらかといえばふんわりとした雰囲気を漂わせていた田宮の二重の双眸《そうぼう》が、獣のような迫力を帯びる。

吉沢が息を呑んだ。舞衣子は「ほう」と目を瞠《みは》った。谷内は微笑んでいる。

「主演は僕だ。僕の意見には従ってもらう。できないのであれば、降板だ」

「上等だ。やってられねえ」

吉沢は捨てゼリフを吐き、背を向けて歩きだした。

「逃げるのか？」

「なんだと？」

立ち止まり、再び田宮を睨んだ。

「僕は名実共にUSTのナンバーワンだ。僕に勝てないと思って、喧嘩《けんか》別れを装い、逃げるつもりだろう。つまらん役者だな」

　鼻で笑う。

「ふざけんなよ、おっさん」

　気色ばむ。

　いきり立っているのは吉沢一人だった。舞衣子も谷内も、二人の掛け合いを面白そうに見つめていた。

「ふざけているのはおまえだ。稽古せずに舞台に立つことがどれほど危険か、わからないか？」

「俺はおまえらみたいな大根役者じゃないんだ。今すぐにでもメインを張れる」

「威勢だけは一人前だな」

　田宮は片頬を上げた。吉沢の感情をさらに逆撫でする。

「わかったよ。どれほどのものか見てやる。たいしたことなけりゃ、今回の主役は交代してもらう。どうだ？」

「その勝負、受けよう」

　田宮は立ち上がった。

「伴さんにセッティングを頼んできます」

「わかった。それでは他の者も各自、稽古に入ってくれ。谷内さんと大友は一週間後に先行潜入。他は一ヵ月後から本公演だ。よろしく」

古川は言い、田宮と共に部屋を出た。

ドアが閉じる。古川が身を寄せた。

「すまなかったな、田宮」

「吉沢は初めてですか？」

「わかったか？」

「初潜入の役者が無駄に気を吐くのはよくあることですからね。それよりも、古川さん。初めから吉沢を僕に預けるつもりだったんでしょう？」

田宮が古川を見やる。古川は苦笑した。

「いずれメインを張れる器量はあるんだが、今のままでは鼻っ柱が強すぎて、主役は任せられない。ＵＳＴにおける主役がどういうものか、体感させてやれたらと思ってな」

「人を育てる柄じゃないですけど、できることはやりますよ」

「すまんな」

古川は田宮の背中を叩いた。

4

田宮のリクエストで用意されたのは、埼玉県《さいたま》さいたま市の北外れにある廃倉庫だった。住宅街から離れた雑木林の中に位置し、周りに人の気配はない。

伴に案内され、二人が廃倉庫へ入っていく。田宮は自宅に帰るような足取りで中へ入った。一方、吉沢はドアからがらんどうの倉庫を見回している。工業用機械の倉庫だったのか、油の臭いがきつい。床も所々黒ずんでいる。天窓から明かりが差し込むが、昼間でもじめっとして薄暗い。

倉庫内に置かれているのは、長テーブルとパイプ椅子が二脚。それと寝袋一つ。テーブルには、大きい段ボールが一箱置かれているだけだった。

「何も用意していないじゃないか」

吉沢が呟く。

「これでいいんだ」

田宮は言った。

「食い物はどうするんだ？　着替えは？」

「そこにある」

田宮は長テーブルの上に置かれた段ボール箱を見やった。

吉沢は段ボールに歩み寄り、開けてみた。途端、目を丸くした。

「これだけか？」

段ボールの中には、レトルトの粥《かゆ》のパックが二十袋とワイシャツが四着、ジーンズが二本入っているだけだった。

「十分だ。吉沢。合同稽古は十日間。その後は伴さんの指示に従って、自分の役作りに入ってくれ」

「言われなくても、ここで役作りはするよ」

吉沢はパイプ椅子を引いて座り、タブレットの電源を入れた。

「いい心がけだ。じゃあ、伴さん。メイクお願いします」

「メイク？」

吉沢は田宮と伴を交互に見やった。

伴は訳知り顔でテーブルにカバンを置いた。ティッシュ箱ほどのプラスチックケースを取り出す。真ん中から開くと、中には小さなペンチのような工具と歯が並んでいた。

田宮はパイプ椅子に座った。

「上下の歯、総入れ替えで二十四本。奥歯二本は抜いたままでシリコンを埋めておいてください」

「わかった」

伴が小さなペンチを取る。

田宮が口を開いた。伴はその口にペンチをねじ込んだ。

「何を……」

吉沢が目を見開く。

次の瞬間、伴は奥歯をペンチで挟み、引き抜いた。

「うっ！」

声を出したのは吉沢だった。たまらず、目を背《そむ》ける。

伴は抜いた奥歯をテーブルに転がした。

「何やってんだ、あんたら！」

「おやおや。専門教育中《レッスン》は肉体派を豪語していた吉沢翼がこの程度のことで驚くとはな」

伴が笑い声を漏《も》らす。

「この程度じゃねえだろ。ペンチで歯を抜くなんて、どうかしてるぞ！」

「よく見てみろ」

伴はテーブルに目を向けた。

吉沢は抜かれた歯を見た。歯には歯肉と血液がうっすらと付いていた。その根元に一センチほどの黒い突起が付いている。

「着脱自在の特注人工歯だ。とはいえ、長い間嵌《は》めておくと、歯肉が人工歯根に被さるから、抜く時に多少の痛みは伴うがね」

伴は話しながら作業を続ける。

次々と歯が抜かれていく。田宮は呻《うめ》き一つ漏らさない。すべての歯を外し終えた。

「全部、人工歯なのか？」

吉沢が訊く。

「そうだ。田宮はこの仕事のために自分の歯をすべて抜いて、人工歯に替えたんだよ」

伴が言う。

吉沢は口を半分開き、唖然《あぜん》としていた。

伴は用意してきた別の歯を一本ずつ埋めていった。元々、田宮の口にあったものとは違い、歯の幅は若干短く、黒ずんでいる。

伴は慣れた手つきで次々と歯を埋めた。二十分ほどで田宮の歯は入れ替わった。最後に伴は消毒薬の小ボトルを田宮に渡した。

田宮はボトルを傾けて消毒薬を含み、うがいをした。用済みの液体を床に吐き出す。

やおら、顔を上げた。

吉沢は双眸を見開いた。

奥歯が抜けた分、ふっくらとしていた頰《こ》は瘦け、黒ずんだ歯の色が不健康さを演出している。歯を入れ替えただけで、田宮が別人に映った。

「ありがとうございます」

田宮は小ボトルを伴に返した。歯に隙間ができたせいか、切れの良かった滑舌《かつぜつ》が少し悪くなっている。それもまた田宮に別人のイメージを与える。

伴は抜いた歯をプラスチックケースに収め、カバンにしまった。

「じゃあ、私はこれで。何か必要なものがあれば、連絡をくれ。吉沢君は十日後に迎えに来るから、それまでは田宮の指示に従ってくれ」

そう言い、廃倉庫を出て行った。

二人になると、静寂に包まれた。田宮は何も言わず、タブレットを見つめていた。

沈黙に耐えられなくなったのは吉沢の方だった。

「あんたなぜ、人工歯に総入れ替えなんかしたんだ」

「役作りのためだ」

田宮はこともなげに答えた。

「いくら役作りのためとはいえ、健康な歯をすべて入れ替えることはないだろう」

「吉沢。俺たちの任務は何だ？」

田宮の言葉付きが変わる。それまで〝僕〟と言っていたものを〝俺〟と言い換えただけで、さらに印象が変化した。田宮は早くも役作りに入っていた。

「内偵だ」

「内偵で最も大切なことはなんだ？」

「敵の内情を探ることだ」

「敵の内情を探るのに、一番気をつけなければいけないことは？」

「おいおい。ここは学校か？」

「答えろ」

田宮が見据える。

吉沢は眉根を寄せて渋い顔をした。

「バレないことだ」

「その通りだが、バレないという意味は？」

「バレないはバレないだろうよ。内偵中、相手に正体を悟られないことだ」

「違うな」

「何が違うんだ？」

「内偵中だけでなく、内偵後も関係者に正体が知られないよう配慮しなければならない。内偵に成功したはいいが、その後、関係者にバレてみろ。その情報はやがて別の組織の手に渡り、いずれ俺たちの面が割れることになる」

田宮が言う。

吉沢は言葉を飲んだ。田宮の言う通りだ。ぐうの音も出ない。奥歯を噛みしめる。

「俺が人工歯にしたのは、そのためだ。完璧な役作りができれば、仮に内偵後の日常で潜入先の相手と遭遇してもバレることはない。おまえの目に映っている通りだ。さっきまでの俺と今の俺が同一人物に見えるか？」

「いや……」

吉沢が視線を落とす。

「だが、これでも足りない。もっと役になりきる。おまえは今回、大島翔太《おおしましょうた》という青年になりきらなければならない。俺は犬塚健《いぬづかけん》という男に。田宮も吉沢も捨てるんだ」

「そこまで必要か？　俺たちは仮にも警察官だ。それを忘れてはいけないだろう」

「そんなものはわざわざ覚えていなくても、胸に刻まれている」

田宮は言った。

「時間はない。役作りに入るぞ」

田宮は再び、タブレットに目を落とした。

吉沢は田宮を見据え、自分もタブレットを手に取った。

5

一週間が経った。

田宮はみるみる痩せていった。吉沢は伴が用意した粥で空腹を凌《しの》いでいたが、田宮は倉庫へ来てからの一週間、食事は一切摂《と》らず、水道水だけで過ごしていた。用意されていた寝袋は、吉沢が使っている。田宮はいつも地べたで寝ている。真新しかったワイシャツやジーンズは黒ずみ、異臭を放っていた。

吉沢はこの一週間、田宮の行動を見ているだけだった。話しかけても返事をしてくれない。嫌がらせかと思ったが、どうもそうではないようだ。

廃倉庫内に電気はない。田宮は暗くなると寝て、明るくなると起きる生活をしている。建物からはまったく出ず、ひたすら倉庫内を歩いては水を飲んで寝るの繰り返し。わけがわからない。

ただ、日が経つにつれ、つい一週間前まで温和な小太りだった男が、飢えたホームレスの空気をまとっていく様を目の当たりにしていた。

その日も終わろうとしていた。天窓から茜色の光が射す。

突然、田宮が口を開いた。

「大島。粥をくれ」

田宮が言った。

吉沢は役名で呼ばれ、一瞬返事が遅れた。

「粥をくれと言っているだろうが、大島！」

「あ、ああ……」

吉沢は段ボールから、粥のパックを取り出した。水を張った鍋に入れようとする。田宮はパックをひったくった。開けるとスプーンも使わず、指で粥を掻《か》きだし、口の中へ押し込んだ。あまりの勢いにむせ返る。それでも口の中に粥を押し込む。鬼気迫る飢餓感だった。

吉沢は圧倒されて、声も出せなかった。

田宮はパックを傾けて粥を流し込み、蛇口に歩み寄って水を口に流し込んだ。口元を手の甲で拭い、ようやく息をつく。テーブルに戻った田宮は、吉沢を見て微笑んだ。

「ありがとうな、飯をくれて」

田宮は、黒いクマのできた双眸を細めた。

すでに、どこからどう見てもホームレスにしか見えなくなっている。

「田宮さん」

気がつくと、吉沢は田宮を〝さん〟付けで呼んでいた。意識したわけではない。自然とそうなった。

が、田宮が返した。

「田宮？　誰だ、そりゃ？　俺は犬塚だ、バカ野郎」

乱暴に言い放つ。

吉沢は田宮を見つめた。濁った目に一切の迷いがない。まるで、初めから犬塚健だったような風情だ。

「……犬塚さん。一週間も水だけの生活をして痩せなきゃいけないなら、初めから痩せてりゃいいじゃないですか。身体《からだ》が保ちませんよ」

「大島。役ってのは何だ？」

「役は役です。その公演に必要な人間になりきること」

「そうだ。しかし、役ってのは一つじゃない。今回はホームレスだが、時には育ちのいいぼんぼんを演じなきゃならないこともあれば、筋肉をまとった無頼になりきらなきゃならないこともある。おまえはそのすべてに対処できるか？」

「できます」

「いや、できないね。その身体でどうやって太るんだ？」

「食って寝てだらだらしていれば太るでしょう」

「この一週間、おまえは食って寝てだらだらしていただけだ。太ったか？」

「粥だけで太れるわけないでしょうが」

「太れるよ。俺の体型ならな」

田宮は細った腹をさすった。

「なぜ、俺が通常、小デブか。わかるか？」

「わざとだというんですか？」

「おまえのように筋肉をまとってしまうと、基礎代謝が上がり、食っても太れない身体になってしまう。本来はいいことだが、役者としてはいただけない。といって、筋肉の欠片もないただのデブになれば、今度は痩せられなくなる。適度な筋肉量と柔らかい脂肪のバランスが取れていて初めて、変幻自在な肉体となる。それが役者の体づくりだ」

「そこまで考えて……」

「考えていないおまえが悪い」

田宮は一刀両断で否定した。

「おまえ、この仕事が初めてらしいな」

「そう……ですが」

「谷内さんや俺は六年間、この仕事に従事している。舞衣子さんももう五年になる。その間、おまえが知らないところでスキルを磨いてきた。長く働いていることが偉いわけじゃないが、この仕事に関してはおまえより俺たちの方がよく知っている。今のおまえに必要なのは、そのスキルを盗んで、自分のものにしていくことじゃないのか？」

田宮が諭す。

吉沢は黙りこんだままだった。

「おまえ、なぜこの仕事に就いた？」

田宮が訊いた。

「古川さんにスカウトされたからです。話を聞いて、やりがいがあると思って」

「いくつだ？」

「二十歳です」

「俺が初めて潜入したのも二十歳だった。当時はまだ創設されたばかりですべてが手探りだった。初潜入の時、俺は失敗したんだよ」

「田宮……いや、犬塚さんが？」

「ああ。０９０金融の内偵をしていた時のことだ。警察だということはバレなかったが、顧客名簿を入手しようとした時に見つかった。その頃はおまえと同じように細身で筋肉質な身体をしていた。専門の格闘術も習っているし、喧嘩は普通にしてきたので、腕にはそこそこの自信もあった。そんな俺がどうしたと思う？」

「その場で逮捕したんですか？」

「逃げたんだよ」

田宮は黒ずんだ歯を覗かせた。

「必死で逃げて古川さんに連絡を入れ、保護してもらった。もちろん役は降りた。その後の二ヵ月間は、連中に見つかりはしないかと思って、家から出られなかった」

話しながら、田宮は粥パックを取り、残った米粒を指ですくい、舐《な》めた。その様は、過去を語るホームレスそのものだった。

わずか一週間で、ここまで〝ホームレス・犬塚健〟を自分のものにしている田宮を目の当たりにし、吉沢は心中で驚嘆していた。

「そこからだ。俺が変幻自在な肉体を手に入れようと思ったのは。歯を入れ替えたのもその件があってからだ。次は二度とドジ踏まねえよう、完璧に役を作ろうと思ってな」

「辞めようと思わなかったんですか？」

吉沢が訊く。

「一度もない。俺は演じてないと息ができない人種だからな」

田宮は笑った。

吉沢もつられて微笑む。吉沢が初めて見せた笑顔だった。

さらに三日が経ち、伴が吉沢を迎えに来た。

「犬塚。これ、差し入れだ」

伴がテーブルに置いたのは、レトルト粥の追加だった。

「悪いね、いつも」

田宮が言う。すっかり、犬塚になりきっている。

「じゃあ、行こうか。大島」

伴が声をかける。

吉沢は伴の言葉にも感じ入っていた。

伴は入ってきてからずっと、田宮と吉沢を役名で呼び続けている。田宮は犬塚になりきり、伴と齟齬のない受け答えを繰り返していた。

すごいな。これがUSTの主役か……。

吉沢は顔を伏せ、ふっと笑みをこぼした。やおら、顔を上げる。

「犬塚さん。粥はしっかりと食べてくださいよ。水ばかりでは倒れてしまいますから」

声色が変わっていた。澄んだトーンが好青年を演出する。吉沢もまた、この三日間でボランティアに従事する〝大島翔太〟になりきっていた。

田宮は片頬を上げた。

吉沢が背を向ける。

「吉沢翼」

田宮が呼び止めた。

吉沢は双眸を開いて、背を向けたまま立ち止まった。

「君はいつかＵＳＴのメインを張る男だ。そのつもりで精進してほしい」

田宮が言う。吉沢は口もとに笑みを覗かせ、

「その吉沢という人は存じ上げませんが、どこかで会ったら、伝えておきましょう」

吉沢はそう言い、振り返ることなく、伴と共に廃倉庫を後にした。

6

吉沢が去った後、田宮はますます役作りに専念した。

犬塚健という男は、小玉茂とほぼ同じような経歴で生きてきた三十三歳の男性という設定だった。

小中高時代は近畿圏の田舎の平和な町で家族に囲まれ、すくすくと育った。その後、地元では一流と呼ばれる大学へ進学し、地元の優良企業に就職するはずだった。が、就職試験で躓《つまず》いた。正社員に的を絞り、エントリーを繰り返すが就職は決まらず。そのうち、家族とも確執が生じ、逃げるように家を飛び出し上京した。上京後は簡易宿泊所を転々として、短期のアルバイトで食いつないでいたが、ついに資金が底を突き、ホームレスへ転落した。

田宮は犬塚の生きてきた軌跡を何度も何度も脳裏で辿った。温かい家庭で何の苦労もなく育った少年時代。優しい人たちに囲まれて大きくなり、未来を信じて疑わなかった思春期。これから社会へ出ようとした瞬間の挫折。周囲の態度の変化。落ちていく自分への嫌悪感。三十歳を超えた男の将来への焦りや不安など……。

そのシチュエーションにどっぷりと浸り、犬塚健という人間が何を見て、何を感じ、どのような気持ちの変遷があったかを、これでもかと考え続け、自分のものにしていった。

精神面以外では、日の出と共に起き、歩き回って日暮れと共に寝るという生活をひたすら送っていた。路上生活をし、炊き出しだけで生きているホームレスを想定しての行動だ。

廃倉庫に潜って以来、一切表に出ていない田宮の顔色は、日々の汚れとも相まって青黒くなっていた。クマも濃くなり、瞼《まぶた》は凹《へこ》んでいる。不健康極まりない顔つきだ。

時折、空腹でふらついた。そこまで我慢して、ようやく粥を流し込む。空の胃袋にいきなり飯を流し込むと、腹痛に襲われた。そのたびに地べたに横たわる。

腹痛に襲われながらも、そうした状況に追い込まれた時の犬塚は何を思うだろうと思考する。

痛みと空腹で朦朧《もうろう》とする中、犬塚の人生と自分が歩んできた人生が重なっていく。

田宮が生まれたのは静岡《しずおか》県の海沿いの小さな漁村だった。父と母は水産加工場で共に働き、田宮を育てていた。裕福ではなかったが、幸せな家庭だった。

ところが、田宮が五歳の時、父親は土産物《みやげもの》店でアルバイトをしていた女性と恋仲になり、駆け落ちをした。

父に裏切られた母は毎日のように泣いていた。そのうち、父親に似ている田宮につらく当たるようになった。

母は水産加工場での稼ぎだけでは生活できなくなり、地元のスナックでも働き始めた。毎晩のように酒を呷《あお》り、泥酔しては田宮を罵倒《ばとう》し暴行を加える日々が続いた。

それでも田宮は母を嫌いになれなかった。

むしろ、母の気を引きたくて、母親が望む子どもになろうと努めた。

勉強のできる子を演じるため、テスト用紙を盗みに職員室へ潜り込んだこともあった。料理や家事ができる子どもをアピールしたくて、仲のいい女子友達に頼んで、掃除や洗濯、料理をしてもらったこともあった。父親の代わりに母を守る男だと伝えたくて、無益な喧嘩を繰り返していたこともある。

すべては母親に好かれたいがため。母親の笑顔が見たいがためだった。

そうした日々に身を置いているうちに、田宮は本当の自分がどういう人間なのかわからなくなった。

だが、それでもよかった。母が自分を好きでいてくれるなら、自分自身などいらないとすら感じていた。

しかし、成長するほどに母親の心はますます田宮から離れていった。

中学生の頃、わずかに残っていた若い頃の父親の写真を見た。

そっくりだった。

この顔がある限り、母親からは嫌われ続ける。特に鼻が似ていた。小ぶりだが筋の通った鼻は父親そのものだった。

田宮は顔を変えるべく、自分の鼻に包丁を当て、削《そ》ぎ落とそうとした。

そこを、たまたま訪ねてきた近所のおばさんに発見された。

田宮の愚行を止めたそのおばさんが役所の児童福祉課に通報した。おかげで、長年の母親による虐待が発覚し、田宮は児童養護施設へ引き取られることとなった。

施設に入ってからもずっと、母親が迎えに来るのを待っていた。

しかし、母親はただの一度も面会に来ることはなかった。

田宮は高校を卒業し、自動的に施設を出た。

その足で、母と暮らした家に戻った。

そこで目にしたのは、干涸《ひか》らびて朽ち果てた母の無残な姿だった。

検死の結果、母は重度の肝硬変から来る多臓器不全で亡くなっていたことがわかった。

田宮は、自分が児童養護施設に引き取られてからの母の暮らしぶりを近所の人から聞いた。

母は、田宮がいなくなった後、水産加工場は辞め、ホステス一本で暮らしていたそうだ。毎日のように男性客を家に連れ込み、朝から晩まで酒を浴びるように飲んでいたという。

心配する近所の人の言うことにも耳を貸さず、しまいにはホステスも辞め、引き籠《こ》もって酒を飲んでいた。

そのうち、家には誰も寄りつかなくなり、母の安否を気にする人もいなくなった。

田宮は母の亡骸と一晩過ごし、泣き明かした。

母を荼毘《だび》に付した後、優しい笑顔を浮かべて幼い田宮を抱いている若かりし頃の母の写真を一枚だけ持って、生まれ育った村を出た。

上京した田宮は、あてもなくその日暮らしの生活をしていた。

生きる希望はなかった。笑ってほしい人はもうこの世にいない。

田宮は自殺を図った。

ビルから飛び降りた。あの世でもう一度、母に会いたいと願った。

が、死ぬことも叶わなかった。たまたま駐車していたトラックの荷台に突っ込み、段ボールの山に守られた。

警察に保護され、警察官に諭された。やりたいことが見つからないなら、警察官になったらどうだと勧められ、採用試験を受けた。

合格した。成り行きで警察学校に入った。特に警察官になりたかったわけではない。ただ、辞める理由もない。

人生の目的が見つからないまま、警察学校で学んでいた時、古川から潜入捜査官にならないかと誘いを受けた。

一度は死んだ身。それもありかと思い、古川の申し出に応じた。

二十日が経過した。

田宮は薄暗い倉庫の中で、連絡用のスマートフォンを手にした。痩せ細った指で画面を操作した。爪は油汚れで黒ずんでいる。

耳に当てる。古川が出た。

「犬塚です。これより本番に入ります。道具は回収してください」

手短に用件を伝え、スマートフォンをテーブルに置く。

やおら、立ち上がる。薄闇に浮かび上がる田宮の姿はマッチ棒さながらに細くなっていた。

ふらふらと歩き、出入口のドアを押し開ける。夕陽を浴び、田宮は目を細めた。

充血した双眸を剝いて、夕陽を睨む。

その顔貌《がんぼう》に田宮一郎の面影はなかった。

第2章

1

夕暮れに埼玉の廃倉庫を出た田宮は、そこから六時間以上かけて歩き、午前零時を回った頃、上野公園へたどり着いた。

わざわざ歩いてきたのは、最後の一押しだった。炊き出しだけをあてにして生きているホームレスは、朝から晩まで山手《やまのて》線の周りを足が棒になるまで歩き回る。当然、夜が更けた頃には疲れきっている。

田宮が上野公園に着いた時も、彼らの多くと同じような状態になっていた。口にしていたのは、レトルトの粥と水だけ。痩せ細り、体力も落ちている。その様体で六時間以上の行程を、紙袋一つ持って歩いてきた。薄暗がりのベンチに腰を下ろした途端、尻がめり込みそうなほどの疲労感に見舞われた。

上野恩賜《おんし》公園は、ＪＲ上野駅の北西に広がる上野台地に建設された日本初の公園だ。なだらかな台地に位置することから、〝上野の山〟と呼ばれ、親しまれている。

敷地内には、不忍池《しのばずのいけ》や西郷隆盛《さいごうたかもり》像があり、動物園にはパンダがいる。歴史的建造物や博物館、美術館も多く、文化・芸術の一大発信地ともなっている。春には約千二百本の桜が咲き誇り、桜の名所としても有名だ。

一方で、その広大な敷地には古くから住む場所を失った人々が集まり、新宿《しんじゅく》中央公園や代々木《よよぎ》公園と並び、ホームレスの野宿場所としても知られている。

ホームレスの人々は、日中は人目に付かないところに隠れ、一般の人々の邪魔にならないよう息を潜めている。夜が更け、人がいなくなると、それぞれが確保した寝床に戻り、ひと時の休息を得る。

一時は二百人とも三百人とも言われたホームレスの数も、二〇一〇年から行なわれている再生整備事業と共にその数を減らしている。とはいえ、今もホームレスが多く住まう地であることには違いない。

田宮は疲れきって、ベンチの上に横たわった。ゴールデンウイークも終わった五月初旬だが、脂肪を失った身体に夜風は肌寒い。名所の一つである大噴水もひっそりと寝静まっていた。田宮は紙袋を懐中に収め、両膝を引きつけて抱き、ベンチの上で丸まった。

強烈な眠気が襲ってきた。瞼が落ちる。意識が心地よく遠のいていった頃だった。三脚先のベンチで争う声が聞こえた。田宮は身体を起こし、外灯が照らす三脚向こうのベンチの様子を覗き見た。

ベンチには季節外れの薄汚れたセーターを着た眼鏡の青年が座っていた。

その青年を三人の男が囲んでいる。誰もが色褪《あ》せた古着を身にまとい、髪の毛もぼさぼさで無精髭《ぶしょうひげ》を生やしていた。

「お仲間か……」

田宮は横になろうとした。

すると、青年の声が聞こえてきた。

「すみません。すみません！」

青年はベンチに正座し、しきりに頭を下げている。

「すみませんじゃねえよ！　勝手に俺のベンチで寝てんじゃねえ！」

三人の真ん中にいる男が怒鳴っていた。他の二人より頭一つ大きい。外灯に照らされる顔は獅子のようだった。

場所取りか――。

田宮は冷ややかに見つめた。

公園の所有者は東京都《とうきょう》だ。従って、誰がどこでどうしようと、監督行政官以外から文句を言われる筋合いはない。

しかし、ホームレスの世界にはその世界のルールがある。

古くからその場所に居座るホームレスは縄張りを持っている。縄張りといっても、所場代を取るようなものではなく、限られたスペースを分け合い、それぞれがかち合わないよう区切っているだけのもの。新興住宅地の区画割りと思えばいい。

古参ほど、都合の良い場所を押さえている。そこはその者の〝土地〟であり〝家〟でもある。知らなかったとはいえ、暗黙のルールで割り振られたいわば他人の土地建物に土足で踏み入れれば、怒鳴られるのは当然だ。大きな公園では、ホームレス同士のそうしたトラブルを回避するため、ホームレス自身が自治体を形成していることもある。

見るに、青年はそのルールを知らず、勝手に誰かの家となっているベンチで寝てしまったのだろう。

放っておこうかとも思った。が……。

「立てよ、こら！」

大柄な男の右脇にいた痩身の男が青年の胸ぐらをつかんだ。ベンチから引きずり下ろし、地面に転がす。そして、青年を蹴り始めた。

田宮は舌打ちをした。

これから潜入しようというところだ。青年が大怪我をして警察沙汰にでもなれば、居着いたホームレスもNPO団体も姿を消し、一からやり直さなければならない。

「しょうがねえな……」

田宮はやおら立ち上がった。紙袋をぶら下げ、男たちに近づいていく。

「人の場所を取るとはふてえ野郎だ！　二度と来るんじゃねえ！」

細身の男が右脚を思いっきり振り下ろした。青年の腹部に爪先が迫る。

田宮は男の背後から右脚を伸ばし、踵《かかと》を向けた。靴底が男の爪先を受け止める。男は顔をしかめた。

「痛え！」

足先を握り、片足で飛び跳ねる。

「なんだ、てめえは？」

大柄な男がぎろりと目を剝いた。

「もう、そのへんにしといてもらえないですか、兄さん。警察沙汰になるのもつまらんでしょう」

静かに諭《さと》す。

「見ねえ顔だな」

大男の左にいた小柄な男がにじり寄ってきた。

「てめえも新人か？」

「はい。ケンと言います。これ、ご挨拶代わりですが」

紙袋を漁《あさ》り、レトルトの粥を三袋取り出す。それを小柄な男に渡した。

「一つずつしか差し上げられませんが、よければこれで勘弁してください」

深々と頭を下げる。

「おまえ、どこから来た？」

大柄な男が野太い声で訊いた。

「特に定宿は持ってないんですがね。今日は炊き出しを食いっぱぐれて、都内をぐるぐるとしてたらここに来てしまいました。少しの間、世話になると思いますが、よろしくお願いします」

再び、腰を折る。

「おまえは仁義を弁《わきま》えているようだな」

大男は小柄な男が手にした粥パックを全部奪い取った。小柄な男は渋い顔をするが、文句を言わない。大将格は獅子顔の大柄な男のようだ。

「おい、若いの」

大男は倒れている青年を見据えた。

「おまえも事情があってここへ来たんだろうが、おまえがいた表の世界にルールがあるように、俺たちには俺たちのルールがある。しばらく外で暮らすつもりなら、そのへんのルールは知っておくことだ。今日はケンに免じて許してやる」

「ありがとうございます、兄さん」

田宮が頭を下げる。青年も倣《なら》った。

「ゲンゾーだ。空いているところならどこで寝てもかまわねえが、陽が昇ったらベンチは空けろ。それがルールだ。行くぞ」

ゲンゾーは田宮を大きい目で見据え、仲間を連れて去った。

「大丈夫か？」

田宮は青年の右腕を取り、立たせた。青年は左手で腹を押さえ、ベンチに腰かけた。

「ありがとうございました」

か細い声で礼を言う。

「礼はいい。おまえ、ホームレスか？」

「はい。家賃が払えなくなり、十日前にアパートを追い出されました」

「俺はケンだ」

右手を差し出す。

「日比《ひび》洋一《よういち》です。よろしくお願いします」

日比は田宮の右手を握ろうとした。

田宮は右手を引っ込め、手のひらで日比の頭を叩いた。日比が首を引っ込める。

「おまえはバカか。こんなところでフルネームを名乗ってどうする」

「そうなんですか？」

「そんなことも知らねえのか。よく十日も生きられたな」

田宮はため息を吐き、首を振った。

「こういう場所にいるのはホームレスだけじゃねえ。宿無しを装《よそお》った手配師もいる」

「手配師とは何ですか？」

「人をかっ攫《さら》って、過酷な現場に送り込むヤクザのことだ」

田宮が言う。

日比は双眸を開いて、青ざめた。

田宮はつい苦笑した。

「それだけじゃねえ。ホームレスには脛《すね》に傷を持つ連中も多い。本名を明かすってことは、彼らにも過去を語れと言っているようなもんだ。路上での素性は、表の世界とは比較にならないくらい重てえものなんだよ。だから、軽々しくフルネームなど名乗るな。殺されても文句は言えねえぞ」

強い口調で言い含める。

日比はますます蒼白になり、うつむいて震えた。

「僕はどうすれば……」

「金が入った時に、レトルトかカップ麺を用意しておけ。保険にな」

「そういえば、さっきケンさんが渡したレトルト。大事な食料だったんじゃないんですか？」

「そうだな」

「すみませんでした、僕のせいで……」

日比が頭を膝に擦《こす》りつける。

「気にするな。どうせ、こういうことになると思って、用意していた分だ。新しい場所に行けば、必ずああいう古参がいるからな。おまえの名前聞いちまったんで、俺も名乗らなきゃいけねえな。犬塚健。三十三歳だ」

右手を出す。

「改めまして。日比洋一、ケンさんと同い年です」

日比は右手で田宮の手を握った。

「同い年なら、さん付けはいらねえ。タメロでいい」

「いえ。助けてもらったし、ケンさんに比べれば、風格もないし。とても、同い年とは思えませんから」

日比が言う。

本人の言う通り、日比は三十三にしては幼く映る。顔のパーツがどれも小さく、メリハリがないせいもある。髭もなく、つるつるの白い肌も日比を二十代に見せる。何よりもおどおどとした言動が頼りなく映る。

「まあ、話し方はどうでもいいや。とりあえず、おまえに姓名は教えたが、犬塚という名前は絶対に口にするな」

「わかりました」

日比がうなずく。

田宮は立ち上がった。

「どこへ？」

「隣のベンチだ。三十過ぎの男が同じベンチで寝てたら、気持ち悪いだろう。今晩はもう大丈夫だから、安心して寝ろ」

「いやいや、そこでは安心できんぞ、新入りども」

ベンチ裏の林から声がした。

日比はぎくりとして双肩を竦めた。田宮は振り向いた。木の陰からブルドッグ顔の小柄な壮年男性が姿を現わした。

谷内だった。白いシャツと紺色の作業ズボンは土で汚れ、黒ずんでいる。顔には垢《あか》が溜まり、皺の濃淡が濃くなっていた。

田宮と谷内は目を合わせ、かすかにうなずいた。

「誰だ、あんた」

田宮はわざと乱暴に言葉を投げた。

「徳《とく》と呼ばれている。ここの住人だ」

谷内は笑みを湛え、ベンチに近づいてきた。田宮は谷内を見据えたまま、日比の隣に座った。日比は田宮の陰に隠れるように身を寄せ、谷内を見上げた。

「たかろうと思っても、もう何もねえぞ」

田宮が言う。谷内が笑った。

「小僧どもにたからんでも食い物も服もある。こんなところで寝ていたら、他の連中に身ぐるみ剝《は》がされるぞ。どうだ。わしのところに来んか？」

「あんたのところに？」

「テントがある。君ら二人くらいなら、狭いが寝られる。どうだ？」

「寝てる間に身ぐるみ剝がそうって魂胆じゃねえだろうな」

「君は相当野宿生活が長いな。疑うなら、別に来なくていい。そっちの君はどうする？」

谷内は日比に目を向けた。

「僕は……」

田宮を見やる。黒目は泳ぎ、あからさまに助けを求めていた。

「もっとシャキッとしろよ、洋一」

田宮は日比を下の名前で呼び、頭を平手で叩いた。

「わかったよ。おっさん。信用はしてねえが、俺ら二人、泊めてくれ」

「近頃の若いのは口の利き方も知らんな。まあいい。ついてこい」

谷内は背を向け、林の奥へと歩きだした。

「ケンさん、すみません」

日比がうなだれる。

「いいよ。ベンチよりはマシだ。おっさんが妙なマネをしやがったら、叩きのめしてやるから心配するな。行くぞ」

田宮がベンチを立ち、歩きだす。

日比もあわてて、田宮を追った。

2

谷内のテントに身を寄せ、三日が経った。田宮は素知らぬ顔でケンを、谷内もホームレスの徳を演じきっていた。

谷内は新入りのホームレスに忠告する体《てい》で、田宮に上野公園の実状を伝えた。

三日前、日比に絡《から》んできたゲンゾーという大男とその取り巻きは、上野公園内のホームレスを仕切っている最古参のメンバーだった。仕切っているといっても自治会のようなもので、新しく入ってきた者が一般人に迷惑をかけないよう注意を促し、時には危険な人物を追い出したりもするそうだ。ただ、ゲンゾーに一度受け入れられれば、彼らは頼もしい味方にもなってくれる。

谷内が潜入して、まだ一ヵ月にも満たないが、それでもテント生活ができているのはゲンゾーの配慮のおかげだという。

田宮と日比が谷内のテントに身を寄せたことを知ると、ゲンゾーは初対面の際に見せた荒々しさを見せなくなった。逆に、時々古参風を吹かせる取り巻きを怒鳴りつけることもあった。

ゲンゾーの力が及んでいない者もいるが、それなりの腕力もあり、ある程度の統率力を持っていることは確かだった。

ゲンゾーたちは、東京国立博物館脇の隙間にテントを張っていた。上野公園内のテントでは最も大きい。が、立地やビニールの色にも配慮し、日中はその場所を片づけ、出払うことを徹底している。一般の人は、その場所にテントや彼らの私物があることにすら気づかないだろう。

ゲンゾーとその一派は、炊き出しも仕切っていた。ＮＰＯ団体のボランティアと協力し、集まってきたホームレスたちを整列させ、短時間で配り終えられるよう、うまく人を流していた。自分たちは必ず最後に炊き出しを受け取るところも、仕切られているホームレスたちから文句が出ない大事なポイントだった。

今日は土曜日だった。ＮＰＯ団体が複数、炊き出しに来ていた。集まるホームレスをゲンゾーたちが捌《さば》いている。日比も駆り出され、ボランティアとともに整理の手伝いをしていた。

誰もが炊き出しの列に並ぶ中、田宮と谷内は少し離れた木陰に身を隠し、炊き出しの様子を覗き見ていた。

「お疲れさんです、徳さん。すっかり様になってますね」

田宮が微笑む。

「君も見事に犬塚健になっている。さすがだな」

谷内は歯を覗かせた。

「ゲンゾーという男の仕切り、たいしたものですね」

「ああ。他のホームレスの話では、ゲンゾーがいなければ、上野公園のホームレスは再生整備事業を名目にほとんどが追い出されていただろうという話だ」

「元役人ですか？」

「いや、元ヤクザだという噂だ。真偽は定かではないがね。ただここへ来て彼の動きを見る限り、過去にある程度の数の人間を統率した経験がありそうだ」

谷内がゲンゾーに目を向けた。

田宮もゲンゾーを見る。終始笑顔、時に語気を強め、巧みに多くのホームレスを捌いている。

「徳さん。〈キボウノヒカリ〉は？」

「今、ゲンゾーたちが整理している炊き出しの左奥の連中がそうだな」

谷内が言う。

田宮は左奥を見やった。若い男女七人が大鍋の周りに立ち、スープを注ぎ、順番にホームレスに配っていた。

「若いですね」

「〈キボウノヒカリ〉のボランティアは、その多くが大学生だそうだ。大鍋でスープを注いでいる背の高いちょっと茶髪の男が、ＮＰＯ法人共同理事の三好拓海《みよしたくみ》。帝北《ていほく》大学の四年生だ」

谷内が目で差す。

「いかにも好青年といった風情ですね」

「ゲンゾーたちに訊いてみたが、三好拓海は見た目通りの好青年で、〈キボウノヒカリ〉はボランティア団体の中でも特に炊き出しや生活支援、ホームレスの社会復帰に力を入れているそうだ」

「それだけ、資金が潤沢という証左ですね」

「そうとも言えるが、一方で、〈キボウノヒカリ〉の活動に参加している若者のボランティア意識が高いのも特徴的だ。宗教を背景に持たない団体としては珍しいな」

「そこの方々。もう、食事はお済みですか？」

背後から声がかかった。

田宮と谷内が同時に振り向く。

細身の青年がおにぎりセットを二つ持ち、笑顔で二人を見つめた。谷内と田宮の顔にも笑みがこぼれる。

吉沢だった。

「いや、まだです」

田宮が言う。

「それはよかった。こちらでよろしいですか？」

吉沢が近づいてくる。

田宮と谷内は芝の上に座った。吉沢はその脇に屈み、おにぎりセットを差し出す。

「〈キボウノヒカリ〉の大島と申します。ちょっとお話しさせていただいてもよろしいですか？」

吉沢は微笑んだまま、丁寧な言葉で話しかける。行き交う人々は、ボランティアに従事する吉沢を目にして微笑み、通り過ぎる。三人のシルエットは、ボランティアとホームレスという構図でその場に溶け込んでいた。

「私は一週間前に入ったばかりの新人なので、まだこちらの事情をよく知らないんですよ。よかったら、お聞かせ願えますか？」

吉沢が訊く。

一週間前ということは、予定より四日早く、〈キボウノヒカリ〉に潜入したということだ。それだけ、大島翔太という人物になりきるのが早かったのだろう。でなければ、伴と古川がゴーサインを出さない。

田宮と谷内は目を合わせてうなずいた。

吉沢の問いに谷内が答える。谷内が教えたのは、田宮に語ったことと同じく、上野公園の現状だった。

「――なるほど。ということは、あのゲンゾーさんという方が、こちらでは窓口になるわけですね？」

「窓口とは？」

田宮が訊く。

「連絡の要役《かなめ》といいますか……。私ども〈キボウノヒカリ〉では、炊き出しや生活援助の他、みなさんの社会復帰のお手伝いをしておりまして」

「具体的には？」

「私たちの団体は、何軒かのシェアハウスを所有しています。まずそこに入所していただいて、生活保護をもらいつつ、仕事を探していただきます。もちろん、仕事探しのお手伝いはいたします。仕事が見つかったら、お金を貯めてアパートを借り、自立していただきます。自立後も、定期的に私たちがサポートし、最終的には完全自立していただけるようになっています」

「ずいぶんと手厚いな。ＮＰＯ団体の職員だけじゃあ、無理だろう」

谷内が言った。吉沢は笑顔を谷内に向けた。

「私たちの団体の正規職員は三十名ほどですが、ボランティア登録は百五十名を超えます。私やあの三好さんのように現場に出る者もいますが、シェアハウスを出て自活している人たちを見て回っている者もいます。それぞれで役割分担をして、サポートしているんです」

「百五十人は多いな」

田宮が呟く。

「ほとんどが三好さんの活動を知った大学生です。三好さんのネットワークで入ってくる人が多いですよ。僕のように三好さんの活動を知らずに飛び込む部外者は少数です。それでも、サポート体制は充実していますよ。政府への提言は、衆議院議員の根岸了三先生が熱心にしてくださいます。根岸先生の後援会会長、篠岡喜美治《しのおかきみはる》さんが週に一度事務局へ来て、現況を訊いてくださいます」

吉沢は会話の中に情報を紛《まぎ》れ込ませた。

篠岡という名前は初めて聞いた。週に一度、〈キボウノヒカリ〉の事務局を訪れているということは、篠岡という人物がNPOと根岸の仲立ちとなっているのだろう。

吉沢は話を続けた。

「また、生活保護の申請やアパートの保証人などは、人権派弁護士の中丸孝次朗《なかまるこうじろう》先生に協力していただいています。中丸先生は週に一度、〈キボウノヒカリ〉事務局で社会復帰に臨《のぞ》んでいる人たちに話もしてくださいます」

「どんな話だ?」

田宮が訊く。

「社会で生きる心構えとか、展望の描き方とか。自己啓発に関するものが多いですね。僕たちのような若いボランティアにも、中丸先生の話はとてもタメになるのでありがたいです」

吉沢が言う。

宗教と関わりがないにもかかわらず、ボランティア意識が高い要因はそのあたりか。と、田宮は感じた。

中丸孝次朗は社会的地位と名声を得ている人物だ。若い頃は得てして、そうした人物の言葉に心酔してしまうことがある。吉沢が中丸の話にボランティアの件を付け加えたのは、そういう意味があるということだろう。

「シェアハウスにいる社会復帰希望者は、どのようなところで働いているんだ?」

谷内が訊く。

「さあ。そこまではまだ、僕にもよくわからないんですよ」

吉沢が首を傾げる。

田宮は吉沢の肩越しに遠くを見た。三好が近づいてくる。すぐさま、吉沢と谷内に目で合図をした。

「大島君、どうした?」

三好が声をかけてきた。

吉沢は微笑んで振り向いた。

「この方たちが炊き出しをまだもらっていなかったみたいなので、お持ちして、話を聞かせていただいていました」

言いながら立つ。

「勝手に炊き出しを持ってきてはダメだ。並んでいる人たちがいるんだから」

「すみません」

吉沢は深く頭を下げた。

「僕としても、君のように受け取りに来ない人を探し、渡して回りたいんだが、それだとわざわざ並んでいる人たちから不平が出る。だから、そういう人を探して、声だけかけてくれと頼んだんだ」

「出過ぎた真似をしました」

吉沢がうなだれる。

「いいよいいよ。まだ慣れていないだけだから」

三好は微笑み、吉沢の肩を叩いた。谷内と田宮に目を向ける。

「徳さん、お久しぶりです。体調はどうですか？」

「悪くないよ。これ、悪いことしたな。返すよ」

谷内はおにぎりセットを掲げた。

「いいですよ。今日は特別です。次回からは並んでください」

三好は微笑みを崩さない。視線を田宮に向けた。

「そちらの方は初めてですね。私はＮＰＯ法人〈キボウノヒカリ〉の共同理事を務めている三好拓海です。よろしければ、お名前を聞かせていただけますか？」

「ケンだ」

無愛想に答える。それでも三好は笑顔を絶やさない。

「お若いですね。失礼ですが、おいくつですか？」

「なんで、おまえに歳を言わなきゃならねえんだ」

睨みつける。三好は動じない。

「不躾《ぶしつけ》な質問をしてすみませんでした。何か困ったことがあれば、いつでも相談してください。若輩ながら、協力させていただきます」

三好は穏やかな口調で言う。

田宮はそっぽを向いた。

「大島君。他に炊き出しをもらっていない方を探してみてくれないか。あと三十分で片づけなければならないから」

「わかりました。ケンさん、徳さん。失礼します」

吉沢は会釈をして、その場から去った。三好も頭を下げ、炊き出し場所へ戻っていく。

「気持ち悪いヤツですね」

田宮が呟く。

「あの笑顔が本物なのか、フェイクなのか。ずっと見ているが、判断はつかないな」

谷内も三好の背中を見据えた。

「そうだ、徳さん。お願いがあるんですけど」

「なんだ？」

「俺がここを出て、もし日比が一人でここに残ったら、あいつの面倒をみてもらえませんか？　どう見ても、こういう場所に合うヤツとは思えないので」

「そろそろここを出て行こうと思っていたんだがな」

「出て行くのは、俺が去った後にして、日比を連れていってください」

「それでいいんだな？」

「一幕のアドリブです」

田宮が言う。

谷内は深くうなずいた。

3

それから一週間はホームレスとしての生活が続いた。

谷内のテントに身を寄せ、谷内の仲介でゲンゾー一派とも仲良くなり、ホームレス生活はトラブルもなく続いていた。

田宮は初めからホームレスとなるべく、自分の心身を順応させていたので体調も崩さず、日々を送っていた。が、日比は違った。

見立て通り、彼にホームレス生活は合わないようだった。

日に日に痩せていき、元々青白かった顔色がさらに土気色《つちけ》になってきた。ゲンゾーたちとの集まりに顔を覗かせるものの、しゃべりもせず、もらったジュースの缶を握って押し黙ることがほとんどだった。

その日も、〈キボウノヒカリ〉による炊き出しが行なわれていた。

日比はテントで寝ていた。代わりに、田宮がゲンゾーたちの人員整理を手伝っていた。

「ケンさん、どうも」

三好が近づいてきた。

三好と顔を合わせるのは、今日で四度目だ。〈キボウノヒカリ〉は週三日、炊き出しを行なっていた。三好は炊き出しに来るたびに、田宮に近づいては話しかけてきた。

最初は迷惑げな顔を装っていたが、徐々に心を開いていくような演技をした。

三好もそれを受け入れたようで、語り口調も気安《きやす》げになっていた。

「三好。今日の飯はなんだ？」

「カレーにしました。今夜あたりから天候が崩れて、少し肌寒くなりそうなので、身体を温めてもらいたいと思いまして」

「考えてるじゃねえか」

「それが僕らの仕事ですからね」

そう言い、いつもの笑顔を見せる。

三好は周りを見回した。

「あれ？　洋一さんがいませんね？」

三好が言う。

日比はいつも田宮と行動していた。その縁で三好とも言葉を交わすようになった。

「ちょっと具合が悪くてな。そうだ。おまえら、ここの連中が体調を崩した時はどうしているんだ？」

田宮が訊く。

「僕らに協力してくれている病院に連れて行っています。洋一さんの様子、見せていただけますか？」

「ああ、頼むよ」

田宮は言い、ゲンゾーに声をかけた。

「ゲンゾーさん。ちょっと、洋一の様子を見に行ってくるわ！」

「おう。ああ、待て待て」

ゲンゾーが地を踏みならし、駆け寄ってくる。

「具合が良くなったら、こいつを食わせてやれ」

大きな手を差し出す。おにぎりを二個、つかんでいた。田宮はおにぎりを受け取った。

「ありがとう」

右手を挙げ、三好とともにテントへ向かう。

「ゲンゾーさんは本当に面倒見がいいですね」

「そうだな。ボランティアの人みたいだ」

田宮が笑う。

「一度、ゲンゾーさんにうちの職員になってくれないかと頼んだことがあるんですが、断わられました」

「どうしてだ？」

「俺はここの連中の面倒をみるだけで手一杯だから、と」

「ゲンゾーさんらしいな」

微笑み、問いかける。

「おまえんとこの職員に元ホームレスがいるのか？」

「ゲンゾーさんのように現場で誘うことはめったにありませんが、かつてホームレスだったという人はいます」

「かつてということは、社会復帰を果たして職員になったということか？」

「そうですね。元ホームレスの職員さんのほとんどは、中丸先生の紹介です」

「ああ、いつぞや若いのが言ってた、おまえの団体に協力しているという弁護士先生か」

「そうです。中丸先生の熱意には頭が下がります。ホームレス支援というのは正直、お金にはなりません。だけど、中丸先生はお金の問題じゃないと言い切って、僕たちへの協力は無償で引き受けてくれています」

「無償？　それじゃあ、その弁護士先生の生活が成り立たないんじゃないか？」

「いえ。事務所の他の弁護士さんがいろんな事案を取り扱っているので、事務所代表としての収入があります。テレビの出演料や執筆の原稿料もあるようですから、困らない程度には入ってきているみたいですよ」

「そうか。弁護士先生はさぞ儲《もう》かるんだろうな」

「そうでもないみたいです。カツカツだと言っていました」

「どうだか」

毒づく田宮を見て、三好は苦笑いを浮かべた。

「そういやあ、あの若いのはどうしたよ?」

「大島君ですか?　彼には今、自立したかつてのシェアハウスの住人の巡回をしてもらっています」

「そういえば、おまえのところじゃ、そんなことをしているとも言ってたな」

「ひと通り、僕らの活動内容を体験してもらうのも大切ですから」

三好が微笑む。

田宮は三好に会うたび、その人となりを探った。

無愛想にしても、多少喧嘩口調で絡んでも、温和な表情は変わらない。親しくはなったが、スタンスもホームレスとその支援をするボランティアという立場を越えない。

リーダーとして、他のボランティアをしっかりと管理し、手際よく炊き出しを済ませ、ホームレスの相談に乗り、帰って行く。

最初は、そうした好青年を演じているのかと勘ぐった。しかし、付き合うほどに、三好自身の性格が純粋なもののように思えてきた。

三好は谷内のテントを覗いた。谷内が日比の脇にいた。日比は毛布を被って仰向けに寝ていた。

「徳さん。洋一さんはどうですか？」

三好が声をかける。

「ちょっと熱もありそうだな。悪いものでも食ってしまったかな」

「失礼します」

三好は靴を脱ぎ、テント内に入った。田宮も続く。三好は谷内の差し向かいに正座した。日比の顔を覗き込む。

「洋一さん。大丈夫ですか？」

「ああ、三好さん……。大丈夫です」

力のない笑みを浮かべる。額にはうっすらと脂汗が滲《にじ》んでいた。

「徳さん。洋一さんは僕が看てますから、ご自分の炊き出しをもらってきてください」

三好が言う。

「そうするか」

谷内が立ち上がる。田宮と目を合わせ、かすかにうなずく。「よろしく」と言い残し、谷内はテントを出た。

三好は日比の下瞼を指でめくったり、喉《のど》の奥を覗いたり、首筋に指を当てたりして体調を探った。

「おまえ、医者か何かか？」

「いえ。協力いただいている医師に、どういうところを見ればいいかを聞いていたので、その通りにしているだけです。扁桃腺《へんとうせん》は腫《は》れてないですし、他のリンパも大丈夫です。洋一さん、昨晩か今朝、何か食べましたか？」

「今朝、消費期限切れの弁当を食べました。ちょっと舌にピリッとくる刺激があったんですけど、久しぶりの食事だったので食べてしまいました。それから、腹が痛くなったり、吐いたりで……」

「食中毒かもしれないですね。病院へ行きましょう」

三好が言う。

「でも、僕は保険証も持っていないし、お金もないし……」

「心配いりません。ＮＰＯの方で持ちますから。このままにしておく方が良くない」

「三好の言う通りだ。世話になれ」

田宮が促す。

日比は顔を背け、逡巡《しゅんじゅん》した。やおら顔を傾け、田宮を見る。

「ケンさんが付き添ってくれるなら……」

遠慮がちに言う。

「なんで、俺が行かなきゃならないんだ。三好がいるだろう」

「そうですけど……」

「ケンさん。僕からもお願いします」

三好が太腿《ふともも》に両手を突き、頭を下げた。日比も目で懇願する。

「仕方ねえな。わかったよ」

田宮は面倒くさそうに言った。

「ありがとうございます」

三好はスマートフォンで、NPO事務局へ連絡を取った。手短に用件を伝え、電話を切る。

「歩けますか？」

「はい」

日比がだるそうに身体を起こす。田宮が脇に肩を通し、支えた。

「タクシーで行きます」

三好はそう言い、立ち上がった。

三好が案内したのは、小さな個人病院だった。診察が終わった日比は、六床しかないベッドの一つに寝かされ、点滴を受けていた。

田宮と三好はロビーにいた。

「ただの食あたりでよかったですね」

三好が笑みをこぼす。

「まったくだ。しかし、あいつの胃腸の弱さにも困ったもんだ。炊き出し以外のものを食うと、しょっちゅう下痢や嘔吐をしてる。軟弱すぎるな」

「それが普通ですよ。みなさんが強すぎるだけです」

三好は笑い、田宮をまっすぐ見つめた。

「ケンさん。一つ提案があるんですが」

「なんだ?」

「僕らが管理している社会復帰用のシェアハウスに来ませんか?」

「そりゃいい。洋一は路上生活には向いてない。連れていってやってくれ」

「ケンさんもです」

「俺?　いや、俺は今のままでいいよ」

田宮は断わった。

本来は、これで第二幕に移れる。願ったり叶ったりだが、潜入捜査を始めてまだ十日だ。性急に進む事態に、つい慎重になった。

「ケンさん、失礼ですがおいくつですか?」

三好が訊いた。

「三十三だ」

田宮は答えた。それだけ親密になったというアピールだ。

「以前、洋一さんが年齢はケンさんと同じだと言っていました。洋一さんも三十三歳なんですね？」

「そのようだな」

「ケンさん。立て直すなら、今です。三十代前半なら、まだ仕事もあるし、技能も身に付けられる。僕はいろんなホームレスの人たちの手助けをしてきました。誰もが自分の力で生きられるのが理想ですが、正直、五十を過ぎた人たちの立て直しは厳しい。四十代の人たちでもよほどのスキルを持っていないと、せっかく立ち直ってもまた路上生活に戻るということもあります。若ければ若いほどチャンスがある、というのが、残念ですが現実です。ケンさんの事情は知るよしもないですが、それでも言わせてもらいます。洋一さんと一緒に、僕らのシェアハウスへ来てください」

三好は田宮を直視した。じっと目を見たまま動かない。嘘偽りは感じない。

田宮は目を逸《そ》らした。

「……考えさせてくれないか」

小声で言い、席を立つ。

「洋一のことはよろしく頼む。俺は戻るから」

「ケンさん。今です。待ってますから」

三好は立ち上がり、訴えた。

田宮は返事をせず、背を向けた。


上野公園へ戻った頃には夕方になっていた。三好が言っていたように天気は悪くなってきている。空には黒い雲が立ち、今にも泣き出しそうだった。

「よう、ケン」

ベンチでくつろいでいたゲンゾーが大きな右手を挙げた。田宮は会釈し、歩み寄った。

「洋一はどうだった?」

「食あたりだそうです。今、点滴を受けています」

「食あたりだと?　ありゃあ、貧弱だからな」

そう言い、豪快に笑う。

「そうだ、ゲンゾーさん。ちょっと訊きたいことがあるんですけど」

「何でも訊け」

田宮を見上げる。田宮はゲンゾーの隣に腰を下ろした。

「実はさっき、〈キボウノヒカリ〉の三好に、あいつらが管理しているシェアハウスに来ないかと誘われたんですが」

「行ってこい」

ゲンゾーは正面に目を向けたまま言った。

「えっ？」

「シェアハウスに入って、生活を立て直せ」

「しかし、あいつらの団体を信じていいものかどうか……」

「ＮＰＯにもいろいろある。宗教絡みの団体もあれば、ヤクザが生活保護目当てで運営している団体もある。だが、三好の団体は色が付いてねえ。あそこを出たヤツらがうまくいっているという話も聞かねえが、他の団体よりはいい。もっといえば、ここでくすぶっているよりは百倍マシだ」

ゲンゾーは田宮を見て、笑った。欠けた前歯が覗く。

「おまえ、何年、路上やってる？」

ゲンゾーが訊く。

「二年ぐらい……ですか」

「そろそろ潮時だ。それ以上、路上にいると戻れなくなるぞ。俺たちみたいに」

ゲンゾーは仲間に目を向けた。

遊歩道を歩いている一般人からは死角になる木立の裏で、誰かが買ってきた酒で宴会をしている。時折、笑い声も聞こえた。

「あいつら、ああやって楽しそうにしているが、そうでもしてねえとやってられないからだ。このままじゃいられないと思っても、立て直すには歳が行きすぎた。自由に生きるだの、給料に縛られたくねえだのと強がっちゃいるが、心の中はあの時こうしていればという後悔ばかり。事情があるにせよ、てめえの人生から逃げ回った成れの果てだ」

ゲンゾーは目を細めた。

「ゲンゾーさんもその一人というわけですか？」

「そうだ。俺もてめえから逃げ回った。今ここにいるのはその結果だ」

そう語るゲンゾーに気負いはない。

「おまえに何があったのかは知らねえ。知る気もねえ。だが、これだけは言える」

ゲンゾーはぎょろりとした双眸で田宮を見つめた。

「てめえから逃げて得られるのは後悔だけだ」

語気に力がこもっている。ゲンゾーの言葉が胸の奥にずしりと響く。

ゲンゾーはその大きな右手のひらで田宮の肩を握った。

「てめえと洋一は、今日限り出入り禁止だ」

欠けた歯を見せ、片頬を上げる。そのまま立ち上がり、仲間の下《もと》へ歩いていった。

田宮は立ち上がり、ゲンゾーの背中に深々と頭を下げた。

そこに谷内が歩み寄ってきた。

「どうした、ケン？」

「徳さん。ちょうどよかった。俺と洋一は、三好の勧めで〈キボウノヒカリ〉が運営するシェアハウスへ行くことになったんです。短い間だけど世話になりました」

頭を下げた。

木立の陰にいるゲンゾーの仲間が二人の様子を見ていた。

「それはよかった。アドリブ、終わりだな？」

谷内が言う。田宮はうなずいた。

「ではそろそろ、私もここを出るとするか」

「それがいい。洋一の面倒は俺がみるんで、少しのんびりしてください」

「そうしよう」

谷内が微笑む。

田宮は再び深々と腰を折り、谷内の前から去った。

4

〈キボウノヒカリ〉が運営するシェアハウスは杉並区《すぎなみ》にあった。神田川《かんだ》沿いの古びた二階建ての一軒家だ。日比が診療を受けた翌日の午後二時頃、三好が車で田宮と日比を連れてきた。

表門を潜ると、小ぢんまりとした庭があった。物干し竿には多くの下着や服が吊るされている。どれも男ものだった。

三好は玄関の引き戸を開けた。

「どうぞ」

手招きする。

田宮と日比は持参した紙袋を一つ持ち、玄関へ入った。たたきには複数の靴が置かれていた。スニーカーやサンダルの中に革靴もある。右手には〈トイレ・浴室〉と書かれたプレートの貼られたドアがある。その先に、二階へ上がる階段があった。階段左の一階廊下は奥へと続いていた。途中に一つドアがあり、奥にも大きなドアが見える。

三好は二人を一階廊下の最奥の部屋へ案内した。

ドアの向こうはリビングダイニングだった。キッチンの前には八人くらいが座れる長い食卓がある。左手奥には八畳くらいの畳の部屋があり、ローソファーとテレビが置かれていた。

そこに男が一人いた。大柄で浅黒い筋骨隆々の男だ。馬並みの大きな鼻が見る者の目を引く。

「小栗《おぐり》さん。今日から入居する洋一さんとケンさんです」

三好はにこやかに紹介した。

が、男は笑っていなかった。日比と田宮を一瞥《いちべつ》すると、テレビに目を戻した。

「洋一さん、ケンさん。ここが食堂とリビングです。朝昼晩とうちのスタッフが食事を用意します。時間は決まっていますので、厳守してください。これも日常のリズムに身体を馴らす訓練ですから」

三好が言い、リビングの小栗に目を向けた。

「小栗さん。今日は休みですか？」

「辞めたよ、あの会社」

「辞めたって。どうしてですか？」

三好が訊く。あくまでも笑顔は崩さない。

小栗は細長い目を開き、三好を睨みつけた。

「どうもこうもあるか。俺が偽の収入印紙を買い取ったら、弁償しろとぬかしやがった。俺はバイトで素人だってての。そんなの一見でわかるわけねえだろ」

鼻孔を広げ、息を荒くする。

「いや、でも、間違ったのは小栗さんですよね？　それは、何らかの責任を取らないと……」

「だから、辞めてやっただろ。給料もいらねえ。それでいいんじゃねえのか？」

三好を見据える。

三好は目を逸らし、ため息を吐いた。が、すぐに笑顔を作り、小栗を見やった。

「わかりました。また、新しい仕事を探しましょう」

「今度はもう少しマシなところにしてくれよ」

小栗は言いたいことを言い終えると、テレビに目を戻した。背中から、話しかけるなという無言の圧力が立ち上る。

「ケンさん、洋一さん。部屋へ案内します」

三好はそそくさとリビングを出た。

「なあ、三好。さっきの話、何なんだ？」

田宮が訊く。

「小栗さんには、僕らの活動に賛同してくれている方が経営している金券ショップを紹介したんですが、どうやらトラブルが起こったようですね」

「斡旋《あっせん》先でのトラブルって多いんですか？」

日比が訊く。

「多くはないですが、正直、少ないとも言えません。やはり、路上生活が長かったせいか、ちょっとしたことがきっかけで軋轢《あつれき》が生まれてしまうんです」

三好が目を伏せる。

「でも、それも仕方ないと思っています。うまくいかなければ、また次に。みなさん、そうしてチャレンジしていくしかありません。僕たちにできるのはサポートだけですから。みなさんと同じく、諦《あきら》めません」

そう言って、満面の笑みを田宮たちに向けた。

日比は、三好の真っ直ぐな思いに感じ入ったように、黒目を濃くした。

しかし、田宮は冷ややかな目で三好の背を見つめていた。

金券ショップで偽の収入印紙を買い取らされるという手口は、逮捕された小玉茂が嵌められた手口そのままだ。先ほどの三好の対応を見る限り、こうしたトラブルがあったのは二度や三度ではないようだ。自立した元入居者の追跡サポートもしている三好なら、小玉のような目に遭《あ》った者のことを知らないとは思えない。

隠しているのか？

それとも、本当に知らないのか……。

笑顔の下の真実を探るしかないと、田宮は感じた。

三好は二階へ上がった。田宮と日比がついていく。二階は階段から続く廊下が奥の壁までまっすぐ延びていた。その両脇に計六室のドアがある。それぞれに一、二……と番号が記されていた。

「このシェアハウスに住んでいるのは、四人か？」

田宮が訊く。

「いえ、五人です。基本的に入居者さんには一人一室を提供しているのですが、このところ他でも空きがなくて。なので、申し訳ないのですが、ケンさんと洋一さんは同室ということでよろしいですか？」

「俺は構わんよ」

「僕もそれでかまいません」

日比が言う。

三好は微笑み、六号室のドアを開けた。

中へ入る。八畳ほどの部屋だった。一人で暮らすにはそこそこ広いが、二人だとやはり手狭になる。布団が二組、小さなテーブルとテレビが用意されていた。壁にはラミネートコーティングされた様々な貼り紙があった。

「こちらがお二人の部屋です。仕事が決まるまでのタイムスケジュールは、壁に貼ってあります」

三好がテーブル前の壁を指した。Ｂ４用紙にマジックで書かれた時間割がある。

時間割といっても、入居者の自由を奪うものではなく、起床就寝時間と朝昼晩の食事時間を記しただけのものだった。

「他の貼り紙は、ゴミ出しや掃除の当番表、その他注意書きなどです。あとで読んでおいてください。一階の玄関入ってすぐ左手にあった部屋は管理人部屋です。〈キボウノヒカリ〉のスタッフが交代で入っています。夜間は常駐していますが、日中は今日のように不在の時もありますので、何かあれば事務局へ連絡してください。何か訊きたいことはありますか？」

「食事についてもう一度教えてくれ」

「ここでは日替わりでスタッフが三食を作っていますので、安心してください。入居者さんは働いて自活することに集中してもらえれば結構です」

「入居期間はどのくらいなんですか？」

「原則半年です。半年を過ぎてもうまくいかない方は、さらに三ヵ月サポートさせていただいてます。でも、心配なさらないでください。ほとんどの方は半年も経たずに自立していますから」

「たいしたもんだな。何か、特別な手でもあるのか？」

田宮が見据える。

「いえ、特別なことは何も。ただ、中丸先生を通じて協力してもらえる会社さんが多いので、仕事が比較的見つけやすいということはあるのかもしれません」

三好はそう言い、笑顔を覗かせる。

「大先生のコネというわけか」

「いけませんか？」

三好の眦がかすかに上がった。

三好は何があっても笑顔を絶やさない。というか、微笑み以外の表情はあまり表に出さないタイプだ。が、中丸のことになると熱くなったり、多少喧嘩腰になったりと胸の内を覗かせる。それだけ、中丸に心酔しているということだろう。

ＮＰＯの肝《きも》は、中丸か……。

心中ほくそ笑みつつ、三好を見る。

「いや、悪くはねえ。俺たちも崖っぷちだからな。コネだろうと何だろうと、社会復帰の足がかりが得られるだけでありがたいってもんだ」

「ケンさんなら、そう言ってくれると思っていました」

三好は元の温和な笑顔に戻った。

「では、僕はこれで。夕飯時までくつろいでいてください。これからのことはまた明日以降に話し合いましょう」

「三好。世話になったな」

「これからですよ」

「ありがとうございます、三好さん」

日比が深く頭を下げた。

三好は笑顔で頷き、部屋を出た。


私物を簡単に整理した田宮と日比は一階に下りた。リビングに顔を出す。小栗は相変わらず、ローソファーに寝そべり、だらだらとテレビを眺めていた。

「すみません。飲み物をもらってもよろしいですか？」

日比が訊いた。

「勝手に飲めよ」

小栗は目も合わせず、答えた。

田宮はリビングの隅に腰を下ろした。日比は冷蔵庫を開けた。作り置きの麦茶がある。コップを二つ出し、それぞれに麦茶を注いだ。

「はい、ケンさん」

田宮に一つ渡し、脇に腰を下ろした。

「ありがとう」

田宮は半分ほど喉に流し込んだ。

ひと息つき、小栗に目を向ける。

「あんた、小栗さんだったな」

声をかけた。

「そうだが」

相変わらず、振り向きもしない。

「今日から世話になる犬塚健と日比洋一だ。何分、こういうところは初めてなもんで二人とも慣れてねえが、いろいろ教えてくれ。よろしく頼む」

田宮は膝に左手を置き、頭を下げた。横で日比も正座をし、頭を下げる。

小栗は身体を起こした。ソファーの背に深くもたれ、ようやく田宮たちに目を向ける。

「俺は小栗英明《ひであき》。ここはムショじゃねえんだ。気楽にやりな」

ひねた笑みを口端に滲ませる。

「小栗さんはどのくらい、こちらにいらっしゃるんですか？」

日比が訊く。

「もうすぐ半年だ。そろそろ出て行く準備をしなけりゃならねえな」

「三好はその後三ヵ月あると言っていたが」

田宮が言う。

「優良入居者はそうだ。が、俺はここへ来て、もう三つも仕事を替わってる。トラブル続きでな。追い出されるのは間違いねえだろう」

小栗は平然と言った。たいして気にしている様子もない。

「また、路上に戻るのか?」

「そうなるだろうな。行くアテはねえから。まあ、それも気楽でいい。そっちの青白いの、名前は――」

「日比です」

「日比。俺にも麦茶くれねえか?」

「あ、はい」

日比は立ち上がり、キッチンへ入った。

「小栗さん、いくつだ?」

田宮が訊く。

「三十七だ。おまえは?」

「三十三。日比も一緒だ」

キッチンを一瞥する。日比が麦茶の入ったコップを取って、戻ってきた。

「どうぞ」

「悪いな」

小栗はコップを受け取ると、一気に飲み干した。口辺《こうへん》に垂れた滴《しずく》を手の甲で拭《ぬぐ》う。

「ここに入居している連中はみな、三十代だ。他のシェアハウスもほとんどが三十代だと聞いている。ホームレスの社会復帰を手助けすると謳いながら、実際は働き口を見つけやすい若いのを集めているんだろうな」

「何軒のシェアハウスを所有しているんだ、この団体は」

田宮は訊いてみた。

「さあ。五軒だの十軒だのと言われているが、よくわからねえ。紹介された仕事先で、俺らと同じように〈キボウノヒカリ〉のシェアハウスから来たというヤツに聞いた話だからな」

「どんな仕事を紹介されたんですか？」

日比が訊く。

「俺が紹介されたのは、運送屋のベース倉庫の荷出しと外構工事の作業員。それと金券ショップだ」

「金券ショップというのは？　一つだけ毛色が違うが」

田宮が訊いた。

「ベースの荷出しやってた時に腰を痛めちまってな。それで楽な仕事を選んでもらったんだよ。だが、そこが本当に腹の立つところでな。基本給は手取り十五万もない。

あとは売買実績で歩合が付くというシステムだ。目利きの連中はそれなりに儲けていたが、俺みてえに接客に向かないヤツは貧乏くじを引かされる」

「それがさっき言っていた話か？」

「そうだ。高そうなスーツを着たおっさんが収入印紙二百万円分を持ち込んできた。その時、店頭には俺しかいなくてな。それを百二十万で買い取ることになった。全部売れりゃあ、差額八十万の半分が俺に入る。いい儲けだと思って飛びついちまったが、そいつが偽物とはついてねえ。さらに、そこの店主は、偽物を買い取った損失に加えて会社の信用を貶《おと》しめたなんて理由も付けて三百万払えとぬかしやがった。冗談じゃねえよな」

「労働契約に損害賠償の項目はなかったのか？」

「そんなもん、見てねえよ。どのみち、俺らに選択肢はねえんだしな。名前書いて、ハンコを押しただけだ。おまえらもそうなるよ」

小栗は片頬を吊った。

「ただ一つ、有利な就職先を手に入れる方法がある」

小栗が田宮と日比を交互に見据える。

「何ですか？」

日比は息を呑んだ。

「中丸の機嫌を取ることだ」

「中丸といえば、〈キボウノヒカリ〉をサポートしているという弁護士だな」

田宮が言う。小栗は頷き、身を乗り出した。

「週に一回、〈キボウノヒカリ〉事務局で中丸のセミナーがある。そこに通っていると、それなりにいい仕事をもらえるという噂だ。そのまま事務局の職員になった者もいる」

「事務局でも雇ってもらえるんですか？」

日比が顔を寄せる。

「という話だ」

小栗は身体を起こし、再び背にもたれた。

「俺はそのセミナーには一度も顔を出さなかった。今さら、勝ち組の能書きを聞いて、何になるというんだ？　バカバカしい。まあ、そういうこともあって、俺はもうすぐここを追い出されるだろうよ」

「小栗さん。参考のために聞いておきたいんだが、偽造印紙をつかまされたというのは何という金券ショップだ？」

田宮が訊く。

「石橋トラベルってところだ。接客と目利きに自信があるなら、いい稼ぎにもなるが、口下手で真贋《しんがん》を見分けられないならやめといた方がマシだ」

小栗はあくびをし、ソファーに寝転んだ。

田宮と日比は、顔を見合わせ、苦笑いをした。

5

二日後、田宮は日比を連れ、下北沢にある〈キボウノヒカリ〉事務局を訪れた。今日は小栗が言っていた中丸孝次朗弁護士によるセミナーが開かれる日だった。

事務局は、下北沢駅から東へ五百メートルほど歩いたところにある真新しいビルの三階にあった。通り沿いには北沢タウンホールもあり、駅前近くのごみごみとした雑踏からは外れ、開けた雰囲気が漂う場所だった。

石橋トラベルへ入るには、小栗に倣って、セミナーには出ない方がいいのかもしれない。が、事務局の様子や中丸孝次朗本人の姿は見ておきたかった。

また、日比を石橋トラベルへ入れるのは酷《こく》だ。偽造印紙をつかまされ、賠償を請求されれば、小栗のように突っぱねられないだろう。日比には彼に見合った場所へ行ってもらいたい。

エレベーターで三階へ上がると、広いホールの先にガラスドアがあった。ドアは開放されていて、その奥に半円形の受付カウンターがある。NPOというより、IT企業の玄関のような風情だった。

田宮は、受付に座っている女性職員に声をかけた。

「すみません。下高井戸《しもたかいど》のシェアハウスでお世話になっている犬塚健と日比洋一です。三好さんから、中丸先生のセミナーがあるという話を聞いたので来てみたんですが」

「少々お待ちください」

笑顔を向け、目を伏せる。女性職員は手元のタブレットで名簿を確認しているようだった。

「犬塚さんと日比さんですね。確認しました。セミナーは右手奥の大会議室で行なわれます。午後二時からですので、入って待っていてください」

女性職員はカウンターから身を乗り出し、右奥のドアを指した。田宮は礼をし、通路を奥へと進んだ。日比がついてくる。

左手には中古の事務机が並んでいた。二十席ほどある。職員の半分が席についており、パソコンのキーボードを叩いている者もいれば、電話をしている者もいた。受付の雰囲気とは違い、中は役所のようだ。

右奥のドアの前には立て看板があった。太い黒マジックで〈中丸セミナーはこちら〉と書かれている。

ドアを開けた。

「あっ、ケンさん。ご無沙汰しています」

細身の男が笑顔を向けた。吉沢だった。

「確か、大島だったな?」

田宮はわざと訊いた。

「そうです。洋一さんもお久しぶりです。セミナーへ来られたということは、お二人とも、うちのシェアハウスへ入られたんですね?」

「ああ。三好のおかげでな。これからは世話になる。よろしく頼むよ」

「僕にできることがあれば、何でも協力させてもらいます。三好さんからもみなさんには力を尽くすように言われていますので」

「今日は外回りじゃないのか?」

「はい。今は事務局での仕事を教わっているところです。今日はセミナーの手伝いをさせていただいてるんですよ。先ほど中丸先生の事務所の方がいらっしゃいまして、近くの喫茶店で打ち合わせを済ませたところです」

「そうか」

田宮は吉沢の目を見て、かすかに頷いた。

「どうぞ、中へ」

吉沢が手招きする。

「大島。トイレを借りたいんだが」

「ご案内します」

吉沢が部屋から出てくる。

「洋一、先に入って席を取っていてくれ」

「はい」

日比は吉沢に会釈し、部屋へ入った。

吉沢は田宮を連れ、事務局の外へ出た。通路に出て、右側へ進む。突き当たり右にトイレがあった。吉沢と田宮は共に中へ入った。誰もいない。小便用便器に並び、用を足すふりをする。

田宮は壁に目を向けたまま、口を開いた。

「舞衣子さんと接触できたということだな？」

「はい。予定通り、事務担当職員として潜入できたそうです。現在、弁護士事務所の経理データを集めているところだそうです」

「もう少し、時間がかかるということか」

「そのようですね」

「おまえの方は何かわかったか？」

「先ほど舞衣子さんと話を突き合わせたんですが、根岸了三の後援会会長である篠岡喜美治が時々、中丸孝次朗の事務所に顔を出すそうです」

「秘書ではなく、後援会会長自身が？」

「はい」

「目的は何かつかめているか？」

「わかっていません。が、事務所内で中丸孝次朗と接触しているようです。表向きには、このセミナーなどもそうですが、支援事業の打ち合わせということになっているそうです」

「今日は篠岡は来るのか？」

「おそらく。セミナーの時はほとんど同席していると聞いています。セミナーの手伝いは今日が初めてなので、何とも言えませんが」

「わかった。徳さんに連絡を付けて、根岸と篠岡について調べるよう指示をしてくれ。それと君には〈キボウノヒカリ〉に協力している企業を調べておいてほしい」

「企業ですか？」

「特に、就職斡旋に協力している企業をリストアップしてほしい」

「わかりました」

吉沢は用を終えたふりをして、先にトイレを出た。

田宮は本当に小便をして、大会議室へ戻った。

会議室には三十脚ほどのパイプ椅子が並んでいた。日比は後ろの壁沿いに立ってい た。席を見るとすべて埋まっていて、日比のように立ち見をしている者もいた。

田宮は日比に顔を寄せた。

「ずいぶん盛況だな」

小声で言う。

「ホントですね。僕が入った時にはもう、席はありませんでしたから」

日比は椅子席を一瞥した。

田宮は正面を見た。小さな壇があり、その後ろにホワイトボードが設置されてい る。ホワイトボードの上部には〈古き良きを再生する〉という本日の題目が記されて いた。

集まっている人々を改めて見てみた。五十代、六十代とおぼしき男性の顔もちらほ らとあるが、ほとんどは三十代らしき若々しさを残した男性だった。中には二十代に 見える者もいる。みな、質素だが小ぎれいな格好をしていた。

「ここにいるのは、みんなお仲間か？」

田宮が日比に訊く。

「そうみたいです。でも、見たことのない顔ばかりですから、上野公園にいた人でもなければ、下高井戸のシェアハウスにいる人たちでもないですね」

日比が話していると、ドアが開いた。

室内の全員がドアに目を向ける。吉沢が入ってきた。その後ろから中丸孝次朗が姿を現わす。たちまち、室内に拍手が沸き起こった。

中丸孝次朗は、スラックスにジャケットというラフな格好をしていた。ジャケットの襟には弁護士バッジが光っている。長めの髪を七三に分けた風貌は、いかにも見識者といった風情だ。特徴のない薄い顔なのだが、それだけに目元を彩る青縁《あおぶち》の四角い眼鏡《めがね》がよく目立つ。四角い青縁眼鏡は中丸のトレードマークにもなっている。

中丸の後ろから、背の高い角張った顔の壮年男性が入ってきた。スーツに身を固め、白髪頭をきれいにオールバックに整えている。中丸とは違い、眉毛も太く目力のある男性だ。

吉沢を見た。吉沢は田宮の視線に気づくと、唇をかすかに動かした。〝シノオカ〟と言っている。田宮はうなずいた。

その後ろから、小柄で横幅のある男が入ってきた。作業ズボンを穿き、半袖のポロシャツを着ている。幅はあるが太っているわけではない。袖から覗く二の腕は太腿のように太く、胸板がポロシャツを盛り上げている。レスラーのような肉体だ。分厚い唇の口角を上げ、微笑んではいるが、一重の細い目は笑っていない。

篠岡ともう一人の男は、中丸に続いて正面へ歩を進めた。壇の脇に置かれたパイプ椅子にそれぞれ腰を下ろす。

壇上に立った中丸は、演台の端を両手で握り、上半身を乗り出した。

「ようこそ、中丸セミナーへ。私がセミナーを主催している中丸孝次朗です」

頭を下げる。再び、拍手が湧く。

中丸は顔を上げた。拍手が止むのを待つ。メディアにも露出している中丸は、そうした間の取り方も心得ているようだ。

拍手が止み、静かになると、中丸はやおら口を開いた。

「本日は特別講師として、大峰屋《おおみねや》社長・大峰博道《ひろみち》氏においでいただきました。大峰社長、どうぞ」

中丸が手招きする。

小柄な男が立ち上がった。中丸に会釈をし、壇上に立つ。

「大峰博道です」

大峰は聴衆に向かって頭を下げた。

「大峰社長は首都圏でリサイクルセンターを五ヵ所、経営されています。社長もかつては、みなさんと同じ境遇を味わった方です。しかし今は、押しも押されもせぬ経営者となられました。そんな大峰社長の言葉が、みなさんの心に届けばと思い、無理を言って講義をお願いしました。では、大峰社長、よろしくお願いします」

中丸は壇を降り、パイプ椅子に腰を下ろした。

大峰は聴衆を見回すと、ゆっくりと話を始めた。

「私は現在四十七歳です」

大峰の声は野太かった。話を続ける。

「私がみなさんと同じく、野宿生活を余儀なくされたのは十五年前。三十二歳の時でした。当時はまだ、今のように家を失った者へのサポート体制も確立しておらず、NPO法もできたばかりで、今ほど多くの手助けを得られない時代でした。みなさんならよく知っていると思いますが、その当時はアルミ缶拾いで食いつないだり、コンビニやファストフード店の消費期限切れの食べ物をあさってしのいでました」

大峰が語る。

黙って聞いている聴衆の中には、しきりに頷いている者もいた。

「一度は人生をあきらめました。路上で生き存《ながら》えるぐらいなら、いっそのこと死んでしまおうと考えたことも何度もありました。みなさんも同様の思いをされたでしょう」

大峰が語尾を和《やわ》らげる。

前列にいた痩身の男は、洟《はな》を啜《すす》っていた。その男につられ、周りの男が二、三人、同じように洟を啜り始めた。

なるほどね……。

田宮は後方から冷めた目で眺めていた。

しきりにうなずいている者も泣いているふうの者も、あまりに言葉に対する感性が強すぎる。まだ話は序盤だ。理解を示されたとはいえ、納得して感じ入るにはまだ早い。

つまり、最初に行動を起こした男たちは、これまでのセミナーで洗脳された入居者か、あるいはサクラだ。

狭い場所に閉じ込められると、人間には場の空気に同調しようという心理が働く。場の空気に馴染《なじ》まないということは、つまり孤立を意味するからだ。

また、多くの者が同調し始めると、不安に駆られる。周りはみな理解しているのに、自分は理解していない。もとより、人は十人十色の考え方を持つので、それでいいのだが、自分だけが理解できないというある種の劣等感を抱くと、その劣等感を払拭しようと無理に理解を示すようになる。さらに、理解できないものを理解した自分を納得させるため、どう理解したのかという理由を無理やり付けるようになる。そうして不協和を解消させると、その理論は本人の中で絶対的なものとなり、崩すことが難しくなる。

こうして孤立と不安を煽《あお》り、不条理なことを正しいと思い込ませることが洗脳である。

大峰の話はどうということのないものだった。

若い頃に事業に失敗し、多額の借金を抱え、ホームレスに転落した。何度も死を考えつつ、生きるために空き缶拾いをしていた時、ふとまだ使えるものが大量に捨てられている現実に気づいた。それを再生して使えないものかと考え、郊外の廃工場の倉庫を借り、修理をして売り出したところ、徐々に需要が増え、事業として成功を収めていった。

よくある成功譚《せいこうたん》だ。実際、大峰がそのような道を辿ったのかは定かでない。

しかし、話が続くほどに、頷く者や洟を啜る者が多くなった。

大峰の語りは絶妙だった。

ホワイトボードにある通り、捨てられた古い物がきれいになり、また社会の中で使われていく様になぞらえて、自らが立ち直っていく姿を語っていく。シナリオでもあるかのように淀みなく終盤に向け、盛り上がっていく。

気がつけば、室内の空気は感動一色になりつつあった。

右横からも洟を啜る音が聞こえてきた。横目に見やる。日比もまた押し黙り、下瞼に涙を溜めていた。

田宮はうつむき、感じ入っているふりをした。上目でホワイトボード上の時計を見やる。大峰はもう二十分も話していた。

「私は〈キボウノヒカリ〉の活動を中丸先生から伺《うかが》い、ぜひ、協力させてほしいと申し出ました。なぜだかわかりますか？」

大仰に問いかける。誰もが大峰の顔を見つめる。路傍で拾ってくれるのを待っている捨て犬のような目をしていた。

大峰は言葉を溜め、一人一人の目を見た。

「あなた方に立ち上がってほしいからです。底辺からの脱出がどれほど大変か。私自身、身に染みてよく知っています。だからこそ、あなた方の力になりたい。あきらめた人生を今一度、再生させてほしい。いつでも相談に来てください。中丸先生を通してでもいい。〈キボウノヒカリ〉を通してでもいい。直接でもいい。私たちは同志です。遠慮なく。共にがんばりましょう！　ありがとうございました」

大峰が頭を下げた。

割れんばかりの拍手が響いた。座っていた者は立ち上がり、称賛を贈った。中丸が立ち上がり、壇上へ向かう。大峰と入れ替わり、壇上に立った。

「大峰社長、ありがとうございました。いや、感動のあまり、つい涙が出そうになりました」

中丸が目元を拭う。その様を見て、会場にいた男の多くが笑みをこぼす。

中丸もまた役者だな、と、田宮は感じる。

篠岡に目を向ける。篠岡は感動にむせぶ聴衆を見つめ、ほくそ笑んでいる。

まるで、詐欺まがいの投資セミナー会場にいるような心地悪さを覚えた。

セミナーが終わり、中丸たちが会議室を後にした。参加した入居者たちも次々と会議室を出て行く。〈キボウノヒカリ〉のスタッフが会場を片づけ始めた。

「大島」

田宮は吉沢に声をかけた。

「三好さんによろしく伝えておいてくれ」

笑顔で話しかけ、肩に手を置く。スッと顔を近づけた。

「大峰という男も調べておけ」

耳元で囁く。

「わかりました」

吉沢は前の言葉に返事をする様を見せつつ、目で頷いた。

シェアハウスに戻ったのは、午後四時前だった。

リビングでは、小栗がローソファーに寝転がり、一人でテレビを眺めていた。

「ただいま帰りました」

日比が声をかける。

小栗は身を起こした。

「おう。どうだった？」

小栗は日比を見やった。

「いや、もう、感動でしたよ！」

日比は瞳を輝かせ、セミナーの様子を語り始めた。

「小栗さん。コーヒーでも淹れようか？」

田宮が言う。

「ああ、もらおう」

小栗が返事をする。

「洋一は？」

「僕はいいです」

そう言い、また小栗に話を続ける。

田宮は日比の様子を見て苦笑した。カップを二つ出して、インスタントコーヒーを淹れる。

日比は帰り道ずっと、セミナーの話をしていた。

大峰の話だけでなく、こうした場所に拾われて自分は幸運だと、しきりに語っていた。

自我のなさに危うさを感じるが、それを戒《いまし》めることもしなかった。日比が今日の話に感じ入り、生きようとする気持ちを再燃させるなら、それもいいと思った。

ブラックコーヒーを二杯作り、小栗にカップを渡す。小栗はコーヒーを口に含んだ。田宮を見て、呆れ笑いを覗かせる。田宮は双肩を竦めてみせ、腰を下ろした。

日比は一通り話し、ようやく落ち着いた。

「僕、風呂掃除してきますね。大峰さんも、人がめんどくさがることは率先してやれと言っていたし」

「頼むよ」

田宮が言うと、日比はリビングを飛び出した。

静かになる。小栗と田宮は息をついた。互いの顔に苦笑がこぼれる。

「大丈夫か、洋一は？」

小栗は廊下の方に目を向けた。

「まあ、今の今だから盛り上がっているだけだと思うけど」

田宮も廊下側を見やる。

「しかし、やっぱりセミナーというのは、俺の思った通りのものだったな」

「思った通りとは？」

「洗脳」

小栗は端的に答えた。

「おまえはどう感じた？」

訊いてくる。

「俺も、小栗さんと同じことを感じたよ。どういう意図をもって、そんな真似をするのかは知らないがね」

「奴隷作りだよ」

「奴隷？」

田宮が聞き返した。

「俺がまだ路上にいる頃、ここを出ていったん社会復帰したものの、路上へ戻ってきたヤツに会ったことがある。そいつは、事務局の紹介で派遣会社に入った」

「誰が経営しているんだ？」

「それは知らん。派遣されたのは介護施設だったそうだ。その介護施設は、〈キボウノヒカリ〉の代表、根岸了三の後援会会長が経営するケアハウスだったんだと」

「ほう」

田宮の双眸が光る。

「そこでの仕事は過酷だったそうだ。二交代制で実労働は十二時間以上。休憩はその間二十分もあればいい方だったらしい」

「しかし、それはどこの介護施設も同じじゃないか？」

「そうだな。問題はそこじゃねえ」

小栗はコーヒーで喉を潤した。話を続ける。

「同じように、ここを出て派遣会社からそのケアハウスで働いていた者は、その長時間労働に疑問も抱かなかったそうだ。なぜか。セミナーで刷り込まれたからだ。この生活から脱出するためには、相当な覚悟がいると。だが、その苦労は必ず報われると。そいつはとてもじゃないが我慢できず、逃げ出したが、他の者は薄給の長時間労働も自分が立ち直るための試練と公言し、働き続けたそうだ。その結果、そいつの知っているヤツは過労で死んじまった」

「裁判をすれば、賠償金を取れる話だな」

「俺だったら、間違いなく訴えてるよ。しかし、洗脳された他の連中はどうだったと思う？」

「道半ばで倒れた仲間を讃《たた》えたとか？」

「それならまだマシだ。無関心だよ」

「無関心……」

「我関せず。くたばったのは、本人の努力と自己管理が足りなかったせい。あるいは不運で片づけて、黙々と働いていたそうだ。自分に必死になれというのも、セミナーの教えだったんだと」

小栗はコーヒーをぐっと飲んだ。奥歯で苦いコーヒーを噛みしめる。

「その後、死んだヤツの分の空きはまた派遣会社から補塡《ほてん》され、ケアハウスは何ごともなく運営されてる。この現状を知れば、連中が何を求めているかわかるだろ。三十路も過ぎて路頭に迷っている人間を洗脳して、駒のように使う。連中にとって、この団体は都合のいい奴隷を量産する製造工場というわけだ」

カップを握り締める。

「悔しいよなあ、ケン。ほんのわずか、道を踏み外しちまったおかげで、どこからも誰からも人間扱いされねえ。働き方がどうのとテレビの中じゃのたまっているが、派遣なんて都合よく切れる駒でしかねえ。駒になっちまったら、未来もねえ。クソみたいな思いをして、外道《げどう》しかいねえ表社会に戻るなら、路上で人間を謳歌《おうか》している方がよっぽどマシじゃねえか？　なあ」

小栗はやるせない笑みを滲ませた。ソファーを立つ。カップを持って、キッチンへ向かう。

「とはいえ、まともに戻れるなら戻った方がいい。おまえは大丈夫そうだな。そうしたまやかしには呑み込まれなさそうだ。でも、洋一は心配だな。ケン。付き合いが続く限り、あいつを見守ってやってくれよ。あいつがケアハウスなんかに送りこまれりゃあ、死んだヤツの二の舞になりかねないからな」

小栗はカップを洗い、水道を止めた。

リビングを出て行く。

「どこへ？」

「自分の部屋で寝るよ。また洋一に捕まって、セミナーの話を聞かされるのはたまらねえからな」

小栗は笑い、廊下の奥へ消えた。

その日の夜、小栗はシェアハウスから姿を消した。

6

小栗が姿を消して五日が経った日の午後、三好がシェアハウスにやってきた。ダイニングのテーブルで向き合う。田宮の隣には日比もいた。

「小栗さんの部屋は片づけました。ケンさんか洋一さんが、小栗さんの部屋を使ってください」

「俺が使うよ」

田宮が手を挙げた。

「三好さん。小栗さんはどこへ行ったんですか？」

日比が訊く。

「僕たちも探してはみたんですが、見当たりません。一応、警察に、行方不明者届は出しましたが……。残念なことですが、こうしたことはよくあるんです」

三好はため息を吐いた。

「まあ、いなくなったもんは仕方ねえだろ」

田宮が言う。

日比は冷たい言葉を口にする田宮に非難めいた目を向けた。

「どこかで元気にしていてくれれば、それでよしです。僕たちも活動を続けながら、小栗さんの行方は気に掛けていますので」

三好は日比に笑顔を向けた。

日比が小さくうなずく。

「じゃあ、ケンさんはあとで荷物を移しておいてください。それと、お二人の勤め先なんですが、一件、急募がありまして」

三好はバッグの中からクリアファイルを出した。一枚のA４用紙を出し、一枚ずつ、田宮と日比の前に置く。

田宮は募集要項を見た。途端、眉間に皺が立つ。日比は目を丸くしていた。

石橋トラベルからの求人だった。店頭接客員を募集している。

「あの、三好さん……」

日比がおずおずと口を開いた。

「なんです？」

三好は口角を上げた。

「この石橋トラベルという会社。小栗さんがトラブルを起こして、賠償を求められたところですよね？」

「そうです」

「大丈夫なんですか？」

「石橋社長は小栗さんとのトラブルは気にしていません。むしろ、当時の店長が小栗さんに賠償を求めたことに大変立腹され、その店長は解雇されました」

「つまり、小栗さんの件は店長の独断だったということか？」

田宮が訊く。三好は田宮を見て、頷いた。

「小栗さんには申し訳なかったと、社長も言っていました。また、うちで働いてほしいとも。小栗さんがシェアハウスからいなくなったことを話すと、沈痛な面持ちで再度詫《わ》びていました。そういうところですから、ご心配なく」

「そうですか。それなら、大丈夫そうですね。わかりました。僕はここで働いてみます」

日比は顔を上げた。

「おい、洋一。おまえに接客はできないだろう」

田宮が制する。が、日比は微笑んだまま、田宮を見つめた。

「できないと自分で決めつけているからできなかったんです。自分に限界を作ってはいけない。先日のセミナーで、中丸先生がおっしゃっていました」

日比が小鼻を膨らませた。三好が微笑み、頷く。

「その調子です、洋一さん。ケンさんはどうしますか？」

三好が田宮に顔を向けた。

「だらだらしているのもつまらないからな。俺もここでいいよ」

「ありがとうございます。では、事務局へ戻って、先方へ連絡を入れておきます。後日、面接等の連絡が来ると思いますので、その時にまた来ます」

三好はそう言い、席を立った。

日比が玄関まで見送る。

石橋トラベルは振り込め詐欺の入口。日比を巻き込みたくないが、無理やりやめさせるのも不自然だ。

仕方ない……。

田宮は玄関口で三好と話している日比の背中を見つめた。

三日後、事務局で石橋トラベルの担当者との面接があり、その日のうちに、田宮と日比のアルバイトが決まった。

第３章

1

田宮と日比は、面接を終えた翌々日から早速、石橋トラベルで働き始めた。

石橋トラベルは、都内に複数の金券ショップを展開していた。田宮たちが配属されたのは、新橋《しんばし》のＳＬ広場近くにある雑居ビルに構えた店舗だった。

ドアを潜るとすぐ硝子《ガラス》のショーケースが置かれていて、それが客と従業員を隔てる間仕切りとなっている。ショーケースの向こう側には三畳ほどの接客スペースがあり、その後ろはパーテーションで仕切られていて、奥には手狭な事務所がある。事務所内にはスチールケースがあり、そこにチケットが収められていて、チケットが売れるたびにそこから出し、ショーケースに補塡する。右手に積まれている段ボールには、まだ仕分けしていない買い取ったチケットが入っていた。これはいったん近隣にある石橋トラベルの本社へ持っていき、社員が仕分けし、各店舗へ配送することになる。

ワンルームの金券ショップには、田宮と日比以外、六十半ばの店長と中年の女性従業員一人しかいない。初日から、チケットの売買のほとんどは田宮と日比が行なっていた。

業務は簡単なものだった。

田宮と日比が交代で店先に出て、訪れた客のチケットを買い取ったり、希望のチケットを売ったりするだけ。売買されるチケットの多くは新幹線の切符や飛行機の航空券で、たまにコンサートやスポーツ関連のチケットが舞い込む程度。一日に訪れる客も多い時でも二十名ほどだったので、暇な時間が多かった。

「犬塚さん。交代しましょう」

中年女性が事務所から出てきた。

「はい」

田宮は女性と入れ替わりに事務所へ引っ込んだ。

狭苦しい事務所の小テーブル前には日比が座っていて、弁当を食べていた。

「お疲れさんです。弁当、買っておきましたよ」

日比が目でテーブルを指す。

「ありがとう」

田宮はパイプ椅子に腰を下ろした。ペットボトルのお茶を取り、喉に流し込む。レジ袋を開けると、近所のスーパーで最も安いのり弁当が入っていた。

取り出し、割り箸《ばし》を割ってさっそく口に放り込む。たいしてうまくもない弁当だが、今は食えるだけでありがたい。

「今日はお客さん、少ないですね」

「こんなもんじゃないか？」

田宮は言った。

普段から客はさほど多くはないが、今日は雨模様ということもあってか、特に客の入りが少ない。午前中に新幹線のチケットを買いに来た客が一人いただけだった。

「これで時給千円はもらいすぎですよね」

日比は小声で言った。

「楽して高給もらえるんだから、悪くはないよ」

田宮は微笑み、白飯を口に入れた。

事務所奥のドアが開いた。非常階段への出口だ。そのドアは事務所に出入りする裏口にも使われている。店長が顔を出した。

「お疲れ様です」

日比は腰を浮かせ、頭を下げた。田宮は座ったまま会釈をした。

「お疲れさん」

店長は丸い顔に満面の笑みを浮かべた。

中入《なかいり》という男だった。六十五歳だ。小柄ででっぷりとしていて、薄毛を巧妙に分け、ヘアスタイルを作っている。商店街の店主のような風情の男だった。

「二人とも、仕事には慣れたか？」

奥へ進み、事務机の椅子に腰を下ろす。

「接客はずいぶんと慣れてきました」

日比が答えた。

「買い取りはマニュアルがあるから、その通りに行なえばいいだけだ」

微笑んで、日比を見つめる。

「犬塚君は？」

「私もそれなりには慣れました」

田宮の答えに、中入がうなずく。

「まだ一週間だからね。あせらず、業務に慣れればいい。二人揃っていてちょうどよかった。話は変わるが、どうだ？　そろそろ君たち、自活するつもりはないか？」

中入が唐突に切り出した。

「自活とは？」

田宮が訊く。

「文字通り、自分で生活をするということだよ」

中入が田宮を見やった。

「ちょうど、私の知り合いが経営しているアパートに二部屋の空きが出てね。君たちのことを話したら、そういうことなら君たちの生活再建に協力させてもらえないかということになったんだよ。君たちの真の自立は、自分の住まいを持って、自分の稼ぎで暮らし始めるところからだ」

「いや、でも、まだ働き始めたばかりだし……」

日比が箸を止め、不安を覗かせた。

「日比君。君たちがどういう形で社会から放り出され、どういう思いで世の中の外れで生きてきたか、正直、私にはわからない。でもね。社会へ戻るために必要なのは、どんな思いであれ、多くの人々が営んでいる〝日常〟に戻り、馴染むしかない。私も多くのホームレスを見てきたが、これだけは言える。一分でも一秒でも早く、不本意でもなんでも日常に戻って来た人の方が、その後、きっちりと生活を立て直せている。非日常が自分の日常として根付く前に抜け出した人の方が、社会復帰を果たしている。自信のあるなしではなく、少しでも早く踏み出せるかどうかなんだよ」

優しく諭すような口調で話す。

日比はうつむいたままだった。

田宮は目を閉じて、中入の話を聞いていた。やおら、顔を起こし、中入をまっすぐ見つめる。

「中入さん。その話、進めてもらえますか？」

田宮が言う。

「犬塚君は受け入れるということだね？」

中入が訊く。田宮は首肯《しゅこう》した。

「ケンさん……」

日比は目尻を下げ、今にも泣き出しそうな顔を田宮に向けた。

「中入さんの言う通り、自立するなら早い方がいい。〈キボウノヒカリ〉のシェアハウスは心地はいいが、いつまでもいられる場所ではない。それなら一日でも早く社会生活に慣れる方がいい。俺はそうする。洋一は洋一で決めればいい」

田宮は言い、弁当をつまみ始めた。

中入は日比に目を向けた。

「犬塚君の言うように、君は、君のタイミングで決めればいい。ただ、今回の話は先方の厚意の申し出なので、そう返事は待てないよ」

「そうですね……」

日比は両肩を落とし、うなだれた。

「中入さん。一つ伺いたいのですが」

田宮が言う。中入が田宮を見た。

「アパートを貸してくれるのはありがたいのですが、俺には保証人はいないし、保証会社の審査に通るとも思えない。そのあたりはどうなんですか？」

「その点なら心配はいらない。うちの社長が保証人となってくれる」

「石橋社長が？」

田宮に、中入が笑みを覗かせ、うなずく。

「ＮＰＯの三好君からも聞いていると思うが、うちの社長は君たちのような境遇の人にとても理解のある人でね。こうしたことはよくあるんだよ」

「〈キボウノヒカリ〉でサポートを受けた人たちは、弁護士の中丸先生が保証人になってくれると聞いたんですが」

田宮が言う。

「私は中丸先生にはお会いしたことがないので何とも言えないが、うちで働いてくれる人たちの保証人はほとんど社長が引き受けているよ。場所によって、ケースバイケースなのではないかな？　中丸先生ほどではないにしても、うちの社長も十分信頼に値する人だ。それとも、弁護士先生でないと気になるかな?」

中入が多少目を細める。

「いえ、そういうわけではありません。石橋社長には感謝してます。何も言わず、俺みたいなものを雇ってくれたんですから。ただ、俺はまだ働き始めて一週間だ。それでも信用してくれるというんですか?」

「社長は、内定した時点で君たちを信用している。今は、いろいろと細かいことは気にせず、たくさんの人の厚意に甘えていいんだ。君たちが一日も早く立ち直ること。それが周りに恩返しする唯一の術《すべ》だ」

「俺はいい人に拾われたようだ。ありがとうございます」

田宮は頭を下げた。

中入が満足げにうなずいた。

うつむいて耳をそばだてていた日比が顔を上げた。

「あの、店長……。僕もお願いします」

「急がなくていいんだよ。まだ、二、三日なら大丈夫だから」

「いえ。ここで決めます。いつも僕はそうでした。何かチャンスがあっても思いきれなくて、ぐずぐずしているうちに周りに先を越されて。そういうところから変えなきゃいけないのに、また、ぐずぐずしようとしてた。ダメですね」

自嘲《じちよう》する。

中入が目を細めた。

「いいんだよ。いくつになっても、迷いながら成長するものだ。では、二人ともシェアハウスを出て自活する。それでいいね？」

「はい。よろしくお願いします」

田宮が頭を下げる。日比が倣った。

「店長。新見《にいみ》さんがおみえですが」

店頭から声が掛かった。

「すぐに行く」

中入が席を立った。

「二人とも、人生これからだ」

中入は田宮と日比の肩を軽く叩き、店頭へ出て行った。

「ケンさん」

「なんだ？」

田宮は日比を見た。

「小栗さんの話を聞いて、正直、ここで働くことを心配してたんですけど、店長も石橋社長もいい人ですね。人の噂ばかり気にしてちゃいけないということですよね」

「そうだな」

田宮は微笑んでみせた。

日比はホッとした様子で、弁当を食べ始めた。

田宮は店頭に目を向け、パーテーションの隙間から覗く中入の背中を見据えた。

2

アパートは浅草《あさくさ》にあった。八畳一間の部屋が一階と二階に三部屋ずつある古い木造アパートだ。壁は薄く、隣の物音が聞こえてくる。屋根もトタンで、日中は部屋が蒸し上がるほど暑くなるし、雨の時はテレビの音が聞こえなくなるほどうるさいが、部屋には個別にキッチンとトイレもあり、住むことに問題はない。風呂はないが、共同シャワーが設置されている。

家賃は月に五万五千円。都内では安い方だ。敷金と礼金は、石橋トラベルが立て替えてくれた。毎月の給料から少しずつ返していくことになる。石橋トラベルのバイト代は十万円そこそこだが、光熱費や食費を切り詰めれば、暮らしてはいける。底の底から這い上がろうとする者には似合いの場所だった。

田宮は玄関を入ってすぐ手前にある一階の一〇一号室に、日比はその隣の一〇二号室に入居した。

引っ越したのは平日だった。といっても、荷物は互いにスポーツバッグ一つだけ。退社後、夜間常駐していたＮＰＯ職員に挨拶《あいさつ》をして出てきただけだった。

入居して二日後の日曜日、三好と吉沢が二人の下を訪ねてきた。〈キボウノヒカリ〉が行なっている定期サポートの一環だ。

三好と吉沢は田宮の部屋にいた。田宮の横には日比が座っている。四人は折りたたみ式の小テーブルを囲んでいた。

「本当によかったですね、お二人とも」

三好がいつもの笑顔で語りかけてくる。

「どうですか、洋一さん？」

三好は日比に顔を向けた。

「うれしいんですが、正直、戸惑っているところもあります。つい一ヵ月前は、路頭に迷っていて、今後のことなど考えられない状況だったのに、今は仕事も住まいも見つかって、普通の暮らしに戻ろうとしている。こんなにトントン拍子に事が運んでいいのかな、と」

日比が言う。

「それは、洋一さんが本気で生活を立て直そうとしていたからです。不思議なものなんですが、生活を立て直すのに何年もかかる人もいれば、洋一さんやケンさんのようにトントン拍子で社会復帰していく人もいる。はっきりとした違いが何かはわからないんですが、僕が見ている限りでは、その人がどこまで本気で底から抜け出そうとしているのかの熱のようなものが、幸運を引き寄せているような気がします」

「熱ですか？」

「はい。熱意です。何かをしようとする時、最も人を動かすのは熱だと思うんです。僕たちの活動も同じです。ただ助けるだけではなく、その後もしっかりと生きてほしい。その熱意がみなさんに届いているんだと信じています」

「そうですね。熱意ですよね」

日比は小鼻を膨らませ、拳《こぶし》を握った。

「がんばってくださいね、洋一さん」

吉沢が調子を合わせ、田宮を見やる。

田宮は小さくうなずき、日比を見た。

田宮には日比の懸念が理解できた。

三好からシェアハウスへ誘われ、仕事を見つけてアパートを借りられるまでに要した時間は三週間程度だ。いくらタイミングがよかったとはいえ、あまりに流れがスムーズすぎる。

「ケンさんはどうですか？」

三好が田宮に目を向けた。

「快適だよ。おまえにも、中入さんや石橋社長にも感謝してる」

田宮は微笑んでみせた。立ち上がる。

「どちらへ？」

吉沢が訊いた。

「タバコがなくなったんで、買ってくる」

「じゃあ、僕も。洋一さん、三好さんが引っ越し祝いに何か美味《おい》しいものでもと言っているんですが、何がいいですか？」

「いや、そんなに気を遣《つか》わないでください」

「いいんですよ、日比さん。僕からのエールです。大島君。ケーキでも買ってきてくれるかな」

「いいですね。洋一さんは何が好きですか？」

吉沢が訊く。

「……じゃあ、チョコレートケーキを」

遠慮がちに小声で言う。

「わかりました。三好さんは？」

「僕は何でもいい。ケンさんは好きなものを選んできてください」

「俺はケーキはいらないから、タバコを買ってもらうよ」

「どうぞ」

三好が微笑む。

田宮と吉沢は共にアパートを出た。

歩いて五分ほどの場所にコンビニエンスストアがある。

「石橋トラベルはどうですか？」

少し歩いたところで、吉沢が切り出した。

「今のところ、俺が把握しているのは、この程度だ」

田宮はタバコの箱を出した。蓋を開ける。中から小さなメモを取りだして、吉沢に渡した。吉沢は片手で開き、目を落とした。

石橋トラベル新橋店の店長の名や、よく来る客の名前などが書かれている。

「とりあえず、そこに書いた連中は谷内さんに頼んで調べてもらってくれ」

「わかりました。他は？」

「今のところ、怪しいところは見当たらないが……」

「何か気になることでも？」

「展開が早い」

田宮はタバコの箱をポケットに入れた。

「展開とは？」

吉沢が訊く。

「俺と日比が石橋トラベルに雇われるまでが十日。働きはじめてから一週間で自活だ。ホームレスを立ち直らせるにしては性急だ。紹介されたバイト先がピンポイントで石橋トラベルというのも気になる」

「詐欺グループが動きだしているということですか？」

「そうみた方がいいかもしれんな。中丸や篠岡の動きはどうだ？」

「中丸弁護士は依然、目立った動きは見せていません。舞衣子さんからも特別な報告は入っていません。舞衣子さんが手に入れた経理関係の資料は現在、座長を通して分析中です。篠岡に関してですが、彼が経営しているというケアハウスについて調べました。北関東を中心に〈やすらぎ倶楽部《くらぶ》グループ〉という名で手広く展開しているようです。篠岡から根岸了三に対する寄付金も出ていますが、政治資金規正法の範囲内です。〈キボウノヒカリ〉に関係している人材派遣会社も篠岡の息の掛かった会社でした」

「人集めから労働現場まで一貫しているということか」

「図式はそうですが、介護やホームレス支援といった大義名分があるので、評判は悪くないです」

「過労死問題は？」

「訴えられた事例は二、三ありましたが、早々に遺族の言い分を受け入れて和解が成立、相応の慰謝料も出しています」

「気になる芽は早めに摘むというわけか」

「そうした点は抜け目がなさそうです」

吉沢が言う。

「ただ一つ、気に掛かる情報がありました」

「なんだ？」

田宮は吉沢を見た。

「以前、中丸のセミナーに来たことがあったでしょう？　あの時、特別講師を務めた大峰屋の社長・大峰博道ですが、リサイクルセンターを展開する前、人材派遣会社を経営していたことがありました」

「ほう」

田宮の眦が鋭くなる。

「ですが、経営はうまくいかず、買い取られています。買い取った先がやすらぎ倶楽部グループで、大峰はその資金を基にリサイクルセンターを興《おこ》していました」

「つまり、大峰と篠岡は関わりがあるということだな」

田宮の言葉に、吉沢がうなずく。

「先日、セミナーに同席したということは、いまだに関わりがあるとみて間違いないと思います。今、そのあたりも谷内さんに調べてもらってます」

「報告が上がったら、すぐに教えてくれ」

「わかりました」

「それと、詐欺グループが何らかの動きを見せているとすれば、連中が早々に俺たちを嵌めてくることもあり得る。俺は好都合だが、日比がこの件に巻き込まれるのは忍びない。いつでも動けるよう、含んでおいてくれ」

「はい」

吉沢が強くうなずく。

田宮は歩きながら、吉沢に聞いた話を頭の中で反芻《はんすう》した。

3

石橋トラベル新橋店は土日休みだった。新橋という場所柄、サラリーマンがいなくなる土日は開けているだけ無駄になることが多いからだ。いつを休みにするかは、各店舗の店長の裁量に委ねられている。

　仕事は三週目の金曜日を迎えていた。

　田宮は、何かあるかもしれないと神経を尖らせていたが、三週目も相変わらず、ぱらぱらと来る客の対応をする以外、暇な時間が続く有様だった。

　その日、中年女性の従業員・橋谷《はしたに》は休んでいた。

　昼過ぎ、食事を終えた日比と店番を代わったところで、中入に言われた。

「犬塚君。買い取ったチケットを本社に届けてほしいんだが」

「中入さん、これから本社へ行くんですよね」

「ああ、そうだが？」

「今日は橋谷さんもいないし――」

　ちらりと店頭を見やる。

「行って戻るだけだ。三十分もかからない。子どもじゃないんだし、店番くらい一人でできるだろう」

　中入が言う。

「しかし……」

「僕なら大丈夫ですよ」

　事務所でのやりとりを耳にした日比が顔を覗かせた。

「ケンさん、小栗さんの話を気にしているんでしょう？　心配しないでください。怪しいものは買い取りませんから」

「ほら、日比君もああ言っている。君は保護者か？」

中入が小馬鹿にしたように片頬を吊り上げる。

気に入らない男だった。入った当初は柔らかな物腰で話していたが、日が経つにつれ、ぞんざいな言動が鼻につくようになった。

「洋一。絶対に、自分で判断の付かないものは買い取るな」

「わかってますって。昼食もまだでしょう？　ゆっくりしてきてください」

「頼もしいね。日比君、頼むよ」

「はい、店長」

日比は満面の笑みを見せ、店番に戻った。

「ほら、急いで」

中入が急かす。

田宮は仕方なく、段ボール箱を二つ抱え、中入と共に裏口から店を出た。

田宮たちが店を出て、二十分ほど経った頃だった。

ドアが開いた。

「いらっしゃいませ」

椅子に座っていた日比は立ち上がり、笑みを浮かべた。

ダークグレーのスーツを着た恰幅《かっぷく》のいい中年紳士だった。肌が浅黒く、銀縁の眼鏡がよく映《は》える。ネクタイをきっちりと締め、手には黒いカバンを持っている。パワフルなビジネスマンという風情だった。

「中入店長は？」

「中入は今、席を外しておりますが。どういうご用件でしょうか？」

「そうですか……。困ったな」

男が険しい表情を見せる。少し考え、カバンをショーケースの上に置いた。

「実は、これを買い取ってもらいたいんですが」

カバンを開け、クリアファイルを出す。その中から収入印紙のシートを取り出した。

日比の笑顔が強《こわ》ばった。

「一万円のシート十枚。二百万円分なんですが……」

男が言う。

「すみません。私、収入印紙には詳しくないので、買い取りは……」

「そう言われると思っていました。中入店長から伺っていたんですよ。以前、収入印紙の買い取りでトラブルがあって、それ以来、詳しい人がいない時は買い取れないと。そうだ。橋谷さんは？」

「橋谷もあいにく休みでして」

「困ったな……」

男が大きなため息を吐く。

「これから出向く取引先に渡す手付け金が足りませんで。あ、私はこういう者です」

男は内ポケットから名刺入れを取り出した。日比に名刺を差し出す。

日比は名刺を見た。〈五住《ごじゅう》不動産・ディベロップメント企画部企画室　榎《え》波《なみ》四《し》郎《ろう》〉と記されている。

「五住不動産といえば、超一流企業じゃないですか。だったら、社に戻って不足分を用意すれば――」

日比は訝《いぶか》った。

「時間がないんです。先方とは二十分後に会うことになっていたんですが、突然、手付け金を吊り上げてきまして。うちとしては、どうしても手に入れたい土地なので、地主が足下《あしもと》を見てきたんです。私たちの業界ではよくあることなんですが、そういう時、持っている収入印紙などを買い取ってもらって、後でまた買い取りに来るんです」

「買い取るんですか？」

「もちろんです。この収入印紙は私物ではありませんので。そんなことをすれば、横領になってしまいます。そうした急場で、金券ショップさんにはたびたび助けていただくのですが……。失礼ですが、お名前は？」

「日比です」

「日比さん。本当に時間がないんです。なんとか、お願いします！」

榎波はショーケースに両手を突き、額《ひたい》を擦りつけた。

「いや、そう言われても……」

「なんなら、電話を掛けていただいても大丈夫です。免許証のコピーを取っていただいても。とにかく時間がない。お願いします！」

榎波は再び、頭を下げた。

「……少々、お待ちください」

日比は収入印紙のシートを持って、事務所に入った。

収入印紙の見方は習っていた。が、確かではない。とりあえず、本物と見比べてみた。

桜柄は間違いない。鶯《うぐいす》色の波紋も本物と変わらない。指触《ゆびざわ》りもあまり違いはない。日比はブラックライトを取り出した。本物は、鶯色の波紋がくっきりと浮かび上がる。預かったシートに当ててみる。若干、光り方が弱い気もするが、同じ色の波紋が表面に浮かんだ。

本物に見える。しかし、何かが違う気もする。

あまり待たせるわけにもいかない。田宮が帰ってきてくれればと思うが、それでは間に合わない。

日比は固定電話の受話器を取った。榎波の名刺にある部署直通の番号に電話を掛けてみた。三コールで相手が出た。

——五住不動産ディベロップメント企画部企画室・サトウです。

「すみません。日比と申しますが、榎波さんはいらっしゃいますか？」

——榎波は席を外しておりますが。

サトウという男が言った。

在籍しているんだな。日比はうなずいた。

——戻り次第、折り返させますが。

「いえ。また改めます」

日比は受話器を置いた。大きく深呼吸をする。動悸《どうき》が大きくなっていた。

デスクに立てかけてあるマニュアルを取った。収入印紙の欄を開く。額面二百万の場合、買い取り価格は百二十万円までとなっている。

「あの、すみません！」

榎波から声が掛かった。

日比は店頭に戻った。

「榎波さん。買い取りは半額の百万円ですが、よろしいですか？」

「助かります！」

強ばっていた榎波の顔が弛む。

「念のため、免許証のコピーを取らせていただきます。それと、名刺をもう一枚いただけますか？」

「はい」

榎波は躊躇《ちゅうちょ》することなく、免許証ともう一枚の名刺を出した。

免許証の名前と顔写真を確認する。間違いなく、榎波本人だ。名刺を二枚もらうのは、騙《かた》りを見分けるためだ。一流企業の名刺を勝手に使って相手を騙そうとする輩も多いから、必ず、高額買い取りの場合は名刺を二枚もらうようにと指導されている。

免許証をコピーし、事務所の金庫から帯封の付いた百万円の束を取り、封筒と共に受け皿に現金を置く。

「ありがとうございます！　本当に助かりました！」

榎波は枚数を確認することなく、現金を封筒に入れ、カバンに押し込んだ。

「今日中に収入印紙は買い戻しに来ます。中入店長にもよろしくお伝えください」

榎波は深々と腰を折ると、店を駆け出た。

静かになった。

日比は椅子に腰を下ろし、大きく息をついた。鼓動がさらに大きくなってきた。

「大丈夫だろうか……」

不安が口を衝いて出る。

「いや、大丈夫。しっかり確認したんだ！」

日比は自分の不安を打ち消すように、声に出して言った。

田宮が戻ってきたのは四十分後だった。少しでも早く戻りたかったが、本社納入の手続きが思った以上に手間取った。

裏口から入った田宮は、すぐさま店先へ向かった。

パーテーションから顔を出すと、日比と目が合った。その眦が一瞬、引きつった。

「おかえりなさい」

急いで笑顔を作る。

「日比。客は来たか？」

「はい」

笑顔を崩さないが、頬が引きつっている。

「何を買い取った？」

田宮が訊いた。

日比は動揺し、黒目を泳がせた。

田宮はショーケースを見た。ガラス天板の端に置かれている名刺とコピーが目に留まった。日比が視線に気づいた。顔を強ばらせ、コピーと名刺を取ろうとする。田宮は手を伸ばし、日比より先にそれらを取った。

名刺が二枚に、免許証のコピー。一目で、それが高額買い取りをする際に必要な書類だということがわかった。

「何を買ったんだ！」

つい、語気が強くなる。

日比は両肩をびくりと弾ませた。

「……収入印紙を」

日比の言葉を聞き、田宮の眉間に皺が立った。

「どこにある！」

「店長のデスクに……」

日比は消え入りそうな声で言い、うなだれた。

田宮は事務所に戻った。デスクに、クリアファイルに入った収入印紙があった。一万円券だ。中を取り出した。ルーペを取り、本物と並べて細かく見比べる。

柄はよくできていた。波紋も本物と変わらない。が、確かめているうちに、指にざらつきを感じた。実物を触ってみる。かすかだが、滑らかさが違っていた。

さらに細かく見ると、紙の繊維質が違っていた。紙も細かい繊維が組み合わさった一枚の布地のようなものだ。その繊維の太さや繊維を織り込む向きが違えば、感触も違う。本物の紙繊維は細かく縦横均一だが、日比が買い取った物は、ところどころに太い繊維が混ざっていて、斜めに走っている繊維もあった。

裏を見てみた。本来、均一に塗られているはずの糊にムラがあり、波状の紋様ができている。

本物と日比が買い取った印紙の糊を舐めてみた。若干だが、日比が買い取った物は苦かった。つまり、糊の成分が違うということだ。

ブラックライトを当ててみた。鶯色の波紋は出るが、本物に比べくすんだように光が沈み込む。蛍光インクが乗っていないという証拠だ。切り放すためのパンチ穴部分にもムラがあった。

やられたな。田宮はため息を吐いた。

日比がおずおずと顔を覗かせた。

「どうですか……？」

田宮は日比を見つめた。

「偽物だろうな」

そう言う。日比が色を失った。

「俺は昔、商売をしていたことがある。その時、収入印紙の見方は学んだ。たまに、偽造印紙を売りつけようとする奴がいたからな」

「でも、本物と変わりませんよ、それ」

「おまえ、本物の収入印紙を扱ったことがあるか？」

「いえ……」

「なら、無理もない。よくできてるよ、この偽造印紙」

田宮はシートをデスクに放った。

「でも、その榎波さんという人、免許証のコピーもあるし、五住不動産の名刺も持っていたんですよ」

「五住？　よく見てみろ」

田宮は名刺を一枚、日比に渡した。

日比は食い入るように名刺を睨んだ。双眸が大きく開く。

「五往……」

日比の瞼が震えた。

〝住〟と書かれているはずの字が、〝往〟となっていた。

「いや、でも、電話では『ごじゅう』と……」

「グルだな。相手は急いでなかったか？」

「急いでました。相手は急いでないと」

「それも手だ。急かせれば急かせるほど、焦りが生じて、単純な部分を見落としがちになる。相手は、すぐに買い戻しに来ると言っていなかったか？」

田宮が訊く。

日比は息を吞んだ。それが答えだ。

「いくら、渡した？」

「百万です……」

日比は名刺を握り締め、身震いした。

「どうしましょう……」

蒼白で、涙目になっている。

「どうするも何も、素直に店長に話すしかないだろう」

「話すって！　そんなことになれば、賠償を求められるか、店を辞めなければいけなくなりますよ！」

「それも仕方ない。ミスをしたのは事実だ。何らかの責任は免《まぬが》れないだろう」

田宮が言う。

日比は大きく肩を落とした。今にも頽《くずお》れそうだ。

「そう気を落とすな。俺も一緒に話してやる。少なくとも、賠償金などという話にはさせないから心配するな」

「ケンさん……すみません」

「終わったことだ。次から気をつければいい」

田宮は優しい声色で、日比を慰《なぐさ》めた。

「ちょっと散歩でもして気を落ち着けてこい。店番は俺がしとくから」

「はい……」

日比はふらふらと裏口に歩んでいった。

「絶対に戻ってこいよ。ここで逃げたら、それこそ人生を潰してしまう。帰りに缶コーヒーを買ってきてくれ」

田宮が言う。日比はうなずいて、店を出た。

力なく、ドアが閉まる。

田宮は誰もいなくなったことを確認すると、名刺と免許証のコピーを並べ、まとめてコピーを取った。偽造印紙のシートも一枚抜き出し、封筒に入れてポケットに突っ込む。

「さて、連中、次はどう出てくるかな」

田宮は免許証のコピーの写真を見据えた。

4

二時間後、日比は戻ってきた。

逃げ出すかもしれないと思い、田宮は店からUST本部に連絡を入れ、日比の動向の捕捉を依頼した。

同時にエキストラを一人頼み、新橋店まで来てもらった。偽造印紙の現物と免許証などのコピーを渡すためだ。連絡を受けた古川はすぐにエキストラを送り込み、店頭での受け渡しは完了した。

万が一、相手が偽造印紙を買い取りに来たり、本社側が偽造印紙を回収した時のことを考え、抜き出した偽造印紙のシートの代わりに別の偽造シートを用意し、すり替えた。

店の電話からの連絡履歴は、古川を通じて抹消してもらった。

店へ戻ってきた日比は、一言も発さず、ソファーに深く座り込み、うなだれているだけだった。ただ、買ってこいと言った缶コーヒーは買ってきた。その律儀な性格が逃走を思い止まらせた一因でもあるようだ。

閉店時間の午後七時の十分前に中入が戻ってきた。

「お疲れさん。もう、店じまいしていいぞ」

中入が言う。

日比は中入の姿を見て、身を強ばらせた。

「どうした、日比君？」

愛想笑いを向ける。

田宮は急いで玄関のシャッターを閉め、ドアの鍵も閉めて、事務所へ戻った。

日比はうつむいたまま、太腿に置いた両手を握り、震えていた。中入は、その様子を見て、戸惑い気味に首を傾げていた。

中入は、田宮に歩み寄った。

「犬塚君。何かあったのか？」

小声で訊き、日比を一瞥する。

「実は――」

田宮が口を開くと、日比はますます背を丸めて小さくなった。

「実は、日比が偽造印紙をつかまされたらしいんです」

「なんだと」

中入の片眉が上がった。

「確認してもらえませんか」

田宮はデスクに置いたクリアファイルを目で指した。

中入はすぐさま椅子に座り、シートを取り出し、ルーペを取った。首を突き出し、シートを回転させ、隅々《すみずみ》まで見ていく。

田宮はさりげなく日比の横に腰を下ろした。うなだれる日比の肩を軽く握る。日比は真っ青で震えていた。

中入はブラックライトをかざした時、深いため息を吐いた。ルーペを置き、上体を起こす。

「どうですか？」

田宮が訊いた。

中入はゆっくりと椅子ごと身体を田宮と日比に向けた。

「やられたね……」

再度、ため息を吐く。

「俺も少しは収入印紙の見方がわかるんですが、ずいぶんと精巧じゃありませんか、その偽造印紙」

「素人目にはそうだろうが、ベテランの金券ショップの店員ならわかる。骨もずれているし、蛍光インクの浸透も弱い。少なくとも、橋谷さんなら間違えないだろうな」

中入は首を横に振った。

骨というのは、紙の繊維の筋のことである。骨のずれというのは、組み合わさった紙繊維の向きのことで、これが違うと感触も変わる。田宮が偽造印紙にざらつきを感じたのは、紙繊維の絡み合わせが本物より粗《あら》いためだった。

「だから、収入印紙には気をつけてほしいと、あれほど言ったのに……」

「すみません……」

日比がか細い声で言った。

「いくら払ったんだね？」

「百万円です……」

「百万か……」

中入が腕を組む。

「なんとか穏便に収めてはあげたいが、ちょっと金額が大きいな。ここは日比君自身になんとかしてもらうしか――」

「中入さん」

田宮が口を挟んだ。中入が田宮を見る。

「今回のミスは日比のミスであることは間違いないですが、業務上の損失を従業員個人に被せるのは労基法違反だと思います」

「それはわかっているよ。しかし、事はそう単純ではないんだ」

中入は田宮を見やった。

「社長に話せば、以前のように損害賠償を請求するなどということはしないだろうが、日比君はなんらかのペナルティーを受けることになる。最悪、懲戒処分となるだろう。契約書の解雇事由にあたるからね」

中入が言う。

解雇という言葉に、日比の肩が揺れた。

「故意ではないので、解雇事由にあたらないのでは？」

「こう言っては申し訳ないが、故意でないかどうかはわからない」

「そんな！」

日比が顔を上げた。

「僕がそんなことをするわけないじゃないですか！」

腰を浮かせ、上擦った声で喚く。涙がこぼれていた。

「わかっている。わかっているが、本社側はそう見ないし、これは刑事事件にもなる問題だ。当然、日比君は警察の取り調べを受けることになる」

「僕が捕まる……？」

日比は呆然とし、腰を落とした。

「本社に通すというのはそういうことだ。日比君が困るのはもちろんだが、我が社にとっても困る。偽造印紙をつかまされたとなれば、同業他社に情報が流れるからね。ただでさえ競合相手の多い業界だ。客はうちだけでなく、他社にも足を運んでいる。常連客もそうした噂が耳に入れば、あっという間に離れてしまう」

「小栗さんの時も報告しなかったんですか？」

田宮が訊いた。

中入は渋い表情で田宮に目を向けた。

「前店長が多額の賠償金を請求したために、本社には伝わった。当然、小栗君にはペナルティーを与えるつもりだったが、彼は自ら退職した。残った店長は責任を取らされ、懲戒解雇となった」

「そこまでする必要があったんですか？」

「賠償金の請求はともかく、小栗君と前店長は厳しく処罰する必要があった。それが企業防衛でもあったんだ。こうした不正が起こった場合、石橋トラベルは厳格な対処をするという事実を内外に報せ《しら》る必要もあったのでね。ただ、今回はそうはいかない。二度目だし、噂ですら流されるわけにはいかない……」

中入が組んだ腕に力を込め、苦渋に満ちた表情を覗かせる。

すると、日比がテーブルに手を突いた。

「すみませんでした！　僕、今日限り、ここを辞めさせていただきます！」

しゃくりあげながら、額をテーブルに擦りつけた。

「いや、だから聞いてなかったかな？　君が辞めてどうなるというものではないんだよ。もっと言えば、君に突然辞められれば、ここで何かがあったのではないかと本社に疑われることになる。それが最もまずい」

「じゃあ、どうすれば……」

日比は髪の毛を搔きむしった。

「すまないが、日比君。補塡してもらえないか？」

中入が言った。

「補塡とは？」

日比が顔を上げた。中入は日比の顔をまじまじと見つめた。

「君が出した損失の百万円を穴埋めしてほしい」

「ちょっと待ってくれ。それは――」

田宮が口を挟もうとした。中入が右手のひらを挙げて制する。

「それしかないんだ。私が肩代わりできればいいんだが、あいにく余裕がなくてね。

この週末になんとか百万円を用意してくれれば、本社をごまかせる。リミットは月曜の正午までだ」

中入は日比を見つめたまま言った。

田宮はその視線に割って入った。

「ちょっと待て！　それだと、小栗さんの賠償請求と変わらないだろう！」

「まったく違う！」

「何が違うだ！　結局は、従業員に泥を被れって話じゃねえか！　出るところに出てもいいんだぞ！」

「〈キボウノヒカリ〉はどうなる！」

中入が声を張った。

田宮は言いかけた言葉を飲んだ。日比も中入を見やる。

「〈キボウノヒカリ〉から受け入れた者たちは、小栗君以外にもちょくちょくトラブルを起こしているんだ。小栗君の一件が発覚した時、人事部では〈キボウノヒカリ〉からの紹介を受け付けないどころか、今働いている問題のない者も放り出そうとしたんだぞ。それらの声を抑えてきたのが社長だ。しかし、そろそろ社長の鶴の一声も限界に来ている。今回の件が発覚すれば、人事部は〈キボウノヒカリ〉の紹介どころか、ホームレス上がりは一切採用しなくなるだろう。君たちは、自分のことだけ考えて、これから這い上がろうとする者たちの門戸を閉ざしてもいいのか！」

「詭弁《きべん》だ！」

田宮はテーブルを叩いた。立ち上がる。

「洋一、帰ろう。こんな無茶苦茶な話があるか。小栗さんの言う通りだ！」

腕を引っ張る。

が、日比はやんわりと田宮の手を解いた。

「ケンさん。僕、百万円集めてみる。いや、集めるよ」

「何言ってんだ！」

田宮が怒鳴る。

日比は顔を上げた。

「僕を助けてくれた〈キボウノヒカリ〉の人たちに迷惑はかけられない。まして、僕と同じ境遇にあった人たちの努力や気持ちを無にすることもできない。僕が招いたことです。僕自身で解決します」

声は震えていたが、語気には確かな決意が覗く。

田宮は日比の両二の腕を握った。

「落ち着け。どうやったら、おまえに百万円も用意できるんだ？　貯金はない。生活はカツカツ。身分証も持ってないんだぞ。借りることもできない。どうする気だ？」

「それは……」

日比は視線を逸らした。

と、中入の片頬に薄笑みが滲《にじ》んだ。ここぞとばかりに口を開く。

「日比君の気持ちはよくわかった。ありがとう。私が借りることはできないんだが、君でも貸してくれるところを紹介することはできる」

「闇金《やみきん》か？」

田宮は中入を見据えた。

中入はあわてて笑みを引っ込め、田宮を睨み返した。

「私が闇金を紹介するわけがないだろう。個人で貸してくれる人がいるんだ。無利子というわけにはいかないが、私の紹介なら年利十パーセント程度で貸してくれるだろう」

「なぜ、そんなに都合のいい奴がいるんだ？」

田宮が訊く。

中入の眦がひくつく。苛立っている証拠だ。

「君も疑り深い男だな」

「あいにく、クソみたいな底辺で生きてきたんでね」

中入を睨む。

中入は見つめ返してきたが、やがて目線を外し、ふっと微笑んだ。

「わかったわかった。ここへ来る新見という男がいるだろう」

「よく中入さんを訪ねてくる男ですね。中入さんは、新見さんが来るたびに一緒に出かけてますが」

「そうだ。彼は質屋《しちや》なんだ」

「質屋？」

「ああ。彼とはある種のバーター取引を行なっている」

「バーターとは？」

「君もこの店にいればわかるだろう。一日十人程度の客が来れば、そこそこ利益は出るが、来ない時はまったく来ない。ネット通販は本社が行なっているから、うちの利益にはならない。そういう時、彼に質屋で売れそうなものを見繕《みつくろ》って、買い取ってもらっているんだ」

中入は息をついて、話を続けた。

「彼の店もそうだ。質草が売れないこともある。そういう時、うちで買い取れそうなものは買っている。そういう関係だから、ちょっとした質草で金を貸してくれる」

「ちょっと待ってください。質屋の金利はたしか、年利にすると百十パーセント近くだ。ひょっとして、偽装質屋に嵌めようとしているんじゃないでしょうね？」

「君がそういうことに詳しいのはわかったよ。だから、言っているだろう。私が口を利けば、十パーセント程度で貸してくれると。あとは、君たち……いや、日比君が信じるかどうかだ」

中入は日比を見た。

日比は険しい皺を眉間に立てていた。しかし、心は決まっているようだった。

「店長。新見さんを紹介していただけますか？」

「わかった。今晩には連絡を付けておくから、明日か明後日に行ってきてくれ」

「はい」

日比がうなずく。

「あー、待った待った！」

「犬塚君。日比君が承知したんだ。これ以上は君の立ち入るところでは——」

「わかってますよ。本当にバカだな、洋一は」

眉根を上げ、首を振った。顔を中入に向ける。

「中入さん。こいつがミスった金の半分、俺が借りるということでどうですか？」

「ケンさんには関係ないことです！」

日比が身を乗り出す。田宮はくすんだ歯を覗かせた。

「いやいや、一人で残すのは危ねえと思っていたのに、何もできなかった。こいつの保護者じゃねえが、俺も多少の責任は感じる。中入さん。俺と洋一で五十万ずつ、新見さんに借りられるよう話を付けてくれませんか？」

「ケンさん、ほんとに僕一人で――」

日比が割って入ろうとするが、田宮は耳も貸さず、話を続けた。

「洋一が一人で借りれば、返せずに飛んでしまうこともあるでしょう。それよりは、分散してさっさと済ませちまった方が、中入さんにも都合がいいんじゃないですか？」

中入を見やる。

中入はじっと田宮を見つめた。探るように目を細める。中入の片頬が上がる。

「まあ、私としてもその方がありがたい。そうすることにしよう」

「店長！」

「日比君。友達に感謝するんだな。じゃあ、月曜日には百万円を。頼んだよ。今日はもういいから」

中入が言った。

「ありがとうございます」

田宮は立ち上がり、腰を折った。「お疲れ様でした」と言い残し、先に店を出る。

日比は中入を見ていたが、挨拶をして事務所を出た。

追ってきて、田宮の腕を握る。

「ケンさん、どうしてですか？」

「何がだ？」

「なぜ、ケンさんまで責任を取らされなきゃならないんですか！　そんなに僕が頼りないですか？」

日比は路地で興奮気味に詰め寄った。

田宮は立ち止まり、日比の肩を握った。壁に押しつける。日比は背中を打ち、息を詰めた。

「百万の借金が、どれほどのものかわかってるのか？」

「わかってます！」

「いや、わかってねえな。金を借りたことはあるか？」

「いえ……」

「だろうな。金も借りず、ホームレスにまで身を落としたというのもたいした根性だが、借金を抱えるというのはそんな根性など関係のない苦痛を伴うんだ。どうする気だ？　毎月の給料から五千円、一万円と返していくのか？　それで何年かかると思ってる。元金だけ返すのにも一万円で八年以上かかる。しかも、金貸しは質屋といえども、そんな真似はしねえ。利息も含んでの金だから、元金と利息を返しきるのに二十年近くはかかる。おまえ、その生活を続けられる自信があるのか？」

「それは……」

「そんな自信、誰にもねえよ。だから、苦しくなって逃げる。逃げれば、金がおまえを追いかけ回す。借りたはずの百万は、二百万にも三百万にも膨れ上がって、おまえに襲いかかる。その先にあるのが何か、わかるか？」

田宮は日比を見据えた。日比は顔を伏せようとした。田宮は日比の左頬を右手の指でつかみ、無理やり顔を上げさせた。

「その先に待っているのは、死だ」

低い声で言う。日比の目が引きつった。

「金があるヤツにとっちゃあ、百万なんて鼻くそみてえな金だ。だがな。ないヤツにとっての百万は、命を落とすのに十分な金額なんだよ」

田宮は頬と肩を放した。

日比は握られた頬を擦り、うなだれた。

「おまえもホームレスに落ちた身なら、もう少し金というのがどういうものなのか、肝に銘じろ。でねえと、今度こそ、死なないまでも二度と表に戻れなくなる」

田宮は言い、ポケットに両手を突っ込んで歩きだした。

日比は両手の拳を握り締め、唇を噛んで、その場に立ち尽くした。

5

田宮と日比は日曜日の午後、渋谷に来ていた。

新見の経営する質屋は、道玄坂《どうげんざか》を上りきった国道二四六号線から路地を入った場所にあった。〝質〟と書かれた小さな吊り看板が見えた。その下に小さな文字で〈新見〉と記してあるだけだ。表札もないサッシ戸を開けると、目の前に木造のカウンターがあった。カウンターから天井に向け、透明のアクリル板の壁がある。カウンターは店頭と事務所内を仕切る壁にもなっていた。

店先には誰もいなかった。田宮と日比は中へ入り、サッシ戸を閉めた。手前にベルがある。田宮はベルを二度叩いた。チンチンと澄んだ音が響く。まもなく、奥のドアが開いた。

「いらっしゃい」

無愛想な声が聞こえてきた。

髪を短髪に刈り込んだ痩せた男が出てきた。口と顎《あご》に細い髭を生やしている。髭同様、目も眉も細い。髭があるわりには、のっぺりとした薄い印象を受ける男だった。

「んっ？」

田宮は男をまじまじと見つめた。

きつね目の男。小玉の証言で作られたモンタージュの男〝秋山〟によく似ている。

男は田宮を見返してきた。細い目の中で、探るように黒目を動かす。

「あんたは？」

田宮は乱暴な口調で訊いた。

「店主の新見だが」

新見は眦を吊った。

空気が張り詰める。日比が新見と田宮の間に割って入った。

「すみません。中入店長の紹介で来たんですが」

そう切り出した。

「名前は？」

「日比洋一です」

日比が告げる。

新見はタブレットを出し、何やら名簿を確かめていた。

「そっちは？」

上目遣いに田宮を見る。

「犬塚健」

田宮が言う。

再び、タブレットで名前を確かめる。小さくうなずいた新見は、タブレットのディスプレイをオフにし、カウンターの奥のテーブルに置いた。

「おまえらか、偽物をつかまされた馬鹿共《ども》は」

鼻で笑う。

「騙されたのは僕なんです。ケンさんは何も——」

「そうだよ。負けたのは俺らだ」

田宮は言った。

新見の細い目の尻がぴくりと上がった。

「負けとは？」

「騙すヤツが悪いのか、騙されるヤツが悪いのかなんてのはどっちでもかまわない。洋一が騙されたとはいえ、その可能性があって洋一に任せた俺も隙を突かれたことには変わりねえ。百万持っていった連中の勝ちだ」

田宮が見据える。

「おまえ、苦労してるな。悪くない」

新見が片頬に笑みを覗かせた。

「騙された話はもういい。俺と洋一に五十万ずつ。計百万、貸してくれ。質草はこんなもんしかねえが」

田宮はカウンターに腕時計を置いた。ビニールベルトの安っぽいデジタル時計だった。

新見は腕時計を手に取った。

「これで五十万か？」

両肩を竦めてみせる。

「悪くねえだろ」

田宮も片頬に笑みを覗かせる。

「おまえはこれでいい。そっちのにいちゃんは？」

日比を見る。

「僕はこれで」

日比はポケットから銀色の懐中時計を取り出した。

新見の細い目が大きくなった。手に取り、右眼にルーペを挟んで細かく見る。小さいものだが、洋館のエマーユが施された品の良い時計だった。

「おまえ、これどうしたんだ？」

新見は時計を見ながら訊いた。

「祖父の形見です」

「ほう。五十万には届かないが、良い品物だぞ、これは」

ルーペを外す。

「こんなものを質草に差し出していいのか？」

新見が真顔で訊く。

「はい。絶対に質流れにはさせませんから」

日比は新見を見つめた。

「わかった。預かろう」

新見は深くうなずいた。

カウンターの下から手提げ金庫を取り出した。開けて、帯封の付いた札束を取り出す。アクリル壁に空いた小さな窓から金を差し出した。田宮は手に取り、さっそく数え始めた。

新見が笑みを覗かせた。

「金利は年利で八パーセント。月々の利子は一人三千円ちょっと。利息を引いた分は元本相殺に回す。利子さえ払ってくれれば、飛ばしてもかまわない。金ができた時に一括返済してもいい。それが条件だ」

新見が言った。

田宮は金を数え終えた。きっちり百万円ある。金を揃えて、日比に渡す。日比は持ってきたバッグから封筒を出し、札束を収めた。

「中入さんからは十パーセントと聞いていたが」

田宮が言った。

新見はふっと笑い、日比が渡した懐中時計を摘み上げた。

「これに免じて、二パーセント引いてやる」

「ありがとうございます」

日比は頭を下げた。

「支払日は毎月二十五日。おまえらの給料日だ。何があってもその日に払いに来い。一日でも遅れれば、この時計を流すぞ」

新見は懐中時計を握った。


店を出た田宮と日比は、近くのファストフード店で食事を摂っていた。といっても、買ったのは互いにハンバーガー一つだけ。まだ、給料をもらっていない二人の手持ちは、石橋トラベル本社からもらった就職準備金の一万円のみ。節約して使ってはいるが、二人とも残り三千円を切っていた。贅沢《ぜいたく》はできない。

奥のスペースに陣取り、二人してバーガーをぱくついていた。

「おいしいですね、ハンバーガーは」

日比は頬張るたびに、満面の笑みになった。

いい歳をした男二人がハンバーガーだけを食べている図は、周りには奇妙に映るようだ。周りにいた客たちは、田宮たちが席に着くと早々に離席した。その様子を見て、日比が少し意気消沈した。

「やっぱり、ハンバーガー一つで喜んでいるのは、おかしいんですかね?」

「気にするな。俺たちも立派な客だ」

田宮は口に残ったバーガーを水で流し込み、去った客の席を一瞥した。

「あいつらには想像力というものがねえんだ。ハンバーガーなどセットで食べられて当たり前。食い切れない食べ物を残しても当たり前。当たり前以外のことは、自分には関係のない世界の話。そうとしか思ってねえ。目の前に厳然とした存在があるのに、見ようともしねえバカばかりだ」

乱暴に吐き捨てる。と、日比が手を止めてうつむいた。

「僕もそうでした」

自嘲して、バーガーをひと齧《かじ》りする。

「まさか自分がホームレスになるなんて、想像したこともなかった」

日比はとつとつと自分の境遇を語り始めた。

「僕は都下で、案外裕福な生活を送っていたんです」

「だろうな」

田宮は調子を合わせた。

「でも、高校二年の時、祖父が亡くなったことで生活が一変しました。祖父の遺産を巡って、親族間で争いになって。うちの両親はそうした交渉事がうまくないのでほとんど遺産をもらえず、住んでいた祖父の家からも放り出されました」

日比はうつむいた。

「僕が通っていた高校は私立だったんですが、高い授業料が払えなくなって、公立へ編入しました。父はそこそこの企業で働いていたんですが、その騒動で身体を壊して退職して、働いたことのない母がパートに出て、貯金を切り崩しながらなんとか生活をしていたんです。けど、それも長く続きませんでした」

「退職金とかあったんだろう？」

「微々たるものでした。でも、問題はそこではなくて、父も母も生活レベルを落とせなかったんです。金がないのに、都心のマンションを借りたり、車を最後まで手放さなかったり」

「ありがちな話だな」

「そうです。ありがちな話なんです。僕は内心、それではいけないと思っていたんだけど、言い出せないまま、その生活に甘んじていました。そうしているうちに、母も働けなくなって……」

「どうしたんだ？」

「生活保護を受けるようになりました。今も、都下のアパートで生活保護を受けて暮らしています。両親は、生活保護をもらうようになった自分たちを恥じて、周りとも接することなく、ひっそりと生きています」

「おまえはどうしたんだ。親を食わせようと思わなかったのか？」

「思いました。なので、高校を出てすぐ職を探したんですけど、なかなか見つからなくて、派遣でいろんなところを転々としていました。僕にはこれといった資格もないので、ほとんどが工場の単純作業でした。それなりに暮らしてはいけましたが、両親を養うほどの稼ぎはありませんでした。そんな状況なのに、僕が両親と暮らしていると扶養能力があるとみなして、役所は生活保護を打ち切ろうとしてきました。なので、僕は家を出たんです」

日比はハンバーガーを握った。

「それからも派遣労働を続けながら、なんとか自活して、わずかながら貯金もしていたんですが、二年前、過労で倒れて、貯金を切り崩しながら暮らさなければならないようになりました。初めのうちは、早く身体を治して働かなきゃと思っていたんだけど、不調が長引いて、なかなか仕事に戻れないうちに、派遣登録も解除されて、僕自身も何だか疲れてしまって……」

「それで金が尽きて、アパートを追い出されたというわけか？」

田宮の言葉に、日比がうなずく。

「路頭に迷っている間、何度も死のうと思いました。そのたびに僕を止めてくれたのが、あの時計だったんです」

日比は水を含んで、喉を潤《うるお》した。

「祖父は苦労した人でした。父方の祖父なんですが、祖父の兄の借金を抱え、それをこつこつと働きながら長年かけて返して、それからも贅沢はせず、祖母や父たちのために家を建てて、土地も残して」

「実直そのものだな」

「はい。つまらない人だと言う親戚もいましたが、僕は、祖父が好きでした。こつこつと生きるって、誰にでもできることじゃないと思うんです。だから、祖父と同じ家で暮らし始めて、いつも僕は祖父にまとわりついていました。そんな僕に、祖父も優しかった。祖父はあの時計を見せながら、いつも僕にこう言ってました。『この時計の針が二回りすると、一日が終わる。一日が終われば、また新しい一日が始まる。苦しくても楽しくても、それを続けることが生きることだ。そうして生きてきたから、洋一にも会えたんだ。それがうれしい』と」

日比は話しながら、祖父の言葉を胸の奥で嚙みしめているようだった。

「すごいじいさんだな」

田宮は目を細めた。

「諦めるなとか、がんばれとか、努力しろとか一切言わない人でした。でも、一日を続けてきた結果、僕に会えてうれしいと言ってくれたことが、本当に僕はうれしくて……」

日比は涙ぐんだ。目を閉じて、紙コップの水を喉に流し込んだ。

「だから、僕も死にたくなるたびに一日を続けていこうと思い直したんです」

「その通りだ。死ぬまで、俺たちは生き続けなきゃならねえんだから」

田宮は残ったハンバーガーを口に放り込んだ。嚙み砕き、水で流し込む。そして、日比を見つめた。

「そんな立派なじいさんからもらった命の時計を質に流しちゃバチが当たる。絶対に取り返そうな」

「はい」

日比は力強く首肯し、バーガーにかぶりついた。

6

田宮と日比が借りた金で損金を相殺し、偽造印紙の一件はなかったことになった。新見から金を借りた翌日から、日比は積極的に店先に立った。

小栗が話していたように、石橋トラベルでは、固定給の他、高額の良品を買い取り売買が成立した際は、売買実績に応じて、特別報酬が出る。日比は少しでも手取りを上げるため、特別報酬条件に合致する売買を成立させようと必死だった。

端《はた》からは危なっかしく見えた。が、日比も偽造印紙の一件以来、アパートへ戻ってからも様々な故買品の勉強をするようになり、目利きの腕も上がってきていた。それに自分で判断が付かないものは、中入や橋谷に任せるようになっている。

どうなることかと思ったが、今回のトラブルは、日比にとってはいい方向に働いたようだった。

一方、田宮は店頭に立ちながら、〝秋山〟が現われるのを待っていた。

偽造印紙を買い取らせ、借金を抱えさせた。ここまでは小玉の供述通りの流れで来ている。次は、〝秋山〟が顔を出し、田宮たちを勧誘しに来るはずだと踏んでいた。

新見に会った際、一瞬、〝秋山〟かと思った。

そのことを吉沢に伝え、古川を通じて新見の件を確認させたが、小玉は新見の顔写真を見ても秋山かどうかは判然としないと供述したようだ。

が、田宮は新見が〝秋山〟ではないかと踏んでいる。

田宮が新見を〝秋山〟だと感じたのは、目の雰囲気だった。一本線を描いたような細長い目だ。

人相風体を見る際、全体像や特徴だけを捉えると、犯人を見逃すことがある。顔形や体格は体重の増減で簡単に変えられる。ホクロや鷲鼻《わしばな》といった特徴も、整形をすれば容易《たやす》く消失させられる。

だが、人間の目だけは変わらない。どんなに目を整形しても、その人物が持つ独特の雰囲気というものは滲み出る。

手配用の似顔絵を描く時は、特徴を際立たせず、わざと全体像をぼやかせることが多い。それは特徴を消し去り、相対した人物が感じた気配のようなものを似顔絵に刻むためだ。

〝秋山〟の似顔絵から滲み出ていた細い目の奥の澱《よど》みのようなものが、新見のそれとよく似ている気がしていた。

日常業務をこなしているうちに、給料日が来た。

給料は終業後すぐ渡されることになっている。

日比は朝からそわそわしていた。今日は、新見に借りた金の第一回返済日だ。一日でも遅れれば日比から預かった質草を流すという新見の言葉を気にしていた。

新見の店は午後八時まで開いている。午後七時に仕事を終え、その足で新橋から渋谷へ向かっても十分間に合う。

新橋店を閉める時間が近づいてきた。

「戻ってきませんね、店長……」

日比は壁掛け時計を何度も何度も確認していた。

「焦るな。新見の店までは三十分もあれば着く」

「ですけど……」

日比は事務所内で落ち着かない。

余裕を見せた田宮だったが、内心、おかしいと感じていた。

今日、中入と橋谷はほとんど店にいなかった。各支店の月報を出さなければならないという理由で、本社に行ったまま帰ってこない。このデジタル時代に書面や口頭で報告することがそんなに多いとは思えない。

時刻は午後七時を回ろうとしていた。

田宮と日比は、すぐ出られるよう、店じまいの準備を進めていた。

そこに中入が戻ってきた。

「いやあ、申し訳ない。店長会議が長引いてしまってね」

へらへらと笑いながら、椅子に腰を下ろす。

日比は片づけを投げだし、中入に駆け寄った。

「あれ？　橋谷さんは？」

「彼女なら、本社から直帰したよ」

中入が言う。

「いや、でも、今日は給料日では……」

「給料はもらって帰ったぞ」

「えっ？」

日比が双眸を開いた。

「給料は店長から受け取るんでしょう？」

「何を言ってるんだ、日比君。給与はその日の終業後、各人が本社の経理部へ取りに行くことになっているだろう」

中入は片眉を上げた。

「聞いてませんよ、そんなの！」

日比が声を上げた。

田宮はドアを閉め、事務所へ駆け戻った。

「どうした！」

「ケンさん。給料が――」

日比は泣き出しそうな顔をしていた。

「中入さん、俺たちの給料は？」

「君もか。給与は終業後、本社の経理部へ取りに行くことになっているんだ。そう就業規則に書いてあっただろう」

中入がため息混じりに首を振る。

「そんなはずはない。就業規則は隅々まで読んだぞ」

「よく見てみろ！」

中入は、就業規則のファイルを田宮に差し出した。

田宮は素早く目を通した。給与の欄には確かに当日終業後、本社経理部で渡すと記されている。

そういうことか……。

田宮が読んだものには、そうした一文はなかった。

どうやら、借金を抱えさせた従業員を嵌める方法は一つではないようだ。

「すみませんでした」

田宮は素直に頭を下げ、中入にファイルを返した。その上で言った。

「中入さん。今日中に新見さんに借りた金の一回目の返済を済ませなければならないんです。本社まで行って手続きをして、給与を受け取っていては間に合いません。明日返すので、一万円だけでも貸していただけませんか？」

「そんなことはできない」

「お願いします」

田宮は頭を下げた。

「お願いします、店長！」

日比も深く腰を折る。

「それはできないと言っているんだ！」

「お願いします、店長！」

日比は中入にすがった。

「できないものはできない！」

中入は日比を突き飛ばした。よろけた日比はパイプ椅子を倒し、ひっくり返った。

田宮は中入ににじり寄った。

「なんだ……」

中入の目尻が引きつる。

「洋一。おまえは急いで渋谷へ行って、新見の店で待っていろ。俺が給料を取ってきて、すぐに追いかける」

田宮が言う。

日比はうなずき、事務所を飛び出した。

しばし、静寂が事務所内を包む。田宮は顔を近づけた。中入は眉尻《まゆじり》を下げ、椅子の背に仰け反った。

「な……殴る気か？」

「俺が殴らなくても、ろくな死に方はしねえだろう」

片頬に笑みを浮かべ、中入の目の玉を覗き込み、身体を起こした。そのまま事務所を後にする。

中入は身震いし、灰皿をつかんだ。

「……ゴミどもが！」

その灰皿を裏口のドアに投げつけた。

田宮は自分の給料を受け取り、急いで渋谷へ向かった。電車を降りて、人でごった返す道玄坂を走った。道玄坂を上りきり、新見の店の前に駆け寄る。

吊り看板の明かりは落ちていた。その下のアスファルトに、日比が膝を抱えて座っていた。

「どうしたんだ?」

　田宮は肩で息をしながら、日比に声を掛けた。

「閉まっていました……」

「閉まってた?　ここは午後八時までだ。間に合っただろう?」

「時間には間に合ったんですが、その時にはもう閉まっていました。何度も何度も呼び鈴を鳴らしたり、ドアをノックしたりしたんですけど、誰も出てこなくて……」

日比は抱えた膝に目を押し当てた。

「ふざけやがって……」

田宮は拳を握り、震えた。ドアの前に立ち、右脚を振り上げる。

「こら、新見！　出てこい！」

怒鳴り、ドアを蹴り始めた。

「ケンさん！」

「ふざけんじゃねえぞ！　金は持ってきたんだ！　開けろ、こら！　開けろ」

何度も何度も靴底で蹴る。サッシ戸が軋《きし》み、揺れた。

「ケンさん、やめてください！」

日比は立ち上がり、背後から田宮の腰に腕を回した。

「出てこい、新見！　出てこい！」

「もう、やめてください！」

日比が渾身《こんしん》の力で引く。田宮と日比はもつれて、そのまま尻餅をついた。日比の腹に田宮の尻が乗る。日比が呻いた。

「すまん。大丈夫か？」

田宮は日比の腹から降り、立ち上がった。

「大丈夫です」

日比も腹をさすりながら立つ。

「まあいい。俺たちは間に合うように来たが、新見がいなかった。俺たちに落ち度はねえ。明日の朝一で返しに来て、話を付けよう」

田宮は大きく深呼吸をした。日比の肩に手を回す。

「給料はもらってきた。俺の分だけだけどな。久しぶりにうまいものでも食おう」

「でも、無駄づかいはできませんよ」

「牛丼ぐらいは大丈夫だろう。おごってやる。行こう」

田宮は日比と共に路地を出た。

7

翌日、橋谷に連絡を入れ、日比と二人で半休を取った。そして、朝九時の開店時間を狙い、新見の質店に乗り込んだ。

新見は挨拶もせず、冷ややかな目つきで田宮と日比を見据えた。

「返済期限は昨日だったはずだが」

「午後八時前にはここへ来ていた。いなかったのはあんただろう？」

田宮が言う。

「俺がいるかいないかの問題じゃない。確実に俺がいる時間に返しに来るというのが道理じゃないのか？」

新見が返した。

「俺たちは終業後に給料をもらうまで、もうここへ来る電車賃くらいしかなかった。日中に来て、返せるわけがないだろうが」

「前日に給料をもらって、返しに来ることもできる。いや、前借りしなくても、なぜ電話一本入れなかったんだ？　電話くらいできるだろう」

「終業後、本社まで給料を取りに行かなければならないということを、俺たちは知らなかった。普通に退社できれば、十分間に合う時間だったんだ。しかし、そのトラブルでギリギリになりそうだった。俺たちは携帯も持っていない。だから、開いている時間に間に合うよう、日比を走らせたんだ」

「それはおまえらの事情だ。俺には何の関係もない」

新見はにべもない。

「俺が確実にいる時間に返す方法を考えない。電話の一本も入れられない。おまえらがホームレスに落ちたのは、そうした常識が欠けているからじゃないのか？」

「なんだと……？」

田宮は気色ばんだ。アクリル壁を挟んで睨み合う。

と、日比がいきなりその場に正座をした。

「すみませんでした！　新見さんの言う通りです。常識に欠けていました。反省して、態度を改めます。ですから、今回だけは許してください。お願いします。お願いします！」

日比は床に額を擦りつけた。

「洋一！」

田宮は怒鳴った。

が、日比は顔を上げようとしない。ひたすら詫びながら、頭を下げ続けた。

新見は田宮を見据えた。田宮も睨み返す。耳には日比の泣き叫ぶような詫び声が響く。

田宮は奥歯を嚙んだ。新見を見据えたまま、ゆっくりと右膝、左膝と下ろしていく。下がる田宮の顔を新見の冷淡な視線が追う。

正座した田宮は、両の手をついた。上半身を倒していく。

「すみませんでした」

日比に並び、額を擦りつけた。

新見は双眸を開き、ほくそ笑んだ。

「それでいいんだ。おまえらは素直に自分を認めるところから始めなければならない」

勝ち誇った声が響く。

田宮は床を睨み、震えた。

「だが、落ち度は落ち度だ。許すわけにはいかない」

新見が言う。

田宮は上体を起こした。片膝を立て、今にも挑みかからん勢いで新見を睨む。

が、新見は笑みを崩さなかった。

「まあ待て。おまえらにも落ち度はあったが、確かに通常の閉店時間まで店を開いていなかった俺も悪い。こうしたことが起きる原因は、おまえらに給与が出るのが終業後ということにある。そこで提案だが」

新見はカウンターに両肘《りょうひじ》を突き、指を組んで顎をのせた。

「俺への借金は、別の仕事で返さないか？」

「別の仕事ですか？」

日比が顔を上げた。新見は微笑み、うなずいた。

「今のまま、ちまちま稼いでちまちま返していたら、こうしたトラブルは起こりやすい。それは双方のためにならないだろう。短期で稼げる仕事がある。それで、うちの借金をさっさと返してしまわないか？」

新見が言う。

きたか……。

田宮は思いつつ、わざと新見を睨んだ。

「短期で稼げる仕事なんて、ろくなもんじゃねえだろ」

「たいした仕事じゃない。荷物を受け取るだけの仕事だ」

「おいおい。麻薬かヤバい金じゃねえのか？　犯罪の片棒を担ぐのはごめんだ」

田宮は言った。

一人なら、この話に乗った。間違いなく、受け子への誘いだ。だが、相手が犯罪行為を切り出してきた以上、日比を巻き込むわけにはいかない。それでなくてもお人好しが服を着て歩いているようなヤツだ。自分が犯罪行為に加担したと知れば、それこそ自ら命を絶ちかねない。

「何の保証もない連中に百万も貸したというのに、信用がないんだな。なら、この話はなしだ。時計も約束通り、流させてもらうよ」

新見が腰を浮かせる。

「やらせてください！」

その時、声を張ったのは日比だった。

「その仕事、させてください！」

日比はまっすぐ新見を見つめた。

田宮は立ち上がって日比の前に回り込み、視線を遮《さえぎ》った。

「おまえ、何を言っているのか、わかってるのか！　荷物を受け取るだけで稼げる仕事なんて、危ねえに決まってるだろうが！　目を覚ませ！」

肩を握る。

しかし、日比は田宮の腕を振り払った。

「もう、嫌なんです！」

田宮を睨む。

「金金金。真面目に生きたいのに、金がないだけでここまで追い込まれる。何もしていないのに、金がないだけで普通に生きられない。もう嫌だ！　じいちゃんの時計だけは取り戻す。何をしてでも！」

日比は感情をあらわにした。溜まりに溜まっていたものが噴き出したのだろう。田宮を見据える両眼には怒気が満ちていた。

「その通りだ、日比。この世の中、金がなければ人間扱いもされない。大事なものも守れない。おまえらに必要なのは、その現実に気づき、受け容《い》れることだ。心配するな。悪い仕事じゃない。期間も二ヵ月程度。店で働きながら十分にできる仕事だ。俺への借金を返したら、また普通に生きればいい。まずはプラマイ0《ゼロ》に戻ることが大事だ。何をしてでもな。仕事を回してやる。犬塚。おまえはどうするんだ？」

新見が訊いてくる。

田宮は押し黙った。

「日比はともかく、おまえの質草は百円にもならない。返済が滞ったということなら、追い込むぞ。おまえはいろいろ知っていそうだ。〝追い込む〟ということがどういうことか、わかるだろう？」

にやりとした。

潮時だな。

「わかった。俺にもその仕事を回してくれ」

「話は決まったな。日比。おまえの時計は流さないことにしたから、一日も早く受け戻せ」

「はい」

日比を見て、新見がうなずく。新見は視線を田宮に向けた。

「おまえも早く金を返してしまえ。おまえは滞った時点で追い込みだ」

田宮に投げる言葉は冷たい。

田宮は観念したようにうなだれてみせた。その様を見て、新見の笑みが濃くなる。

「今日はこのまま、金券ショップは休め。中入さんには俺から連絡を入れておく。ちょっと待ってろ」

新見はいったん席を立ち、奥へ引っ込んだ。

日比は大きく両肩を揺らし、息を継いでいた。高揚している証拠だ。

田宮は日比を見つつ、どう助けるかを思案した。

ねんねんころりよ　きのこずえ
かぜがふいたら　ゆりかごゆれる
えだがおれたら　ゆりかごおちる
あかちゃん　ゆりかご　なにもかも

講談社文庫「マザー・グース　1」より

講談社文庫の電子書籍、続々配信！

毎月第二金曜日配信

詳しくは
http://kodanshabunko.com/
または下記QRコードにてご確認ください。

講談社文庫

講談社文庫への出版希望書目
その他ご意見をお寄せ下さい

〒112-8001
東京都文京区音羽2-12-21
講談社文庫出版部

第4章

1

田宮と日比は新橋駅前のSL広場にいた。喫煙所の植え込みの陰から、対面にある広場端の樹木脇を見つめている。

樹木の横には、茶系の地味なスカートスーツを着た中年女性が立っていた。ワインレッドのバッグを胸元にしっかりと抱え、落ち着かない様子で周囲を見回している。女性の前をサラリーマンやOLが行き交うが、女性を気にする様子はない。

「あの女性ですね」

日比がつぶやく。

田宮はうなずきつつ、交番の様子を窺った。ニュー新橋ビルの前に交番がある。今のところ、警察官は女性の様子に気を留めていないようだ。

日比が腕時計に目を落とした。午後一時五十八分を指している。

「もうすぐですね。行ってきます」

日比が植え込みの陰から出ようとする。田宮は肩を摑んで止めた。

「俺が行く。おまえは俺が駅へ向かって歩きだしたら、その後を追って、同じ電車に乗ればいい」

「僕が行きますよ。書類を受け取るだけでしょう?」

日比はまっすぐ田宮を見た。

「ああ、そうだ」

田宮はうなずいてみせながら、胸の奥でため息をついた。

田宮と日比は、新見に提案された〝副業〟を行なうことにした。仕事は、新見に指定された場所で書類を受け取り、それを渋谷の質店に届けるだけの簡単なものだと説明を受けた。そのための専用携帯電話も渡されている。

日比は本気で、書類の受け渡しをするだけだと思っているようだ。初めは、わかっていながら罪悪感を払拭《ふっしょく》するため、自らに言い聞かせているのかと思っていたが、どうもそうではないらしい。鈍いにも程があると思う一方、一般の認識などその程度のものなのかもしれないと思ったりもする。まさか自分がそういう犯罪の片棒を担ぐとは想像もしないのだろう。

また、新見側も巧みだ。副業を始める際、書面契約を交わした。新見の依頼があった際は何をおいても優先すること、書類の中身は見ないこと、新見から渡された専用携帯や副業のことを口外しないことなどが書かれた書面だ。これらの約束を破った時は、質に入れた品を流すことはもちろん、別途違約金を請求するとも記されていた。契約書というよりは誓約書のようなものだが、印字された書面があるだけで、人はそれが怪しげなものでも〝正しい物事〟だと思い込む。さらにサインをさせることで、逃げられないよう、心理的拘束をかける。詐欺師としては狡猾《こうかつ》だ。

田宮たちが副業を受けることにしてから四日経った六月末日の午前中、新見から初めての仕事依頼が来た。

田宮と日比二人に同じ内容の依頼があった。初回なので慎重を期したのか、あるいは今後二人一組で仕事をさせるつもりなのかはわからない。ともかく、この依頼をきっちりこなさなければ、次回はないということだ。

田宮たちは新見からの依頼を受け、店長の中入に半休を申し出た。突然の半休申請だったが、中入はすんなりと承諾した。新見とは通じているということだろう。

昼食を摂った後、田宮は席を外し、古川に連絡を入れた。

詐欺のターゲットは〝ミヤシロ〟という女性だった。彼女からはどうしても現金を騙し取らなければならない。事情を伝え、エキストラを要請した。エキストラには、ミヤシロという女性の保護と被害状況の確認をしてもらい、さらに制服警官の邪魔が入らないようフォローしてもらおうと思っていた。

田宮は再び、広場を見渡した。

誰がエキストラかはわからない。が、受け渡し時刻は午後二時。古川がエキストラを配置し終えていると思っていいだろう。

「僕の失敗でこんなことになっているんですから、僕が行きます」

日比が再び、前に出ようとする。田宮は立ちふさがった。

「俺が行く」

両二の腕を握り、睨み据える。

日比にはできうる限り、金の受け取りをさせたくない。実行犯になるのとならないのでは、その後の人生が大きく変わることになる。ただ見ていたのであれば、何とでも言い逃れはできるが、実際に受け取ってしまえば、知らなかったでは済まされない。

近頃、単なる高額アルバイトとして受け子をさせられる若者も増えているが、一度実行犯となった者は、詐欺罪はもちろん、携帯電話不正利用防止法などで罰せられる例も多い。手を染めてしまってはもう遅い。

「どうしたんですか、ケンさん。なんだか、怖いな……」

日比の眦が引きつった。

田宮は笑顔を作った。

「初めての仕事だろう？　失敗はできない。おまえは緊張しがちだから、俺が行った方が確実だ。次また連絡が来たら、その時はおまえが受け取ればいい。どのみち、どっちが受け取りをしてももらえるものはもらえるんだから。もう一度言うぞ。俺は書類を受け取ったら、そのまま銀座《ぎんざ》線の駅へ向かう。それを確認したら、後を追ってこい。電車に乗るまでは話しかけるな」

「なぜです？」

「いいから、そうしてくれ」

「……わかりました」

日比が渋々うなずいた。

田宮はうなずき、二の腕を叩いた。

踵《きびす》を返し、女性を見つめ、植え込みの陰から出る。全神経を尖らせて、周囲の気配を探る。誰かに見張られている気配はない。

少しずつ、女性に近づく。女性が田宮に気づいた。目が合う。田宮はにっこりと微笑んだ。会釈をし、小走りで駆け寄る。

「ミヤシロさんですか？」

「はい。サトウさんですね？」

女性が聞き返してきた。

「そうです。ご足労いただき、恐縮です。タカオさんから、書類を預かってくるように頼まれたんですが」

笑顔を崩さず、言う。

女性の顔が一瞬強ばる。が、すぐにバッグを開き、茶封筒を取り出した。Ａ４サイズの封筒を折り、煉瓦《れんが》状の包みとなっている。女性は包みを握ったまま、周りを見回す。なかなか包みを差し出さない。

「どうしました？」

田宮が首を傾げる。あくまで素知らぬフリを貫き、じっと笑みを向ける。

「あの……タカオは大丈夫なのでしょうか？」

「と言いますと？」

「書類を忘れたことで処罰されることはないんでしょうか？」

女性が言う。息子の失態を気にしているようだ。

田宮は右に傾けた首を左に傾けた。

「処罰だなんて。タカオさんは私どものプロジェクトのリーダーです。書類も三時までに先方へ届ければ問題ありません。忙しい方ですから、こうしたことの一度や二度で処罰されるなんてことはありませんよ」

「そうですか……」

女性の目元がホッと弛んだ。ようやく包みを差し出す。

田宮は受け取った。ずしりと札束の重みが伝わる。

「あの、確かに渡しましたよ」

「はい。確かに受け取りました。こんなところまでわざわざ来ていただいてありがとうございました。では、時間がありませんのでこのへんで」

頭を下げ、歩きだそうとする。

「あの！」

女性が呼び止める。田宮は振り向いた。

「お願いします。お願いします」

女性はそう言い、何度も頭を下げた。

笑顔でうなずく。その目の端《はし》に制服警官の姿が映った。田宮と女性の方を向いている。奇妙な光景に見えたようだ。

田宮はもう一度礼を言い、駅へ歩き始めた。制服警官の視線を感じる。顎を引いて、肩越しに目の端で背後を見やる。制服警官は女性に近づいてきていた。

まずいな……。

所轄《しょかつ》には報せていない。あくまで秘密裏の行動だ。女性が職務質問されても、田宮自身が職質《しょくしつ》を受けてもうまくない。田宮は逸《はや》る気持ちを抑え、行き交うサラリーマンの歩調に合わせ、徐々に地下への階段に近づいた。

もう一方の目の端に、日比の姿も映る。日比は田宮を見つめ、小走りで追ってきていた。田宮の歩が早くなる。万が一の場合、日比も振り切って逃げるしかない。

田宮は再び背後を見やった。制服警官は女性のすぐ近くにまで来ていた。

走り出そうか。爪先に力を込めた時だった。

制服警官の前に、初老の男性が立ちふさがった。田宮はさりげなく背後を確認した。

初老の男性を見据える。スーツを着た谷内だった。サラリーマンを装い、何やら制服警官に尋ねている。他三人の男女が制服警官と女性の間で立ち止まり、警官の視界を塞《ふさ》いだ。その隙に女性は立ち去った。三人の男女はそのまま女性の後を追った。

谷内が率いたエキストラだった。谷内は警官に頭を下げると、女性と反対方向へ歩き去った。制服警官は女性の姿を探したが、いなくなったのを確認すると、交番へ戻っていった。

田宮は息を吐き、階段を駆け下りて銀座線の駅に向かった。小走りで改札を潜り、ホームへ降りる。ちょうど、渋谷行きの電車が滑り込んできた。

田宮はそのまま電車に乗り込んだ。四人掛けの席の奥に腰を下ろす。ドアの閉まり際、日比が駆け込んできた。田宮の姿を認め、隣に座る。

「立ち止まったり、走ったり。どうしたんですか」

日比は膝に両手を突き、肩で息をした。

「ああ。おまえを見失ったんで、ついてきてるか先に行ったのかわからなくなってな。よかったよ」

田宮は笑ってみせた。

「僕はケンさんが一人で行くのかと思いましたよ」

「そんなわけないだろう」

「これですか、書類というのは？」

日比が田宮の手から包みを取った。

「書類らしくないですね。重いし。ハードディスクか何かですか？」

中を覗こうとする。

田宮は包みをひったくった。

「中身は見るなと言われているだろう」

「そうでしたね。すみません」

日比が頭を下げた。

「ともかく、さっさと届けて済ませてしまおう」

田宮はシートにもたれ、深く息を吐いた。

2

午後二時過ぎ、舞衣子は下北沢にあるNPO法人〈キボウノヒカリ〉の事務局を訪れた。

「すみません。中丸のセミナーの件で打ち合わせ予定なんですが。三好さんか大島さんはいらっしゃいますか？」

受付の女性職員に声を掛ける。女性職員は舞衣子の顔を見て、すぐさま親しげな笑みを浮かべた。

「少々お待ちください」

受話器を持ち上げ、内線ボタンを押す。

「あ、大島さん？　中丸弁護士事務所の鈴本《すずもと》様がおみえです。はい。はい……承知しました」

女性職員が受話器を置く。

「まもなく、大島がまいりますのでお待ちください」

そう言う女性職員に、舞衣子は口角を上げた。この時間、三好に来客があるのは、申し合わせ済みだった。舞衣子はそこを狙い、NPOを訪れた。

すぐにバッグを持った吉沢が受付に出てきた。

「どうも、鈴本さん」

役名を口にし、会釈する。

「三好は別の用事で席を外していますので、僕と打ち合わせを行なってほしいとのことです。食事はもうお済みですか？」

「ええ」

にこりと微笑む。

「僕は食べ損ねてしまいまして。食事がてら、打ち合わせということでよろしいですか？」

「かまいませんよ」

舞衣子が言う。

「ありがとうございます。金井《かない》さん、小一時間ほどで帰ってきますので、緊急の際は携帯に連絡ください」

吉沢は受付の女性職員に告げると、舞衣子を連れて事務局を出た。

エレベーターに乗り込む。

「大島君はすっかり事務局に溶け込んでいるのね」

舞衣子が目を細める。

「鈴本さんこそ。このところ、セミナーの打ち合わせはいつも鈴本さんじゃないですか」

「雑用を引き受けているだけ。他は弁護士先生ばかりだからね」

舞衣子が言う。

舞衣子は〝鈴本佳枝《よしえ》〟という名前で、中丸弁護士事務所の事務担当職員として働いていた。谷内とともに先行潜入しているので、もう三ヵ月ちかくになる。

初めてUSTで会った時はほんのり色香の漂うお姉さんといった風情だったが、鈴本佳枝となってからは、少々小ぎれいで知的な四十代の主婦といった情調を醸《かも》し出している。後ろで一つに束《たば》ねた長い髪と茶縁の眼鏡がそうした雰囲気を演出しているのだろうが、やはり、田宮や谷内同様、元の大友舞衣子の風体は一切感じさせなかった。

吉沢は近所のカラオケボックスに入った。

「どうも」

馴染みの店員に笑顔を向ける。

「食事じゃないの？」

「ここのシーフードピラフが美味しくて、時々昼に通っているんですよ。それとストレス発散に二曲ぐらい歌ったり。事務局には内緒にしておいてくださいよ」

吉沢は店員に聞こえるように語る。店員は吉沢を見て微笑んでいた。

狭いボックスに入り、シーフードピラフ一つとコーヒー二つを頼んだ。吉沢はセミナーに関する資料をテーブルに広げた。先に舞衣子とセミナーの予定を打ち合わせする。

話し合っていると、注文した品が運ばれてきた。

「大島君、今日も打ち合わせ？」

馴染みの女性店員がちらりと舞衣子を見た。舞衣子は会釈をした。

「はい。時々、歌も歌わず、こうして打ち合わせだけの時も嫌な顔せず使わせてもらって。ほんと、ありがとうございます」

吉沢が深々と頭を下げる。

「大島君だから特別よ。ゆっくりしていってね。ちょっとぐらい時間オーバーしても大丈夫だから」

女性店員は吉沢に流し目を送り、ボックスを出た。

ドアが閉まる。

「ふうん。モテるのねえ」

「勘弁してください」

吉沢は苦笑した。

「さて。セミナーの件はもういいですか？」

「そうね」

「では、例の件の報告を」

吉沢は資料に目を向けるフリを装いつつ、切り出した。

「その前に」

舞衣子も手帳を見るフリをし、本題に入った。

「公演期間の延長が決まったわ」

「どのくらいですか？」

「とりあえずは、二ヵ月」

「八月末までということですね」

吉沢が舞衣子を見た。

舞衣子はうなずく。

「場合によっては、さらに延びる可能性もあるとのことよ」

「ロングランですね」

「それだけ込み入っているということよ。で、わざわざ密室を会合場所に選んだということは、何か動きがあったわけ?」

　舞衣子が訊いた。

「〈キボウノヒカリ〉の資金について、別の動きを摑みました」

　吉沢は言うと、白い紙を出し、図を描いた。

　篠岡が経営する〈やすらぎ倶楽部〉と大峰博道が経営する〈大峰屋〉の名前が出てきていた。

「〈キボウノヒカリ〉は当初、中丸や一般の寄付で成り立っているように見えていたのですが、その他の事業で物販を行なっていました」

「何を売っているの?」

「野菜や民芸品などですが、実体がありません。トンネル会社を使って処理しているようです」

「そのトンネル会社というのは?」

「まだ確定はしていませんが」

　吉沢は封筒から〈キボウノヒカリ〉の支援企業名の一覧を出した。舞衣子はざっと目を通した。その中に石橋トラベルの名もある。

　舞衣子が吉沢を見た。吉沢がうなずく。

「それを座長に渡しておいてください」

た。

「わかったわ」

舞衣子はプリントされた一覧表を四つ折りにし、バッグのサイドポケットに入れた。

「鈴本さんの方は、何か出てきましたか?」

「これに関連しそうな話ね」

バッグに目を向けた。

「中丸はやすらぎ倶楽部の顧問弁護を請け負っているんだけど、その顧問料がとても高いのよ。相場の倍はあるかな。それで得た利益は〈キボウノヒカリ〉へ寄付されているように処理されているけど、実際は不明になっている分もある」

「不明分はどこへ?」

「使途不明。多い時は月に五百万ものお金が消えてる」

「それは監査で引っかかるんじゃないですか?」

「通常はね。ただ、弁護士の場合、事案解決にかかる費用はまちまちだし、資料購入や証言の裏付け調査にかかる人件費なども必要経費として使えるから、最終的にそうしたもので処理しているよう。さすがに入ってまだ三ヵ月足らずの私ではそこまで踏み込めない」

舞衣子はため息をついた。

「とりあえず、わかったことは座長に報告しておくから」

「お願いします」

「それと今後のシナリオだけど、公演延長で変わることもあり得るから、その心づもりは――」

話している途中、吉沢が突然、自分が描いた図を折り始めた。舞衣子が言葉を止める。吉沢は折ったメモ書きや舞衣子へ渡す予定だった資料をＡ４の封筒にねじ込み、立ち上がった。

「これをどうぞ」

封筒を渡し、ドアに歩み寄る。舞衣子はそれを受け取って、入口を見た。

ドアが開いた。三好が顔を覗かせた。

「鈴本さん。留守にしていて、失礼しました」

「いえ」

立ち上がって会釈をする。

「三好さん。どうしてここへ？」

「君が近頃、ここでシーフードピラフを食べながら打ち合わせしていると聞いてね。鈴本さんとの打ち合わせもここじゃないかと思って覗いてみたんだ」

三好が中へ入ってきた。

「すみません」

「いいよ。遊んでいるわけじゃないんだし。僕も昼食を摂り損ねたので、シーフードピラフを食べてみようかな」

「うまいですよ」

吉沢は微笑み、受話器を取った。

三好はその様子を一瞥し、視線を舞衣子に向けた。

「週末のセミナーの打ち合わせは進んでいますか？」

「はい。カラオケボックスは思った以上に静かで、はかどりました」

舞衣子は口角を上げた。腕時計を見て、バッグを取る。

「私、そろそろ戻らなければなりませんので」

「中丸先生によろしくお伝えください」

「はい。失礼いたします」

深々と頭を下げ、ドアを開ける。

「三好さん。鈴本さんを送ってきます」

「そうしてください」

三好は微笑んだ。

吉沢は舞衣子と共に店の出口まで行った。

「また何かあれば、セミナーの時に」

小声で言う。舞衣子は小さくうなずいた。

「では、よろしくお願いします」

周りに見えるよう、深々と腰を折り、見送る。

そして、ゆっくりとボックスへ戻った。硝子越しに中を覗く。

三好は吉沢のバッグを漁っていた。資料を探しているふうではない。あきらかに何かを探っているようなひっくり返し方だった。

「なるほどね」

吉沢はそのままボックスの前を過ぎ、トイレに入って、古川にメールを入れた。

3

田宮と日比は新見の店に赴いた。

新見はいつも通り、カウンターの中にいた。田宮はミヤシロの母から預かった封筒を小窓からそのまま新見に差し出した。

新見は手に取り、カウンターの下に封筒を隠して中身を確認した。かすかに口辺に笑みが滲む。田宮は新見の笑みを見逃さなかった。

「ごくろうさん」

新見が顔を上げた。

「この書類は、俺からミヤシロ君に渡しておく」

封筒を上げてみせ、すぐ足下に隠した。

「あの……新見さん」

日比が口を開いた。

「なんだ？」

「書類と言っていますけど、本当に書類なんですか？」

「どういうことだ？」

新見の眉尻がかすかに揺れる。

「書類といえば、ファイルとか紙の束のようなものだと思うんですけど、あきらかにそれは形が違うし、中身を見てはいけないと言うし、その……」

「何を気にしているんだ？　言ってみろ」

新見が日比を見据える。日比はうつむいた。

田宮は黙っていた。新見がどう出るか、見定めたかった。

「洋一。気になることがあるなら、聞いておいた方がいいぞ」

日比を促す。

日比はおもむろに顔を上げた。

「その中身、お金じゃないんですか？」

新見をまっすぐ見つめる。

「ひょっとして、僕たち、振り込め詐欺の――」

そこまで口にすると、新見が笑い声を上げた。

「おいおい、待ってくれ。おまえは、自分が振り込め詐欺の受け子をさせられているとでも思っていたのか？」

可笑《おか》しそうに笑う。

「なんだか妙な雰囲気だったし……」

田宮を一瞥する。

新見が田宮を見据えた。笑みを浮かべているが、目は据わっていた。田宮はその視線をこともなげにやり過ごした。

「しょうがないな」

新見は封筒を取り出し、小窓からカウンターに差し出した。

「中を見てみろ」

「いいんですか？」

「本来は、依頼者の秘密があるから見せてはいけないんだが、つまらない疑いを持ったままでは仕事ができないだろう。開けて、見てみろ」

新見が言う。

日比が手を伸ばし、包みを取った。田宮は横目で包みを見た。色や折り目はよく似ているが、ガムテープの止め方やテープの角度が若干違う。

すり替えたか。思ったが、口にはしなかった。

日比は気づいていないようだった。ガムテープを破り、封筒を広げた。

中には、新聞紙に包まれた何かが入っていた。取り出し、包装を解く。中から、薄型のハードディスクが二つ出てきた。

日比は目を丸くして、田宮を見た。田宮は両肩を竦めた。

「この通りだ。まだ、疑問はあるか？」

「いえ……」

日比はハードディスクを新聞に包む。

「新聞紙にくるんだ大きさが札束の大きさと似ていたんで間違えたんだろう。新聞の感触も札に似てるからな。それに、日比。思い出してみろ。ＳＬ広場には交番がなかったか？」

「ありました」

「だろう？　俺が振り込め詐欺を試みて、金の受け渡しを頼むとすれば、わざわざ交番のあるところなんかにしない。捕まったら元も子もないんだからな」

新見が言う。

そういうことか。田宮は思った。

わざわざ、交番もあり、人目も多い場所を受け渡し場所に指定したのは、一つは日比のような者を丸め込む材料作りのためだ。中身を見せられ、新見の言葉を聞けば、ほとんどの者は疑念を払拭するだろう。

しかし、田宮はもう一つの目的があると睨んだ。

意外性だ。

新見の言うように、ＳＬ広場のような場所は捕まる危険性が高い。呼び出された者が交番に駆け込めば、それで金も取れなくなる。慎重な詐欺師が、そんな場所で金の受け渡しをするはずがない、という思い込みを利用している。

盲点を突くとはまさにこのことだった。

「日比。信用してくれたか？　それでも信用できないというなら、辞めてもらってもいいんだぞ」

「いいえ、続けます。すみませんでした」

日比は包みを返して、頭を下げた。

「犬塚はどうなんだ？」

新見が田宮を見る。

「俺は最初から疑っちゃいない」

「そうか。ならいい」

新見は足下に包みを置いた。

「さて、報酬だが。今日は貴重品だったので、二人に五万ずつ渡す」

「五万円もくれるんですか！」

日比は驚いた。

「いらないのか？」

「いります！」

日比が言う。犯罪の片棒を担いでいるわけではないと知り、顔は紅潮していた。

「この場で五万円を渡すこともできるが、返済に充てることもできる。どうする？」

新見が訊く。

「俺は返済に充てる。受領書をくれ」

田宮が言う。新見は笑みを引っ込め、睨みつけた。

「僕も返済に充てます」

日比が続いた。

新見は手持ち金庫を開け、中から用意していたらしい受領書を取り出し、小窓から差し出した。田宮が受け取る。日付も金額も名前も間違っていない。日比の分も同様だった。田宮は日比に受領書を渡した。

「これで、あと四十五万だ。また仕事があったら回してくれ」

田宮はそう言い、立ち上がった。

「洋一。行くぞ」

「はい」

日比も立ち上がる。

田宮は先に店を出た。日比は一礼し、後に続いた。

ドアが閉まる。日比は受領書を握り、笑みを浮かべた。

「ケンさん。五万ももらえるなんて思わなかったですね。この調子でいけば、思ったより早く返せそうですね」

嬉々としてしゃべる。

「だといいがな……」

田宮は一刻も早く、日比を抜けさせなければと思った。

4

二日後、田宮は〝神田《かんだ》〟という独り暮らしの老人のアパートを訪れていた。切手を引き取ってほしいという依頼があったからだ。

老人は、田宮に鑑定を願いたいと指名してきた。以前、店頭で切手を高く買い取ってくれたからだという。記憶になかったが、中入に言われ、一人、中野《なかの》にあるアパートに赴いた。

化粧の剝げたトタン板のドアをノックする。アパート中が揺れそうなほど、ドアが揺らいだ。

「石橋トラベル新橋店の犬塚です」

声を掛ける。

まもなく、ドアが開いた。

「ご苦労様です」

顔を出したのは、白髭を蓄えた谷内だった。田宮は笑顔を向けた。

「ささ、中へ」

谷内が部屋へ招き入れる。

「失礼します」

業者を装ったまま、中へ入った。

ドアを閉める。

「徳さんでしたか」

田宮が声を掛けた。古いアパートはことのほか声が響く。万が一を考え、役名を口にした。奥のがらんどうの六畳間に入り、腰を下ろす。

「これをよろしく」

谷内は切手のシートブックを差し出した。未使用の八十二円切手のシートが五枚ある。しめて四万円強だ。買い取り価格の二万円を渡して切手をカバンに収めた。

「その後はどうだ、犬塚君」

谷内が訊く。

「新しい仕事にはまだ慣れていませんが、少しだけ仕事内容は把握しました。先方は業界を熟知しているようで、なかなか大胆な行動にも出ているようです」

話しながら、バッグからメモを出し、これまでにわかったことを記していく。そのメモを無造作に谷内に手渡した。

谷内はメモを見つつ、しきりにうなずいた。

「日にちが経てばもう少し理解できるようになると思います」

「難しい仕事なのだからな。がんばってもらいたい。ところで、例の演劇だが。期間延長が決まった」

「いつまでですか？」

「八月末まで。あと二ヵ月といったところだな」

「それなら、俺も観劇できそうです」

「シートブックの最後に、パンフレットを入れてあるから見てくれるかな」

谷内が言う。

シートブックを出し、最後のページを開いた。B5判の用紙に報告がプリントされている。

やすらぎ倶楽部から出荷された物品は、大峰屋を通じて、〈キボウノヒカリ〉に売られているとなっていたが、実体はないとのことだった。トンネル会社として、石橋トラベルや新見質店の名前もある。

また、三好が吉沢のバッグを探っていたという報告も上がっていた。意図不明と記されているが、その後段に赤字で〝要注意〟とあった。

「何か、この演目で不具合でもあったんですかね？」

田宮は〝要注意〟という文字を指で差し、谷内を見た。

「わからんが、こういうときは点検するに限るね」

「そうですね。それで延長が決まったんでしょうか？」

「それもあるんだろう」

谷内がうなずく。

「ということなら、徳さんにちょっとアドリブをお願いしたいんですが」

「なんだ？」

「俺の相方なんですが、今の仕事は向いていないようなので、仕事を変えるよう、説得してほしいんです」

話しつつ、サッとメモを書いた。《洋一、確保、保護》と記されている。谷内は深くうなずいた。

「いつかな？」

「次の機会に」

新見から預かった携帯をバッグから出し、指差して、耳に当てる。谷内は二度、うなずいた。

「わかった。考えておくよ」

「お願いします」

田宮は手短に打ち合わせを済ませ、アパートを出た。

5

谷内と打ち合わせて三日後、再び、新見からの依頼電話がかかってきた。

今回は日比にのみかかってきた。日比は電話を受けた後、田宮に相談した。振り込め詐欺の手伝いではないとわかっても、一人で行動することに自信がないようだ。

田宮は日比を連れて、昼食に出た。ハンバーガーを食べながら、日比を説得する。いい機会だった。ここで捕まれば、日比は未遂で終わる。中身が金でないと思い込んでいる今こそ、逮捕されるべき時だった。

谷内は田宮のアドリブ依頼を受け、エキストラチームを組んで、日比の行動を監視していた。ほぼ日比と行動を共にしている田宮の目の端には、いつも谷内の姿が映っていた。今も、トイレ脇の席に陣取り、バーガーを食べている。

髭をきれいに剃り、スーツを着て丸眼鏡をかけ、ハットを被ったその風貌は、日比が見ても徳さんだとは気づかないだろう。それほど完璧な変装を施している。

「僕にできるでしょうか……」

日比は一口食べては、ため息をついた。

「書類、というか、ハードディスクを受け取るだけだ。こないだ、俺が受け取ったのを見ただろう？　簡単なことだ」

「でも、やっぱりおかしいですよ。相手の名前はともかく、なぜ僕が〝タナカ〟という偽名を使わなきゃならないんですか？」

日比が疑問を口にする。

もっともな疑念だった。普通に考えれば、その時点でおかしい。もっと早く気づくべきだが、いざ一人で動かなければならなくなり、日比が元来持っている慎重さが働き、ようやく目が覚めたのだろう。

この期《ご》に及んでという気もするが、仕方のない話だ。元はといえば、事件に巻き込んでしまった田宮に責任がある。何が何でも、ここで日比はリタイヤさせなければならない。

「そこは深く考えるな。今はとにかく、仕事をこなして借金を返し、懐中時計を取り戻すこと。それに専念しろ」

「ケンさん……。僕、逮捕されるとかないですよね？」

不安のあまり、下瞼が涙で膨らんでいた。

「心配するな。その時は助けてやる」

田宮が笑顔を見せる。

日比の口元に多少笑みがこぼれる。が、すぐ笑みは消える。心なしか、顔も蒼い。

田宮は携帯を出して時間を確認した。午後一時十五分前。午後一時に先日と同じ場所で〝書類〟を受け取ることになっている。

「ちょっとトイレに行ってくる」

田宮は席を立った。

トイレに入る前、ゴミ箱の上にある紙ナプキンを一枚取る。鍵を閉めて素早くメモを書き、トイレを出る。戻る間際、谷内のテーブルにナプキンを落とした。

席に戻り、腰を下ろす。日比の肩越しに谷内を見やる。谷内は小さくうなずき、一足先に店を出た。

日比に目を戻す。

「おい。早く食え。時間がないぞ」

「もう、いいや……」

日比は食べかけのハンバーガーを置き、ジュースを一口啜った。

「よし、行こう」

田宮が席を立つ。

日比は重い腰を上げた。

田宮と日比は前回と同じく、SL広場の端にある喫煙所の植え込みの陰から樹木の方を見つめた。

白いブラウスとグレーのスカートを身につけた小太りの壮年女性がいる。やはり、バッグを胸元に抱え、落ち着きなくきょろきょろとしていた。

田宮は日比の肩に手をかけた。

「いいか。ここから出たら、まっすぐあのおばさんを見つめて歩け。振り向いたり、辺りを見回したりするな。おどおどすればするほど怪しまれる。特に、交番の警官はそうした不審な挙動は見逃さない。もし警官が近づいてきたら、おばさんには歩み寄らず、そのまま烏森口《からすもりぐち》まで歩き去れ。接触しなければ、職質を受けることもない」

「でも、それじゃあ、書類を受け取れない……」

「大丈夫。その時は、俺が受け取るから。それと、おばさんから書類を受け取ったら長居せず、すぐ銀座線の方へ歩け。走るんじゃないぞ。周りの流れに合わせ、ごく自然にだ」

「尾《つ》けられたりしないですか？」

「心配するな。その時は俺が遮ってやるから。あと終始笑顔だけは忘れるな。自然にやれば、二分もかからない。さっさと済ませよう」

田宮は肩をポンと叩いた。背中に手を当て、そっと押す。

日比はよろけ、植え込みの陰から出た。一度だけ振り向く。田宮は力強くうなずいた。

日比は深呼吸をした。無理やり笑顔を作り、ゆっくりと歩き始める。目線は壮年女性にだけ向いている。首すら動かさない。硬直した歩き方はかえって怪しいが、それでかまわなかった。

日比は少しずつ、少しずつ壮年女性に近づいた。心臓が破裂しそうなほど鼓動を打つ。生え際から流れ出る汗が止まらない。が、ハンカチを出すこともできないほど緊張していた。

壮年女性が日比に気づき、目を向けた。日比はどきっとして立ち止まった。頬が引きつる。再び、笑顔を作り直し、そろそろと歩を進める。膝が固まって伸び、躓いて、倒れてしまいそうだった。

なんとか歩み寄り、女性の前で立ち止まった。

「あ、あの……アワノさんですか？」

「はい。タナカさんですね？」

女性が訊く。

日比は緊張のあまり、頭が真っ白になっていた。

「タナカさんですか？」

女性が再び訊いた。

「あ、はい。タナカです」

ようやく、声を絞り出す。

「タナカさんですね？」

女性が念を押す。

「タナカです！」

つい、声がひっくり返る。

その瞬間だった。周りにいたスーツ姿の男女が数人、日比の方を向いた。日比はその視線を避けようと頭を振った。が、数名の男女は確かな視線を日比に向け、間合いを詰めてきた。

異様な雰囲気を感じ、身体が凍《こお》りついた。

目の前の壮年女性が、バッグを抱えたまま駆け出した。同時に、複数の男女が一気に走り寄ってきた。

日比は目を剝いて、振り返った。田宮の下に駆け戻ろうとする。その視界を大柄の男性が塞いだ。

「タナカ！」

大柄の男性が両腕を広げ、上から覆い被さるように迫った。

かいくぐろうとしゃがむ。その上に大柄の男がのしかかった。

日比はその場に押し潰された。したたかに顎先をアスファルトに打ちつけた。唇を嚙み、切れて、血が飛び散る。次々と男たちが群がってくる。押さえつけられるたびに、地面で顔を打つ。額やこめかみからも血が流れた。

「詐欺及び窃盗未遂の現行犯で逮捕する！」

腕がねじ上げられた。

「助けて！　助けて！」

日比は泣き叫び、抗《あらが》った。

だが、男たちはびくともしない。広場は、突然の逮捕劇で騒然となった。交番の制服警官も駆けつける。

日比は人々の隙間から、田宮を見つめた。

「助けて！　助けてください！」

血混じりの鼻水が鼻腔から噴き出す。

「助けて！　ケンさん、助けてー！」

日比は声を張り上げた。涙で顔がぐしゃぐしゃになる。

「立て！」

捜査員が日比の脇の下に腕を通し、立たせる。

日比は手足をバタつかせた。腰を落とし、座り込もうとする。が、複数の警官にずるずると引きずられていく。日比のズボンが破れ、膝頭に血がにじむ。それでも日比は叫んだ。

「ケンさん！　ケンさん！」

日比は田宮の姿を探した。

広場にパトカーが滑り込んでくる。

「ケンさん！　助けて！」

「おとなしくしろ！」

捜査員が日比の頭を押さえ、後部座席に押し込んだ。

その目の端に田宮の姿が映る。

「ケンさん！」

しゃがれた声を張り上げた。

田宮と目が合う。しかし、田宮はにべもなく視線を逸らした。

日比は目を見開いた。絶望で瞳が色を失う。

「ケンさん！　助けてくれると言ったじゃないか！　ケンさん！」

シートに座らされ、ドアを閉められる。

日比は後ろを振り向いて、泣き叫んだ。

パトカーを見つめていた田宮は、野次馬に紛れ、連行されていく日比をじっと見つめた。日比は眉間《みけん》を寄せていた。怒りが込み上げているようだ。何かを喚いていたが聞こえない。パトカーのテールランプが視界から消えた。

喧噪《けんそう》が止んだ。が、広場にはまだ、余韻が残っていた。

田宮は喫煙者に混じり、タバコを咥《くわ》えた。一服しているところに、谷内が近づいてくる。田宮と谷内は、他の喫煙者から離れたところに立った。

「結構な大捕物になったね」

「仕方ないですよ」

田宮は煙を吹き上げた。

「アドリブは終了かな?」

「はい。ありがとうございました。日比のことはよろしくお願いします」

「座長に伝えておくよ。君は?」

「これから、本丸に乗り込みます」

田宮は大きく煙を吐き出し、吸い殻を灰皿の中に放った。

6

田宮は新橋駅前から離れたその足で、渋谷にある新見質店を訪れた。

が、質店のあった場所は看板もなく、シャッターも閉じられていた。

新橋から新見の店までは、三十分もかからない。彼らは、そのわずか三十分に満たない間に日比の逮捕を知り、撤収したのか。あるいは、そもそもここに店がある体を構えるのは、田宮たちのようにカモにしている人間が来るときだけなのか。いずれにせよ、この場所から新見が消えたのは間違いなかった。

田宮はそのまま石橋トラベル新橋店に戻った。裏口のドアを開けると、中入が振り向いた。田宮の姿を見て、一瞬目尻が強ばった。

「おかえりなさい。遅かったのね」

同じ金券ショップで働いている橋谷が、店内のカウンターから声をかけた。

「すみません。橋谷さん、昼休みまだですよね。俺が替わるんで、ゆっくりしてきてください」

笑顔を向ける。

「ありがとう。そうするわ」

橋谷は財布を手に取ると、裏口から出て行った。

田宮は橋谷を見送り、ドアの鍵をかけた。

中入は背を向けていた。

「犬塚君。店番を――」

田宮はいきなり、中入の襟首をつかんだ。

「な、何を……!」

声が引きつる。

田宮は中入を引き倒した。中入は座っていた椅子ごとフロアに仰向けになった。間髪を容れず、中入の腹部を踏みつける。

中入は目を剝いて、呻きを漏らした。

「新見はどこにいる」

「何を言っているんだ……」

中入の黒目が泳ぐ。

田宮は再び腹を踏みつけた。

中入は唾液を吐き出し、田宮の足首をつかんだ。

「おまえらがつるんでいることくらいわかっている。新見はどこだ!」

腹を容赦なく踏みつける。中入は身を捩《よじ》り、口から胃液を吐いた。

「渋谷の質店はもうなくなっていた。おまえが連絡したのか?」

「連絡って……」

「日比がパクられたことだ!」

何度も何度も脚を上げる。

中入は腹に腕を巻いてかばうように、横になって丸まった。

「新見の〝副業〟が何かってことぐらい、ガキでもわかる。おまえら、俺たちを使うだけ使って、パクられたら知らんぷりか。ふざけんじゃねえぞ、こら！」

田宮は腕や脇腹、太腿を乱暴に踏み続けた。

「わかった……やめてくれ！」

中入は悲鳴を上げた。

田宮は踏むのをやめた。襟元をつかんで上体を起こさせ、壁に背を押しつける。

中入は大きく胸を膨らませ、呼吸をした。スラックスの後ろポケットからスマートフォンを出し、アドレス帳をタップする。番号を表示し、コールした。

「……もしもし、私だ。犬塚が君に会いたいと――」

田宮は言葉の途中でスマートフォンをひったくった。

ソファーに腰を下ろして脚を組み、受話口を耳に当てる。

「新見か？」

――中入に電話させてくるとは、考えたな。

間違いなく、新見の声だった。

「逃がさねえぞ」

――怒っているな、ずいぶん。

「日比がパクられたんだぞ！」

田宮は電話口で怒鳴った。中入がびくっと肩を震わせた。

――デカい声を出すな。聞こえている。

新見は涼しげな声で返した。

――俺を警察に突き出すか？

「冗談じゃねえ」

――どうしたい？

「儲けさせろ」

――ほお……。

新見は電話の先で驚嘆した。

「おまえには日比の時計を預けたままだ。それに、俺も今放り出されても困るんだよ」

――困るとは？

「金がなきゃ、何もできねえだろう。日比が捕まったことで、いずれこの新橋店も探られる。そうなりゃあ、俺も嫌疑をかけられる。せっかく這い上がろうとしているのに、サツに目をつけられるのは厄介だ」

――脛《すね》に傷あり、か。

「お互い様だろう」

手に持ったスマホを睨みつける。

しばし、沈黙があった。電話口の数秒は長い。

——わかった、いいだろう。儲けさせてやる。

「当たり前だ」

田宮が言う。電話口から新見の笑う声がかすかに聞こえた。

——中入に替わってくれ。

新見が言う。

「替われってよ」

田宮はスマートフォンを放った。

中入は田宮を睨みつつ、受話口に耳を当てた。

「もしもし……ああ、ああ……ほんとにいいのか？　うむ……わかった」

短く返事をし、電話を切った。

立ち上がって椅子を起こし、デスクに戻し、座り直す。

「おい、どうなったんだ？」

田宮が声をかけた。

「待ってろ」

中入は背を向けたまま、不機嫌そうに返事をする。パソコンを操作し、地図を表示させた。備考欄に連絡先を打ち込み、プリントアウトする。プリントを取り、田宮の脇に歩み寄る。

「新見は今、ここにいる。すぐに行け」

中入はプリントを差し出した。

田宮はプリントを手に取り、見た。印は三鷹《みたか》市井口《いぐち》の住宅街のとあるマンションを指していた。下部の備考欄には新見の携帯番号が記されている。

「その地図は向こうに着いたら、新見に渡して破棄させろ。それと、おまえは明日から新見の下で動くことになる。ここへはもう来なくていい」

「クビということか？」

「そういう体裁《ていさい》にする」

「警察は？」

「もし訊《たず》ねてきたら、田舎に帰ったとでも言っておくよ。その後の処理は心配するな。こっちで適当にしておくから」

中入が言った。

田宮はソファーを立った。

「乱暴な真似をしてすまなかったな」

「さっさと出て行け。パクられるんじゃないぞ」

中入は背を向けたまま、右手の甲を振った。

田宮はそのまま、石橋トラベル新橋店を去った。

7

田宮は新橋から東京駅へ出た。トイレを探すふりをして、周囲を見回す。人混みの中に谷内の姿を見つけた。

谷内は、日比が逮捕されてから、田宮の動向を監視していた。

一つは危険が増したためだ。日比が引っ張られたとなれば、詐欺グループは当然警戒する。日比を知る田宮に何らかの手を下してきてもおかしくはない。いざという時、田宮を保護する必要がある。

もう一つは田宮をサポートするためだ。田宮からの伝達事項、あるいはUSTからの連絡事項があれば、すみやかに橋渡しをしなければならない。電話やメールが使えればいいが、場合によっては使えないこともある。そうした時は、接触して伝えるしかない。

田宮は谷内とアイコンタクトを取った。特に合図を決めているわけではないが、そこは同じ〝役者〟同士。かすかにうなずくだけで、意図は通じる。

田宮はゆっくりと歩き、トイレに入った。最奥の便器に立ち、用を足すふりをしている。二人ほど、サラリーマンふうの男が入ってきた後、谷内が入ってきた。田宮の隣に立ち、スラックスのファスナーを下ろす。

「追跡者なし」

谷内が小声で言った。

田宮は壁を見つめたまま、口を開いた。

「これより武蔵境《むさしさかい》にて第三幕。090-98××-××××を捕捉」

壁を見たまま、小さな声で言い、イチモツをトランクスに収める。田宮は谷内を見ることなく、そのままトイレを出た。

第三幕というのは、これからアジトに潜入するというサイン。携帯番号を報《しら》せたのは、位置情報を追跡させるためだ。アジトの地図を渡せば早いが、一枚しかないものを渡すわけにはいかないし、コピーを取りに立ち寄れば、新見の仲間に目撃されるおそれもある。そうした場合、携帯番号から位置を捕捉させるのが最も効果的だ。

携帯の電波は絶えず基地局を探している。それは逆に言えば、常に特定番号の携帯電話がある位置を示すことになる。その電波を拾えば、その携帯を持っている者がどこにいるのかを特定できる。

田宮は中央線のホームに上がり、快速高尾《たかお》行きに乗り込み、座ってシートにもたれた。小さく息をつく。武蔵境までは約四十分。これから新たな舞台に上がる。

田宮は目を閉じ、仮眠を取った。


武蔵境駅で降りた田宮は、南口を出て、南東方向へ歩きだした。赤十字病院の前を過ぎ、路地を右へ入っていく。住宅街の中に「メゾン境」という名の五階建てのマンションがある。白い壁は長年の雨風でうっすらと灰色に染まっていた。

田宮は手元の地図とマンションの住所を交互に見比べた。そして、見上げる。この五階に新見が指定した部屋がある。

「行くか」

ズボンのポケットに地図を突っ込み、エントランスへ入った。

小さなエレベーターで五階に上がる。エレベーターを降りるとすぐ、ドアがあった。各階、一世帯しかないマンションのようだ。古いマンションには、こうしたタイプの建物も多い。エレベーターの右手には非常階段があった。

ドアの前に立ち、辺りを見回す。ドアの右上部には監視カメラがあった。田宮はインターホンを押した。返答はない。

もう一度、インターホンに指を伸ばす。と、ドアロックの外れる音が狭いホールに響いた。おもむろにドアが開く。顔を覗かせたのは、新見だった。

「入れ」

短く言い、顎を振る。

田宮はドアを引いて開け、中へ入った。

部屋の中は殺風景だった。だだっ広いスペースの真ん中に事務用のスチール机が二台ある。キャスターの付いた事務椅子が三脚あり、部屋の端には一人掛けソファーが一脚だけ置かれている。ロッカーや資料棚、冷蔵庫といったものもない。デスクには携帯電話が数台と、リストの束が無造作に置かれていた。

新見の他に、三十前後とみられる男が二人いた。じとりとした双眸で田宮を見つめる。

新見はソファーに座り、脚を組んだ。

「まあ、座れ」

空いている事務椅子を指す。田宮は椅子を引き寄せ、新見の向かいに腰かけた。

田宮は新見の細い目を見据えた。

「おいおい、怖え顔《こえ》するなよ」

涼しい顔で片頬を上げる。

「日比は残念だったな」

「おまえが売ったんじゃねえだろうな？」

田宮が言う。

新見は鼻で笑った。

「そんなことをして、俺に何の得があるんだ？　売ったのはてめえじゃねえのか、犬塚？」

細い双眸をさらに細める。

「俺に何の得があるんだ？」

田宮が返した。

と、新見は再び、にやりとした。

「そういうことだ。誰の得にもならねえ。日比には申し訳ねえが、運が悪かったという話だ。まあ、心配するな。あいつは何も知らねえ、受け子だ。たいした罪にはならねえよ。だがな、犬塚——」

新見は脚を解き、身を乗り出した。

「ここから先は、そうもいかねえ。覚悟はあるのか？」

下から田宮を睨み上げる。

田宮は新見を見据えた。

「覚悟がなきゃ、ここには来ないよ」

目を逸らさない。しばし、沈黙が続く。

新見はやおら上体を起こし、ソファーにもたれた。

「まあ、おまえなら問題ねえと思ったがな」

再び、脚を組む。新見はデスクに目を向けた。

「おまえら。今日からおまえらと組む、犬塚だ」

他の二人に声を掛ける。二人は顎を突き出し、会釈した。

「こら、自己紹介しろ」

新見が言う。

「前田《まえだ》です」

手前の男がぼそりと呟いた。

前髪が長く、目が半分隠れている。痩せていて、猫背が印象的な地味な男だ。

「宇野《うの》と言います」

前田の奥にいた男が名乗った。

小太りで細い銀縁の眼鏡をかけた男だ。髪は天然パーマなのか、襟足を刈っているがぼさっとした印象が拭えない、これまた朴訥《ぼくとつ》とした男だ。鼻が悪いのか、多少鼻声なところが特徴的だった。

「犬塚だ」

田宮はそっけなく言った。

「よし。顔と名前は覚えたな」

新見が立ち上がった。デスクに歩み寄り、端に尻を掛ける。

「月曜から、この三人で仕事をしてもらう。三人はチームだ。誰か一人が欠ければ、このチームは解散。新たなチームに加わってもらうことになる」

「チームとは？」

田宮が訊いた。

「チームはチームだ。三人で協力して、詐欺を働いてもらうということだ」

新見がはっきりと口にした。

田宮は動じない。が、前田と宇野は〝詐欺〟という言葉を聞いて、眉を寄せ、うつむいた。

「リーダーは犬塚。おまえがやれ。主な業務は電話掛けだ」

新見がリストの束を取った。

「前田は受け子だ。宇野には見張りをやってもらう」

「見張り？」

田宮が聞き返す。

新見は田宮に目を向けた。

「何の見張りだ？」

「金の受け取り先の見張りだ。サツが張っているかもしれねえだろう。少しでも危険があれば、撤収するためだ」

「なるほどな」

「それと、このリストは特別なものだ。カモにする相手の住所や家族構成、生活リズム等々、もちろん騙る息子の名前も記載されている」

新見が言う。

田宮はリストの一枚を手にした。四角い枠にターゲットの名前から家族構成、息子や夫の職業、連絡先まで、事細かく記されている。戸籍謄本《とうほん》に備考欄を付したような完璧に近い個人情報だった。

「ずいぶん詳しいな。何のリストだ？」

「気になるか？」

「犯罪の片棒を担ぐんだ。日比みたいに何も知らないままパクられるのは御免だ」

田宮は言い返した。

新見がふっと笑みを覗かせる。

「おまえ、名前通り、〝犬〟か？」

探るような目つきで睨《ね》める。

前田と宇野が少し目を開き、田宮を見た。その目は助けを求める仔犬のようだった。

田宮は二人を一瞥し、新見に視線を戻した。

「勝手に疑え。俺は稼げりゃそれでいい」

リストをデスクに放る。

新見は声を立てて笑った。

「本当におもしれえやつだな。そのくらい度胸が据わっている方が、この世界ではうまくいく。おまえらも少しは犬塚を見習え」

そう言い、前田と宇野を睨む。二人は肩を窄《すぼ》め、顔を伏せた。

「まあ、得体もわからずに働くのは気持ち悪いという犬塚の意見もわかる。普通はそんなことを訊いたら恫喝《どうかつ》するだけだが、特別に教えてやるよ。出所《でどころ》は言えねえが、そいつは過去に詐欺に引っかかった連中のリストだ」

新見が言う。

田宮の眉間に濃い皺が立った。前田と宇野は顔を上げ、目を合わせた。

「投資詐欺、リフォーム詐欺、高級布団詐欺。いろんな詐欺に引っかかった高齢者の詳細情報を集めたもの。一級リストだ」

新見がにやりとする。

「なぜ、詐欺に引っかかった人を狙うんですか？」

前田が訊く。

「そうです。詐欺被害を受けた人は警戒していると思うんですけど」

宇野が続けた。

「おまえら、わかってねえな」

新見は前田と宇野を交互に見やり、首を小さく振った。

「一度でも引っかかったことのあるヤツってのは、そもそもそうした詐欺に遭いやすい資質を持った人間ということなんだ。しかも、警戒しているのが好都合。警戒していればしているほど、その警戒心を解いてやれば、簡単に信じてしまう。手当たり次第にかけまくるより効率がいいんだよ」

「そんなものなんですか……？」

宇野が怪訝そうな顔をする。

「そうだな、犬塚？」

新見が田宮を見た。

田宮は答えず、そっぽを向いた。新見は一瞥し、デスクから降りた。

「しばらくはここで寝泊まりしてもらう。仕事が軌道に乗り、借金を返済したあとは、それぞれアパートやマンションを借りてもらってもかまわない。金を貯めて、さっさとこの仕事から抜けるのも自由だ。すべてはおまえらのがんばり次第というわけだ。それと、犬塚」

新見が声を掛ける。

田宮が目を向けると、新見はポケットから懐中時計を出した。日比が新見に預けた質草だ。

「日比の分も合わせて、九十万。おまえの取り分から俺に返せば、こいつは返してやる」

「必ず、取り返す」

田宮は新見を見据えた。新見は懐中時計をポケットにしまった。デスクに両手を突く。

「仕事は週明けからだ。これから、具体的な仕事の進め方を説明する」

新見はカバンからマニュアルを出し、デスクに置いた。

青いＡ４判のクリアファイルが三冊ある。田宮はそれを一つずつ前田と宇野に手渡し、自分も手に取った。

8

月曜日から実務が始まった。

まずは、アポイントが重要だ。ここでターゲットを騙せなければ、前田と宇野に出番はない。

勤務時間は月曜日から金曜日の午前十時から午後三時まで。時間は短い。ターゲットが独りになる時間帯で、なおかつ銀行の窓口が開いている時間しか仕事にならないからだ。

新見が用意したリストは約二百名分あった。新見の説明では、一日に電話できるのは五名から十名程度。実働日数が二十日だとすると、約一ヵ月分の人数のリストということになる。

基本的に振り込め詐欺グループは一所《ひとところ》に長くはいない。長居するほどに実態を暴かれる危険性が増すからだ。新見たちは、長くても一ヵ月単位でアジトを転々としているということだろう。

勤務時間帯には、田宮たち三人の他に監視役が一人、必ず付いていた。

監視役は〝エリアマネージャー〟と呼ばれていた。〝エリア〟が具体的に何を指すのか定かではないが、田宮たちより本丸に近い人間であることにかわりはない。彼らはこちらが訊けば疑問に答えるが、仕事自体に口を出すことはない。彼らの役割は、リストやマニュアルといった詐欺に関わる証拠の持ち出しをさせないことと詐取した金の収金だ。

勤務時間外と土日に関して、特に行動制限はない。が、注意事項として泥酔や朝帰りは控えること、派手な金遣いは慎むことなどが言い渡されている。その注意事項に違反した場合は罰金を取られることもあるという。

一見、ゆるい規則に思えるが、田宮はそこに罠を感じていた。

初めのうちは、犯罪に手を染めていることで稼いだ金を隠そうとするし、人目に付く行動は控えるもの。しかし、そもそも貧しい生活を強いられてきた者たちだ。詐欺への罪悪感が薄らいでくれば、抑圧されてきた自身を解放したくなる。金の魔力に取り憑かれれば、散財もいとわなくなるだろう。自制しろという方が酷な話だ。

そうして規則を破らせ、さらなる多額の罰金を請求し、さらに犯罪者だという事実を突きつけ、金と弱みでがんじがらめに縛り付ける。そこまで堕《お》とせば、嵌められた人間は奴隷のように使える。

安易な行動は慎むべきだ、と田宮は感じていた。

デスクには常に五台の携帯電話が置かれていた。機種は古いが、電話を掛けられればいいし、用が済めば廃棄するのだろうから問題はない。

田宮は五日で四十本の電話を掛けていた。だが、一件も成功していない。わざとたどたどしい口調で相手が騙されないようにしていた。

「もしもし、レイジだけど。えっ？　声？　いやそれは……風邪で……」

田宮はわざとらしく咳をした。

すると、電話先の女性は一方的に電話を切った。

「あ、もしもし！」

声を張り、切れた電話を握ってうなだれる。

「どうした。また、失敗か？」

林《はやし》というエリアマネージャーが鼻で笑う。スポーツ刈りで身体の大きい男だ。この五日間はずっと、林が田宮たちの監視をしていた。

「新見さんが推しているから、どれほどの有望株かと思えば、たいしたことねえな」

林は太い腕に巻いた金のロレックスを見た。

「三時になった。今日は終了だ」

太腿を手のひらで打ち、立ち上がる。田宮に歩み寄り、肩に手を掛けた。

「おまえがアポイントを取らなきゃ、こいつらも稼げねえ」

前田と宇野を見やり、肩を握る。

「明日から二日間、休みだ。マニュアルを思い出しながら、練習しておけ。このままじゃ、せっかくの一級リストが全滅しちまう。あと十件チャンスをやる。それで一件も取れなきゃ、受け子に格下げだ。わかったな」

林は肩を二度ほど叩き、マニュアルとリストと携帯を集めてカバンに押し込んだ。財布を出し、デスクに三千円を置く。土日分の食費だ。

「休み中、弾《はじ》けるんじゃねえぞ。まあもっとも、弾けたくても金がねえから、どうしようもないだろうがな」

そう言って笑い、林はアジトを出た。

ドアが閉まる。部屋に沈黙が澱んだ。

田宮はデスクに両手を突いた。

「前田、宇野。すまない」

頭を下げる。

「いいんですよ、犬塚さん」

宇野が微笑んだ。

「正直なところ、ホッとしてるんです。犬塚さんがアポイントに成功すれば、僕が金を受け取りに行かなきゃならない。できればこのまま、犬塚さんが成功しなければいいと思っているところもあるんです」

前田が言う。

「しかし、それでは金を返せないし、永遠にここから出られないぞ」

「いいんです、それでも。これ以上、手を染めたくないですから」

宇野がやるせない笑みをこぼし、目を伏せた。

二人に詳しい話は聞いていない。が、前田も宇野も、田宮や日比と似たり寄ったりの経緯でここへたどり着いたのだろう。であれば、アジトへ入る前に〝仕事〟をさせられている。すでに片棒を担いだ者たちだ。

それでも、二人とも詐欺は働きたくないという。まだ、心底汚れてはいない。日比のように、なんとかこのスパイラルから抜け出させてやりたい。

田宮は席を立った。

「どこへ行くんですか？」

前田が訊く。

「ちょっと散歩がてら、飯を食ってくるよ」

田宮は微笑み、千円札を一枚取って部屋を出た。

武蔵境通りを北へ向かう。赤十字病院の脇を歩きながら、時折、周囲を確認する。

林が見張っている気配はない。誰かが尾行している感じもしない。だが、エリアマネージャーの中で顔を知っている者は林しかいない。関係者で把握しているのも、新見と中入くらいだ。他にどんな仲間がいるのかわからない現状で、不用意な動きは取れない。

ゆっくりと十分ほど歩き、駅前の大型スーパーに入った。商品を眺めるふりをしながら、フロアを四角く回る。尾行の有無を確認するためだ。あてもなく、ただ歩いているだけの田宮と同じ軌跡で付いてくる者がいれば、それは尾行者となる。

田宮は二階、三階と上がっていきながら、同じ動作を繰り返す。傍目《はため》にはただ店内をうろついているだけの暇つぶしの客にしか見えない。

どうやら尾行者は付いていないようだった。

田宮は五階へ上がった。書店に入り、本を眺めるふりをしつつ、奥へと歩いていく。窓の手前に並ぶ書見カウンターを覗く。左端の奥の席に地味な色のポロシャツとズボンを身につけた壮年男性がいた。

田宮は本を探すふりをしながら、男性に近づいた。谷内だ。カウンター席後ろの書棚の角で立ち止まる。手前の本を引っ張り出し、立ち読みを始めた。

「尾行は？」

田宮は本に目を落としたまま訊いた。

「大丈夫だ。書店の入口はエキストラに見張らせている」

谷内が外を眺めたまま答える。

田宮は本を手に取って、谷内の隣に座った。谷内はテーブルにタブレットを置いていた。田宮は、本に目を向けたまま話し始めた。

「アジトは捕捉できましたか？」

「メゾン境の五階。間違いないな？」

「はい。そこに前田と宇野という三十前後の男がいます。俺と同じ、実働要員です」

「この中にいるか？」

タブレットをタップして、田宮の方へずらす。田宮は横目で画面を覗いた。マンションの玄関口が映っている。谷内が指でスワイプしてスクロールすると、出入りする人間の上半身の写真が現われた。谷内がアジトを確認した後、そこに出入りする者をエキストラに撮らせたものだ。

谷内はゆっくりとスクロールしていく。前髪の長い猫背の男が映った。

「それが前田です」

田宮が言う。谷内はタップしてその画像を別名で保存し、同じ作業を続ける。まもなく、小太りで天然パーマの眼鏡男が現われた。

「それが宇野ですね」

田宮の言葉に谷内はうなずき、別名で保存した。

「これだけか？」

「他にエリアマネージャーと呼ばれている者が出入りしています」

田宮が言うと、谷内はスクロールを始めた。

スポーツ刈りで大柄の男が映った。

「そいつです。林という名前です」

谷内はうなずき、保存した。さらに、スクロールする。新見の顔もあった。田宮は谷内に新見だと告げ、保存するのを待った。画像が保存されたのを見て、本に目を戻し、話を続けた。

「今のところ、確認できている詐欺グループの仲間は、その四名と石橋トラベルの中入だけです。女性従業員の橋谷については調査をお願いします。中入は、アジトへ移ってからは一切接触してきません。おそらく、借金を背負わせ、新見の下へ送り込むまでを請け負っているのでしょう。エリアマネージャーと呼ばれている林は、新見と同じく詐欺の実働要員の監視役で、マニュアルやリストの管理と集金を主に担っています」

「リストとは？」

「アポイント用の名簿です。新見の話では、過去にいろんな詐欺に遭った者のリストだそうです。俺のところにある名簿記載者は二百名ほど。住所や連絡先はもちろん、家族構成から生活リズムまで、事細かく記されています。新見は一級リストと称していました」

「完璧なカモ名簿ということか。容赦ないな」

谷内が言葉を吐き捨てる。

「リストは手に入るか？」

「難しいですね。エリアマネージャーが完全に管理しています。妙な動きを見せれば、疑われるだけでしょう。そこで、アドリブをお願いします」

「どうする？」

「週明けから五日間、十名のカモを引っかけます。それを尾行して被害者の情報をまとめ、分析してください。新見の口から〝出所〟という言葉が出ました。そういう名簿は普通、名簿屋から仕入れるものですが、わざわざ〝出所〟という言葉を使うということは、特定の場所につながる可能性もあるとみています」

「なるほど」

「十名ほどの方には申し訳ないが、金は受け取ります。実績アピールと金の流れの把握に必要なので」

「わかった。座長に話しておこう」

「そちらの動きは？」

「情報はこれにまとめてある」

谷内はタブレットをスッと田宮の前に押し、立ち上がった。

「三番レジに返しておいてくれ」

「わかりました」

田宮はタブレットを手元に寄せた。

谷内は田宮の本を取り、書棚に片づけ、去って行った。

タブレットをタップし、報告データを開く。

吉沢のバッグを漁っていた三好の行動については、〈キボウノヒカリ〉と詐欺グループの関連性はまだ明らかになっていないが、詐欺グループ側が警戒心を高めている可能性もあるとして、〝要警戒〟と記されていた。

やすらぎ倶楽部から中丸弁護士事務所に流れ、〈キボウノヒカリ〉に寄付されたあと使途不明となっていた資金についても、まだ解明されていない。

もう少し、全体の繋がりを把握するための深い情報が早急に必要だと、田宮は感じた。

一通り目を通して、田宮は電源を落とした。タブレットを持って立ち上がる。

レジカウンターへ行った。三番レジを見やる。眼鏡をかけた女性店員が田宮に微笑みかけた。

「ありがとう」

店員に差し出す。店員は笑みを覗かせてタブレットを手に取り、田宮を見つめ、目で深くうなずいた。

9

休みの間、前田と宇野の前で、マニュアルの練習をしている姿を見せつけた。急にうまくなるのはおかしいからだ。

本来、練習しなくても電話先の相手を欺《あざむ》くことくらい、田宮には容易《たやす》い。それをしなかったのは、最初から本気を出せば、いたずらに被害者を増やすだけだったからだ。

金曜日の夕刻、谷内にシナリオを伝えたことで、ようやく本気を出せる環境が整った。

そして、月曜日の朝を迎えた。

その日のエリアマネージャーは新見だった。

「林から聞いてるぞ。どうした、最初の勢いは?」

新見はカバンからリストを出し、デスクに置いた。

「心配するな。休みの間、徹底して練習した。もうすぐカモは釣れる。一度コツをつかめば、あとはたいしたことない」

「ずいぶんな自信だな。お手並み拝見といこうじゃないか」

新見はマニュアルと携帯をデスクに出すと、一人掛けソファーに腰を下ろした。

田宮はマニュアルを引き寄せた。携帯を一台、手に取る。前田と宇野の視線を感じた。田宮は二人を見やり、うなずいた。

まず、一件目に掛けてみる。多少、声を上擦らせながらも、先週とは違った抑揚のある話しぶりで相手を落としにかかる。マニュアルの途中くらいでミスをし、相手から電話を切られるように仕向ける。

すぐさま、二件目にかかる。先ほどよりも落ち着いた声色で、話し方を確かめるようなふりをして会話を進めていく。またも、マニュアルの半分で切られるよう、言葉に詰まる演技をする。

三件目もまた、二件目と同じような演技をするが、マニュアルの三分の二を超えるあたりまで会話を続けてみせる。

三件、電話をし終えたところでいったん携帯を置き、椅子の背にもたれ、大きく息をついた。

「いい感じじゃねえか、犬塚」

新見が言った。

「まだ、釣れてねえから」

「大丈夫だ。他のチームの電話役より、よっぽどうまい」

「他のチームの電話役といっても、何人もいねえんだろう？　そんな連中と比べられても意味ねえよ」

田宮はあえて毒づいた。乱暴な口の利き方に、前田と宇野は狼狽《ろうばい》していた。

「バカ言うな。結構な人数がいるんだぞ。まあ、おまえらが会うことはないだろうがな」

新見はさらりと答えた。

周りで聞いていれば、ただの会話だ。が、田宮にとってはそれも情報だった。

四件目のリストを手元に置く。上田美千代《うえだみちよ》、六十七歳の女性だ。教師だった夫を二年前に亡くし、今は下高井戸の古びた一軒家で独り暮らし。四十になる一人息子の良一《りよういち》は千葉《ちば》の銀行に勤めていて、妻子と共に館山《たてやま》で暮らしている。嫁はアパレル関係の会社で働き、日中は家にいない。中学二年になる孫娘も授業と部活動で午後五時まで家には帰ってこない。

良一は自分のことを〝俺〟と言い、美千代のことを〝母さん〟と呼んでいる。美千代は息子を〝リョウ〟と呼んでいた。

美千代は、複数のリフォーム詐欺被害に遭っている。二千万近い損害を被《こうむ》っているが、まだ預貯金は一千万円以上残っている。夫が遺《のこ》したもののようだ。

田宮はリストを見るたびに、ある種感心していた。

振り込め詐欺グループから押収した名簿を見たことはある。そのほとんどは住民票の写し程度のもので、子供の名前や家族構成などないものがほとんどだった。

が、このリストは違う。住所や家族構成、本人を取り巻く事情、職歴など、実に詳細に記されている。資産状況や母親と子供の呼称まで調べ上げている点には恐れ入る。

反面、こうした詳細な個人情報が出回っている状況に危惧も覚える。

一日も早く、全容をつかまなければ——。

携帯を取った田宮は深呼吸をした。一つ一つ確かめるように番号を入れる。通話ボタンを押し、受話口を耳に当てた。

呼び出し音が鳴る。五回ほど鳴って、電話が繋がった。

「もしもし、母さん？　リョウだけど」

田宮は柔らかい口調で切り出した。

——ああ、リョウ。どうしたの？

美千代は疑いもせず、親しげな口ぶりで返してきた。

「実は……お客さんのところから帰る途中、事故を起こしちゃってさ……」

——えっ！

美千代の動揺が伝わってくる。

——大丈夫なの？

「俺は大丈夫なんだけど、人身事故でね」

——相手の人は？

「高校生でね。軽いケガだったから、その場で示談《じだん》にしてもらったんだけど」

——そう……。

安堵《あんど》の吐息が聞こえてくる。

「でもさあ。その時、お客さんから預かっていた金で払っちゃったんだ。それで五百万円ほど足りなくなってね。母さんにいくらか用立ててもらえないかなと思って」

田宮はスムーズに会話をつなげた。

騙すのに大事な点は二つ。一つは、相手を動揺させたり安堵させたりして、感情を揺さぶること。もう一つは、手短にたたみかけ、相手に考える隙を与えないこと。いずれも、正常な判断能力を奪う術だ。

「これがバレたら、横領になるからね。事故の件もあるし、クビ間違いないよ……」

殊勝なトーンでうなだれ感を醸し出す。

——クビって……どうするの！

「どうするもこうするも……俺んち、家のローンとか養育費とかで余裕がないからさ。穴埋めできないんだ。……うん、ごめん。つまらないこと頼んじゃったな。家を売って、清算すれば、なんとかなるかもしれない。母さんにも余裕がないことくらい知ってるし。自分でなんとかするよ。じゃあ――」

電話を切ろうとする。

――待って、リョウ！

電話の向こうから大きな声が聞こえてきた。

田宮は口辺に笑みを浮かべた。新見や前田たちに見せるためだ。

新見は脚を組んで座ったまま、田宮の様子を見ている。前田と宇野は身を乗り出し、デスク越しに田宮を見つめていた。

――わかった。五百万円、用意するから。

「いいよ、母さん。母さんも年金だけで大変じゃないか」

――大丈夫。お父さんが遺してくれたものがあるから。お父さんはきっと、こういう時のために遺してくれていたのよ。

美千代は慰めるような優しい口調で言った。

胸の奥がしくりと疼いた。が、ここを越えなければ、さらなる被害者を生むだけだ。

「ありがとう、母さん。じゃあ、頼んでもいいかな？」

——いいに決まっているでしょう。何時くらいに来られるの？

「えーと……」

田宮は他の携帯のディスプレイを見た。正午になるところだった。

「一時半くらいには行けると思う」

——わかったわ。それまでに用意しとくね。

「もし、銀行の人に聞かれたら、マンション購入の頭金にすると言っておいて。マンションに移る理由は、戸建てだと手間が掛かって、管理人のいるマンションに入居したいからと言えば、疑われないから」

——わかった。今から行ってくるね。

「会社や俺の携帯には連絡しないでね。履歴が残ると、何かの拍子にバレるかもしれないから」

——今、何でかけてるの？

「緊急だったから、プリペイドの携帯を買って、連絡してるんだ。あ、そうだ。この番号に連絡をくれればいいよ。この番号は誰も知らないし、プリペイド分が切れたら廃棄するから。番号は——」

田宮は携帯番号を伝えた。

——わかった。銀行から帰ってきたら、連絡するから。

「ごめんな。よろしく」

田宮は電話を切った。しばし間を置き、通話が切れたことを確認し、強ばった両肩を下ろして、大きく息を吐いた。

椅子ごと、新見の方を向く。

「取れたぞ」

田宮がほくそ笑む。

「よくやった、犬塚」

新見も笑みを返した。

「犬塚さん、やりましたね！」

宇野が歓喜の声を上げた。前田も瞳を輝かせ、何度も首肯する。

二人とも、詐欺はしたくないと言っていた。しかし、田宮の苦労を間近で見ていたせいか、これが詐欺だということをすっかり失念し、ただ成功だけを喜んでいた。

妙な一体感が室内に広がる。

これか……と、田宮は感じた。

この頃の振り込め詐欺は、電話を掛ける役、金を取りに行く役、見張りをする役など、役割を細かく区切り、各担当者同士を会わせない方法が主流だ。

　しかし、新見たちのグループは、電話役から受け取り役、金を集める上層の人間までが一体となってチームを組み、詐欺を行なっている。これは、受け子が捕まれば、上にまで捜査の手が伸びるリスクを負うことになる。

　古い方法を踏襲しているのか、それとも他に意図があるのか。わかりかねていたが、たった今、その意味がわかった。

　金だけのつながりは脆《もろ》い。役割を小分けする方法は効率的だが、金を取りはぐれるリスクもある。そうなれば、業務は滞《とどこお》る。

　一方、新見たちのやり方は、上層部まで辿られるリスクがある反面、一体感と仲間意識を持たせることで、裏切り者を生み出すリスクは減らせる。さらに、チームとして動くことで個々の罪悪感は薄まり、稼ぐという点に意識を向けさせることもできる。

　一見、リスクの高い方法ではあるが、実働要員をまんべんなく育て、確実に詐取した金を回収できるという点では、実に効果的な手法だ。

　脅しすかしだけでなく、連帯感や成功体験をベースにし、犯罪者を育てているという観点からすると、他の振り込め詐欺のシステムより悪質に感じる。

　ただ、おかげで見えてきたことがある。

　新見たちのグループは、洗脳手法に長けているということ。そして、確実に金を回収したいと思っていること。特に、金を確実に集めたいという点は、注目に値すると田宮は思った。

「ほらほら、喜んでいる場合じゃない。犬塚、次の指示を出せ」

新見が言う。

田宮は上田美千代のリストを宇野の前に差し出した。

「宇野。今すぐ、この住所に出向き、周囲を確認しろ。特に、美千代本人が銀行から戻ってきたあと、怪しい者がいないかをしっかりと確かめろ。少しでも妙な気配があれば、撤退する。逐一、俺の携帯に連絡を入れろ」

「わかりました」

宇野はリストの住所をメモし、マンションを飛び出した。

「僕は何を？」

前田が訊く。

「おまえは待機だ。すべてが整った時点で、上田良一の後輩として美千代宅に金を受け取りに行ってもらう。しかし、その格好じゃまずいな……」

田宮は前田の格好を見た。ジーンズにポロシャツだ。とても銀行マンの後輩には見えない。

と、新見が立ち上がった。後ろポケットから長財布を取り出し、五枚の一万円札を出すと、デスクに置いた。

「初仕事のボーナスだ。駅前のスーパーに行って、出来合いのスーツを買ってこい。二十分で戻ってくるんだ」

「ありがとうございます!」

前田は金を手にし、部屋を出た。

「いいのか、新見さん? 前田、逃げちまうかもしれねえぞ」

「それはない」

新見は笑い、ソファーに戻った。

「余裕だな」

「単純な話だ。前田も宇野も、今は仕事をしている気になっている。おまえたちが気にしていることはなんだ? 金のことか? 罪悪感か? 違う。人並みの仕事すらできていないことだ。労働というものは、人間にとって最も生き甲斐を与えてくれるものなんだよ。生き甲斐を前にした人間は、その場所から逃げない」

「犯罪が労働か。うまく言うものだな」

「おまえみたいなひねくれたヤツもいるがな」

「俺がまともなだけだ」

「まあ、そうとも言えるな」

新見は眉を上げ、微笑んだ。

はたして、前田は二十分で戻ってきた。早速、買ってきたスーツに身を包む。瞼に被っていた前髪も真ん中から分け、きっちりと両眼が見えるように整えた。その顔は希望のような輝きを纏《まと》っている。

一時間が経過した頃、個人連絡用に新見から渡された田宮の携帯が鳴った。電話に出る。

「犬塚だ」

――宇野です。今、ターゲット宅付近に到着しました。

「様子はどうだ？」

――それとなく周囲を探ってみましたが、怪しい様子はありません。というか、人があまりいないです。

「そうか、引き続き――」

話していると、デスクの携帯が鳴った。上田美千代にかけた携帯だ。新見と前田は押し黙った。

「ターゲットから連絡だ。そのまま切らずに待ってろ」

そう言い、デスクの携帯を取る。

「もしもし。ああ、母さん。どうだった？　うん……あー、よかった」

大げさに安堵の息をついて聞かせる。

「一件、お客さんのところを回らなきゃいけないから、また連絡するよ」

田宮は言い、電話を切った。すぐさま、個人の携帯を手に取る。

「宇野。ターゲットがあと十分ほどで家に戻ってくる。身を隠して、様子を探れ。二十分後に状況を報せろ」

——わかりました。

宇野が電話を切る。

田宮は自分の携帯をズボンの後ろポケットに入れ、前田に目を向けた。

「前田。すぐに下高井戸に行き、現場近辺で待機していろ。受取人の名前は〝イナバ〟でいく。俺からのゴーサインが出ない限り、上田美千代とは接触するな。宇野とも接触するんじゃないぞ。金を受け取ったら、普通の足取りで戻ってこい。走ったり、周りを見回したりするなよ。挙動不審だと目撃情報も増える。あくまでもサラリーマンになりきって、街に溶け込め」

「承知しました」

前田は新見が用意した薄い事務カバンを手に持ち、ネクタイの結び目を整え、マンションを出た。

「なかなか的確な指示だな」

「マニュアル通りにしているだけだ」

「先週とは打って変わった仕事ぶりだな。何かあったか？」

細い目で上目遣いに睨める。

「金が欲しいだけだ。問題あるか？」

「いや、問題ない」

新見はソファーに深くもたれ、脚を組んだ。

田宮も椅子の背に深くもたれ、少しだけ息をついた。

二十分が過ぎた頃、宇野から報告があった。美千代の帰宅後も、周囲は変わらず、怪しい人影も車両も見当たらないとのことだった。

田宮は新見に訊いた。

「どう思う？」

「銀行から戻ってきて何もないなら、九割方大丈夫だ」

「確かか？」

「経験則ではな」

新見が言う。

田宮は宇野に引き続き待機を指示し、電話を切った。

デスクの携帯を取り、美千代に連絡を入れる。

――もしもし。

「母さん？　リョウ」

――ああ。もう着いたの？

「それが、お客さんのところの用事が長引いていてね。一時半に間に合いそうにないんだ」

――あらあら。お金、どうする？

「俺の後輩のイナバというやつが、世田谷《せたがや》区のお客さんのところに出向いているんだ。そいつが一番近いから、取りに行ってもらおうかと思って」

――他人に渡して、大丈夫なの？

声色に不安が混じる。

「大丈夫。俺が一番信頼しているやつだから。不安なら、イナバが着いたときに俺に電話を入れさせればいいよ」

――そう……わかったわ。

「それと、イナバには〝書類〟と伝えておくので、そう言って渡してな。金と知られると、疑念を抱かれてしまうかもしれないから。銀行員は金のことには敏感なんだ。

噂が立つだけでも立場が危うくなるから」

――わかった。書類ね。そう言うから心配しないで。

「ありがとう。二十分ほどでそっちに顔を出すと思うから、よろしくね」

田宮は努めて落ち着いた口調を装い、電話を切った。

新見が手を叩く。

「上出来上出来。立場が危うくなる、という釘刺《くぎさ》しは考えたな」

「教師の家庭だったんだろう？　なら、体面を気にするはずだ」

「やはり、おまえは他の連中とは違うな」

「知らないヤツと比べないでくれ」

田宮は仏頂面《ぶっちょうづら》を見せた。


前田には二十分後に美千代宅へ金を受け取りに行くよう指示を出した。宇野には周囲の警戒と受け渡しの成否確認を指示した。

二人に連絡を入れた後は、じっと結果を待つだけだった。

時間は確実に過ぎていく。が、待つ身は長い。一分が十分にも一時間にも感じられた。

田宮が気にしていたのは警察ではない。谷内たちの行動についてだ。おそらく、前田や宇野を尾行して、現場で見張っているはず。谷内たちの姿が宇野や前田に気づかれれば、今後のシナリオが難しくなる。

幸い、二人が怪しい気配を感じているという報告はない。すべてがうまくいくことを祈るだけだった。

携帯のディスプレイを覗いた。午後一時二十分を回ったところ。そろそろ前田が上田美千代に接触している頃だ。

田宮はデスクに両肘を突き、組んだ手指に額を載せ、祈るようにうつむいていた。

と、田宮個人の携帯が鳴った。びくりと肩を弾ませ、電話に出る。

――宇野です！

声が昂《たか》ぶっていた。

「どうした！」

――成功しました！　前田君は書類を受け取り、駅へ向かっています！

「そうか。ご苦労。おまえは前田の後をつけて、怪しい者が尾行していないか確認しつつ、戻ってこい」

――わかりました！

宇野が電話を切る。

田宮は携帯を握ったまま、深く息を吐いた。

「どうだった？」

新見が訊く。

田宮はやおら顔を起こした。

「成功だ。一時間もしないうちに戻ってくるだろう」

「おめでとう」

新見が右手を出す。田宮は右手を伸ばし、手を握った。

「これでおまえも、俺たちの仲間だな」

「心中する気はねえ。金が貯まりゃあ、おさらばだ」

「好きにしろ」

新見は目をさらに細め、田宮の手を握り返した。


二人が戻ってくると、早速、手にした金をデスクに広げた。帯封の付いた札束を目にした前田と宇野は目を輝かせた。

罪を犯したくないと語っていた以前の二人は、もう消えている。犯罪を達成するスリルと、その結果手に入れた金銭に早くも取り込まれたようだった。

「みんな、ご苦労だった」

新見は満面の笑みを浮かべた。

「初仕事で五百万もの金を引っ張ってくるとは。このチームは優秀だな」

あからさまに褒《ほ》める。

田宮は涼しい顔をしていた。が、前田と宇野はまんざらでもない様子で、照れ笑いを滲ませていた。

新見は二つの百万円束の帯封を破り、札を数え始めた。前田と宇野は双眸を爛々《らんらん》と輝かせ、新見の手元を見つめていた。

「報酬は引っ張ってきた金の十パーセントだ」

そう言い、前田と宇野の前にそれぞれ五十万円ずつ置く。札束を握った二人は、顔を見合わせ、上気した。

田宮の前にも五十万円が置かれた。田宮は五万円だけ取って、ポケットにねじ込んだ。残りの四十五万円を新見に戻す。

「これは日比の分だ。受領書を切ってくれ。それと日比の時計も返してくれ」

田宮が言う。

前田と宇野は束の間の夢から現実に戻され、笑みを凍らせた。

「犬塚。初報酬だ。これまで苦労してきた自分の褒美に使ってやったらいいんじゃねえのか？　貯めておいて一括で返すってのもありだぞ」

新見が睨める。

「手元に置いてりゃぱっぱと使っちまって、いつまで経っても借金はなくならねえ。それで失敗してきたんじゃねえのか、俺たちは？」

田宮は前田と宇野を交互に見やった。

二人は笑みを引っ込め、札束を握ったままうなだれた。

「堅えヤツだな。まあいい。おまえの分は受け取ろう」

新見は田宮に、受領書と懐中時計を渡した。

「おまえら、どうするんだ？」

新見が前田と宇野を見る。

二人は顔を見合わせ、モジモジしていたが、やがて前田が田宮と同じように五万だけ抜いて、四十五万を新見に返した。

「僕も受領書をください……」

小声で言う。

最後まで躊躇していた宇野も、田宮と前田に倣《なら》った。

新見は呆れ笑いを浮かべ、首を振った。

「おまえらのリーダーは面倒だな」

受領書を三枚作成し、それぞれに手渡す。

「まあ、次もしっかり引っ張ってくれ。俺は、おまえらが仕事をしている限り、文句はねえから。今日はもうあがりでいいぞ。初仕事で成功したんだ。祝杯ぐらいあげてこい。息詰まっちまうぞ」

新見はリストやマニュアル、携帯をカバンに片づけ、金を押し込んでマンションを後にした。

「犬塚さん。ありがとうございました」

前田が頭を下げる。

「なんだ、改まって？」

「いや、犬塚さんに言われなきゃ、あの金、使っていたと思います」

「僕もそうです」

そう言い、宇野も頭を下げる。

「僕、他の場所でも見張り役と受け子をやっていたんです。でも、犬塚さんの言う通り、最初は少しずつでも借金を返していたんですけど、そのうち、まとめて返せばいいと思うようになって、気がつけば、貯めていた金も使い込んでしまって、借金が増えることになって……」

宇野が天然パーマの頭を掻く。

「僕も宇野君と同じです。大きな金が入ると、それがまた入ってくるような気分になって。ダメですね」

前田が自嘲する。

田宮は微笑んだ。

「誰だって、金が入りゃあ目が眩《くら》む。ただ気づいたなら、そこから少しでも改めないとな。いつまで経っても蟻地獄《ありじごく》の中だ。まあ今日はみんなで一杯やろう。新見さんの言うように、多少の息抜きはしないと本当に息が詰まる。それもよくない。行くぞ」

田宮が促す。

前田と宇野が微笑んだ。

三人は連れだって、マンションを出た。

10

その翌日から田宮とそのチームは、次々とターゲットから金を騙し取っていった。

週末までに、谷内に宣言した十件を超え、十二件のターゲットを落としていた。三人が手にした金は一人三百万円。田宮は自分と日比の分の借金を返済し、新見から日比の懐中時計を取り戻した。

二百万の借金を抱えていた前田もすべて返済し、残り百万は自立資金として貯めている。宇野の借金は四百万に上っていたが、田宮は自分の報酬から百万円を渡し、とりあえず借金を清算させた。

土曜日の午後、田宮は大手スーパーの五階にある書店に顔を出した。先週と同じ席で谷内が待っていた。

本を取って隣に座り、話しかける。

「十二件とは頑張ってくれたな」

谷内が開口一番呟いた。

「他の二人の借金が太かったもので。おかげで、二人とも連中に負わされた借金は返済しました。来週あたり、彼らには足を洗わせようと思います」

「それがいい」

谷内はうなずいた。

「前田と宇野が解放されたら、拘束して、供述を取ってください。彼らは二人とも、新見たちのグループの別の詐欺チームに所属していました。供述は組織の解明に役立つと思います」

「座長に伝えておこう」

「被害者の共通点は見つかりましたか？」

「いや、今分析しているところだ。もう少し待ってくれ。ところで、前田と宇野に足を洗わせた後、君はどうするんだ？」

谷内が訊いた。

「俺はまだ抜ける気はないので、連中も強引に追い出すことはしないと思いますが、前田や宇野のような者たちを下に付けることもないでしょう。次々と借金を返され、出て行かれれば、人的損失になりますから。ちょっと読めませんが、来週には何らかの答えが出るでしょう」

「エキストラやサポートが必要なときは言ってくれ」

「その時はお願いします」

田宮はそう言い、席を立った。

11

新橋にある石橋トラベルの社長室には、中入と新見の顔があった。二人掛けソファーに座り、もたれている。

テーブルを挟んで差し向かいには、社長の石橋賢司《けんじ》が座っていた。中肉中背でこれといって特徴のない身体つきだが、クマができたギョロ眼が、見る者に強烈な印象を与える。

「中入。犬塚の調べは付いたか？」

石橋は目を見開いた。

「だいたいは。こんな感じです」

中入は脇に置いたバッグから、A4用紙を綴じた数枚のレポートを差し出した。石橋に指示され、中入が犬塚健について調べたものだ。

石橋はレポートを受け取り、目を通した。

レポートには、USTが用意した〝犬塚健〟の履歴がそのまま記されていた。誰が調べても、犬塚健の履歴は用意されたものを辿るよう、戸籍謄本まで用意して作ってある。一介の個人や組織では、用意された以上の履歴をつかむことはできない。

レポートを見る石橋の眉間に皺が立つ。

「そこいらの連中と変わらないな。それにしては、出来すぎだ。初めて詐欺を働いて、二週間で十二件もの獲物を仕留めるとは。こんなヤツは過去にいなかった。何かからくりがあるんじゃないのか?」

石橋は何度もレポートを読み返す。

新見が口を開いた。

「俺もそう思っていたんですけど、やり方もごくごく普通です。唯一違うとすれば、他の電話役より入るのがうまいってことですかね」

「入るとは?」

ギョロ眼を剝いて、新見を睨める。

「なりきるのがうまいんですよ。銀行マンなら銀行マン、教師なら教師、関西人なら関西人、東北人なら東北人といった具合に。一級リストを読み込んで、そいつになりきってしまうんです。声色を変えるときもあるほどです」

「役者か？」

「見ているだけなら、そんな感じですね」

「そんな記述はどこにもないぞ」

石橋は忙しなくレポートをめくった。

「アマチュアの劇団員なら調べは付かないでしょうね。劇団なんて、ゴマンとありますから」

中入がため息を吐く。

「得体が知れないな……」

石橋は眉間の皺を崩さなかった。

と、野太い声が響いた。

「いいじゃねえか。仕事ができるヤツなら」

小柄で横幅のあるがっしりとした男が入ってきた。

「大峰社長！」

石橋が立ち上がる。新見と中入も立ち上がって振り向いた。三人揃って、頭を下げる。

「不用心だな、おまえら。内密の話をするときは、ドアの内鍵を閉めてねえと」

大峰は笑顔をみせ、三人に近づいた。空いている一人掛けのソファーに腰を下ろす。重みでスプリングが軋んだ。

煤《すす》けた作業ズボンのポケットからタバコを取り出し、咥える。すぐさま石橋がライターを出し、火を点《つ》けた。大峰は首を突き出して火を灯し、煙を吸い込んだ。濁った煙を吐き出す。

「話は聞こえていたぞ。ちょっと見せてみろ」

大峰は石橋の手から、レポートをひったくった。分厚い手でめくり、目を通す。

「案外苦労してるじゃねえか、こいつ」

「それはそうなんですが、あまりに出来すぎるもので……」

石橋はソファーに浅く座った。

「役者なんざ、稽古してなくても才能がありゃあできるもんだ。おまえらも見てるだろう。セミナーでの俺の語りを」

大峰はテーブルにレポートを放った。

「俺も一度たりとも、役者の稽古をしたことはないぞ。だが、素人に涙を流させるだけの演技はできる。しかし勘ぐりすぎだ、石橋」

「すみません。しかし」

「あー、わかった」

大峰は煙を吹き上げた。

「俺が直接、確かめてやる」

「社長が！　それはいけません！」

石橋が甲高《かんだか》い声を上げる。

「なぜだ？」

「もし、相手が犬だったらどうするつもりですか！　上からは慎重にと言われているのに……」

「上も慎重すぎるんだ。もっと金がいる。ここはリスクを冒してでも、勝負に出なきゃならねえところだ。心配するな。犬じゃなければ、こっちの大きな戦力になる。もしも、犬だった場合は——」

大峰は両肘を広げた太腿に載せ、身を乗り出した。

「吐かした後に沈めりゃいいだけのことだ」

にたりと笑う。

石橋たち三人は、その笑みを目にし、身を竦めた。

第5章

1

七月末日、田宮は中入に呼び出され、久しぶりに新橋を訪れた。

石橋トラベル本社の玄関前で待ち合わせた。五分ほど待って、中入が姿を見せた。

「すまない、待たせたね」

ハンカチで額の汗を拭い、駆け寄ってくる。

田宮は会釈した。

「ご無沙汰しています。先日は乱暴な真似をして、すみませんでした」

深く腰を折る。

「いやいや、済んだことだ」

中入が笑顔を見せた。

妙に愛想がいい。田宮は微笑み、首を傾げた。

「今日は？」

中入に訊く。

「ああ、君に会いたいという人がいてね」

「俺に？」

田宮の目が鋭くなった。脳裏に様々なシーンが浮かぶ。

「誰ですか？」

「それは会ってからのお楽しみだ」

中入は言い、玄関を潜った。

田宮もついていく。中入はエレベーターに乗り込み、最上階のボタンを押した。

「社長のところですか？」

「わかるか？」

「最上階と言えば、役員室しかありませんよね」

「よく知っているね」

「だいたい、常識の範疇《はんちゅう》かと」

田宮は話しかけながら、状況を探っていた。

石橋のところへ行くという。中入に不審な気配はない。最悪の事態ではなさそうだが、万が一を考え、ポケットに入れた右拳を軽く握っていた。

エレベーターを降り、廊下を奥へ進む。右手にある二つのドアはスルーし、最奥のドアの前で立ち止まってノックをした。

「中入です。犬塚を連れて来ました」

「入れ」

野太い声がした。

中入はドアを開けた。一礼して先に入り、田宮を手招く。

田宮は前屈みになり、部屋へ入った。奥の椅子に、石橋と新見の顔がある。石橋の顔は、会社パンフレットで見ていたので覚えていた。

手前のソファーに肩幅の広いがっしりとした男が座っていた。石橋と新見を前にして背もたれに両腕を掛け、仰け反っている。手前の男と石橋たちの力関係は一目で理解した。

田宮は素早く、周囲に視線を巡らせた。

応接セットの前に座る三人以外に人の気配はない。緊張を保ったまま、ソファーに近づく。

手前の席の男が顔を向けた。

「犬塚だな。俺は大峰だ」

座ったまま、名乗る。

「存じてます、大峰社長」

犬塚は頭を下げた。

「なぜ、知っている？」

「いつだったか、〈キボウノヒカリ〉のセミナーで特別講演をしていらしたと思うのですが」

「聴いていたのか？」

「はい。路上から這い上がった社長の話に感服しました」

「感服か。そりゃいい！」

大口を開け、豪快に笑う。腹に響く声だった。

「まあ、座れ」

大峰は、自分の隣の席を目で指した。

隣に座った。大峰のTシャツに滲んだ汗のニオイがほんのりと鼻腔に潜る。田宮は振り返り、中入を見た。

「中入さん。俺に会いたいと言っていた人は？」

大峰を一瞥する。

中入は頷き、「失礼します」と声を掛け、社長室を後にした。

田宮は新見と石橋にも会釈をした。新見は片頬を上げた。石橋は神経質そうにギョロ眼を剝き、田宮を凝視した。

「犬塚、改めて。おまえの隣が大峰屋の大峰博道社長、こちらが石橋トラベルの石橋賢司社長だ」

新見が紹介する。

「君が犬塚君か。噂は聞いているよ」

石橋が言う。通りの悪いしゃがれ声だった。

「恐縮です」

頭を下げる。

「で、今日はどういう用件ですか？」

田宮は新見を見た。

「林からおまえのこのところの働きぶりを聞いて、俺がおまえをエリアマネージャーに推薦したんだ」

「エリアマネージャーというのがもう一つわからないのですが」

「林のような役割を担当する者のことだ。俺の下で各〝営業所〟を回ってもらい、従業員の指導や備品管理、集金を担当する」

「新見さんは、エリアマネージャーじゃなかったんですか？」

田宮はわざと訊いた。

「新見はリーダーに昇格した」

大峰が言う。田宮は大峰に顔を向けた。

「エリアマネージャーたちをブロック統括する連中だ」

「つまり、リーダーさんの下にエリアマネージャーさんがいて、その下に俺らみたいな実働がいるということですか？」

「察しがいいな。そういうことだ」

大峰が微笑む。

「ということは、大峰社長がトップということですか？」

田宮は質問を重ねた。

「犬塚君！　質問攻めは失礼だぞ！」

石橋が叱責した。

が、大峰は右手のひらを上げ、石橋を制した。

「まあまあ、いいじゃねえか。疑問を飲み込むヤツのほうが信用できねえ」

大峰は田宮を見据えた。

「俺がトップだ」

黒目を覗き込む。

田宮もまっすぐ大峰を見据えた。

少しして、大峰が口角を上げた。

「いい目してるな。エリアマネージャーを任せる。いいな?」

「わかりました」

田宮は深くうなずいた。

2

同日の夜、谷内は大友舞衣子と吉沢翼を新宿のカラオケボックスに呼び出した。午後十一時を過ぎたあたりで、舞衣子と吉沢が谷内の待つ部屋に顔を出した。

ドリンクとつまみを頼む。吉沢は流行《はや》りの曲を十曲ほど入れた。カラオケがBGMのように室内に流れる。

店員が注文の品を運んできて場が落ち着いたところで、谷内は口を開いた。

「二人とも、ご苦労さん」

「呼び出すということは、何か動きが?」

吉沢が訊いた。

「犬塚が、詐欺グループ内部の潜入に成功した」

谷内が言う。吉沢と舞衣子は目を合わせ、微笑んだ。

「そこで、これまでの情報を整理するために二人に来てもらった」

「シナリオが変わるということ？」

舞衣子が訊く。

「大筋は変わらないが、展開は速くなると思う」

谷内が答えた。

「犬塚さんからは、どんな情報が入ったんですか？」

吉沢が訊ねる。

谷内はカバンからペンとメモ用紙を出した。

「詐欺組織の元締めは大峰だ。その下にリーダーと呼ばれる者がいる。それが新見や石橋だ。その下に林のようなエリアマネージャーと呼ばれる者たちがいて、従業員と称する詐欺の実働部隊を管理する」

話しながら、メモ用紙に図式を描く。舞衣子と吉沢は谷内の手元を覗き込んでいた。

「犬塚はエリアマネージャーに抜擢された。今後、さらに詳しい内情が報告されると予想できる」

「証拠をつかみ次第、大峰を叩くということですか？」

吉沢が谷内を見た。

「いずれはそうなるだろうが、今は時期尚早《しょうそう》だ。篠岡や中丸、NPOなどとの関係をつかんでからということになる。舞衣子さん、詐欺被害者たちについて何かわかったことがあると座長から聞いたが」

谷内が舞衣子に目を向ける。

「全員ではないんだけど、七名ほど、おもしろいところで名前を見つけたんです」

「どこだ？」

「中丸事務所の詐欺被害者リストの中」

舞衣子が言う。

吉沢が顔を上げた。

「中丸へ相談に来た詐欺被害者のリストが出回っているということですか？」

「まだ、わからない。そうした一級リストを持っている業者もいるでしょうから。ただ、何らかの経路で相談者のリストが漏れていることは間違いないと思うの。彼らが使っているリストには、息子さんの勤務先の情報まで入っていたものもあった。弁護士が相談を受けた資料なら、それも捕捉できる」

「わかった。犬塚がエリアマネージャーになったから、名簿のコピーか画像データも手に入れられるだろう。それでまた判断しよう。リストの流出経路は調べておいてくれ」

谷内の言葉に、舞衣子がうなずく。

「吉沢、NPOの資金の流れはわかったか？」

谷内が見る。

「帳簿を調べてみると、シェアハウス購入の際の頭金が水増しされていました。おそらく、隠し金は、そこで計上しているのだと思います」

「なるほど。不動産購入は額が大きいから、誤魔化せるわね」

舞衣子がうなずく。

「水増ししていた不動産屋は？」

「目黒《めぐろ》のケイワイ不動産です。シェアハウス用の物件の仲介は、ここが一括して行なっています」

「グルの可能性があるということか。わかった。そっちは私が調べよう」

谷内が言う。

「三好が君のバッグを調べていた件は？」

「理由はまだわかりません。三好に関してもう一つ、気になる動きがあります」

「気になるとは？」

「購入したシェアハウスで、老朽化が進み、使えなくなった築六十年の木造一戸建てがあるのですが、三好はここ最近、一人で頻繁に出入りしています」

「なぜ、わかった?」

「尾行しました」

「大丈夫だな?」

谷内が鋭い目を向ける。吉沢はうなずいた。

「三好の調査は、そのまま継続してくれ」

「はい」

「谷内さんの方は、何かあります?」

舞衣子が訊いた。

「近々、犬塚と共に詐欺を働いていた前田と宇野という男を逮捕する。その時期はまた報せるが、短期間に事を進めるので、場合によってはターゲットに警戒心を抱かせるおそれもある。逮捕後は慎重に行動してほしい。勘づかれれば、犬塚の身に危険が及ぶ。以上だ」

谷内が言う。

舞衣子と吉沢は頷き、それぞれ別々に店を出た。

3

田宮がエリアマネージャーとなって二週間が過ぎた。田宮が担当したチームは、軒並み数字を上げていた。この躍進には、推薦した新見も元締めである大峰も大いに喜んでいた。

しかしその陰で一人、苦々しく思っている男がいた。

石橋だ。

田宮を部下に付けた新見は、グループ内での存在感を高めていた。

一方、石橋のグループからは二人の逮捕者が出た。元々は新見の下で、田宮と共に働いていた前田と宇野だ。チーム編成で石橋の下へ来たはいいが、借金がなくなって拘束力が弱くなったこともあってか、単純な受け取りで油断し、あっさり捕まってしまった。

石橋のグループから二人の逮捕者が出たという話は、瞬《また》く間に組織内に広まった。石橋の下に籍を置く者は戦々恐々とし、慎重になりすぎて売り上げを落とし続けた。

中入は石橋に呼ばれ、社長室を訪れていた。

背もたれの高い椅子に座る石橋は、終始親指の爪を噛んで貧乏揺すりをし、ギョロ眼を剝いていた。苛立ちは隠せない。

中入はソファーの端に浅く腰かけ、背を丸め、目を伏せていた。

「なあ、中入……」

「はい」

顔を上げて笑顔を作るが、ぎこちない。

「あの犬塚ってヤツは何なんだ？」

爪をがりっと嚙む。

「何だと言われましても……」

「おかしいだろ？ 急に現われたと思ったら、次々と仕事を成功させるわ、昇進するわ。しかも、うちで逮捕された二人は、この間まで新見の下で犬塚と仕事をしていた連中だ。なあ、やっぱりあいつ、犬なんじゃねえか？」

ギョロ眼をさらに剝く。

中入は困惑し、「さあ……」と呟き、顔を傾けた。

「社長に忠告しても、稼いでいるヤツの文句は言うな！ でおしまいだ。まあ、俺もそれに関して異議はねえ。犬だろうとなんだろうと稼げればいいからな。だいたい、なぜヤツを新見に流したんだ？」

「それは、社長がいらないと言うから……」

「おまえは俺の命令でしか動けねえのか。おまえがそこで強くあいつを推していれば、ヤツは俺の傘下にいたんだ。とんでもねえ、大損だ」

石橋が言葉を吐き捨てる。

中入はうつむいて、奥歯を嚙んだ。

失敗はいつも、すべて中入のせいとなる。面倒なリーダーだった。

中入はグループ内で新メンバーを選定する役割を担っている。金券ショップで働かせている間、送り込まれた人物が振り込め詐欺に向いているかどうかを判断し、いけると踏んだ人物の履歴を石橋に上げて、決裁を待つ。他のグループにも、中入と同じような窓口となる選定人がいる。

中入の金券ショップで働いている女性従業員の橋谷は、そもそもグループに引き込むつもりはなかったので、中入たちが詐欺を行なっていることは知らない。普通に金券ショップでパートをしていると思っている。詐欺要員として不適格と判断した者たちは、橋谷と同じく、何も知らないまま一企業で働いていると思っていた。

中入は、犬塚と日比はいけるとみて、石橋に推薦した。

しかし、石橋は、履歴を見た瞬間にいらないと言った。特に犬塚は、目が気に入らないというだけの理由だ。

中入は、自分の気分で合否を判断する石橋に手を焼いていた。

推薦する者には、犬塚のように有望な者もいる。しかし、有望な者ほど、石橋は切ってしまう。自分が食われるのが嫌なのだろうと、中入は思う。

ただ、そのせいで、カスのような詐欺要員しか集まらなくなり、グループ全体の売り上げは落ちていた。

選定人は、紹介した人間の稼ぎの二パーセントを受け取ることになっている。中入にしても、有望な新人を自分のグループに入れなければ、死活問題となる。

だから、犬塚たちは新見に紹介した。他のグループに紹介しても、選定人は一パーセントの紹介料を受け取れることになっていた。

「なあ、中入。おまえ、ヤツをよく知っているだろう？　なんとか説得して、うちのグループに引き抜けねえか？」

「それは……。下の者が異動したいと言っても、最終人事を決めるのは大峰社長です。新見も手放さないでしょう」

「だったら――」

石橋は机に両肘を載せ、身を乗り出した。

「犬塚を潰《つぶ》せ」

ぎろりと中入を睨む。

中入の笑顔が凍りついた。

「このまま、あいつが結果を残していくと、俺の立場も危うくなる。俺が潰れたら、おまえも終わりだぞ。俺は警察に自首して、すべてをゲロする。臭い飯は食い慣れているから、別荘行きなんざ何ともねえ」

石橋は片頰を上げた。

「そんな……」

「おまえ、別荘には行ったことねえだろ。初心者にはつらいぜ、あの箱は」

「ちょっと待ってください。そこまでしなくても……」

「だから、てめえはぬるいんだ！」

石橋は近くにあった書類をつかみ、中入に投げつけた。

中入が身を竦めた。

書類の束は中入に届かず、宙を舞った。

「あいつは危ねえ。そのうち、俺たちを食っちまう。犬であろうとなかろうとな。俺のそういう勘は当たるんだよ。だから、敵が力を持つ前に潰してきた。それでここまでのし上がってきたんだ」

しゃがれ声を絞り出す。

中入は身震いした。

石橋は元々ヤクザだ。大峰に見込まれ、引き抜かれた。

見た目はとても強そうに見えない。しかし、時折見せる鈍色《にび》の眼光は、裏社会を歩いた者にしかない吐き気を催すような威圧感を滲ませる。

「何をすれば……」

中入の声が震えた。

石橋は一番上の引き出しを開けた。三十センチほどの棒状のものを出す。石橋はそれを放った。棒は中入の横で跳ね、転がった。

「仕留めろ」

石橋が言った。

中入は棒状のものを手に取った。切れ目が入っている。その左右を握り、両端に引く。

チャッ……と金属音がし、中身が姿を見せた。

中入の双眸が強ばった。

匕首《あいくち》だった。

「後ろからいけば、おまえでも殺《や》れる」

石橋は静かに中入を見据えた。

中入はきれいに研がれた銀色の刃を見つめ、ただただ震えた。

「のるかそるか。決めどころだ」

石橋が迫る。

中入はごくりと生唾を飲んだ。

逃げられない。逃げれば、石橋は自分を標的にする。一度狙った獲物は執拗に追い回す。そこから逃げ果《おお》せた者を知らない。

中入に断わるという選択肢はなかった。

4

田宮は自分の受け持ったチームの売り上げの回収を済ませ、新見の事務所へ来ていた。

新見の事務所は今、世田谷区にあった。公園沿いの瀟洒《しょうしゃ》なワンルームマンションの一階だ。蟬の声がうるさいが、近くに緑があるからか、ビルが林立する街中より涼しさを感じた。

新見の事務所は、相変わらず殺風景だった。部屋の中央に、折りたたみの小テーブルが一脚あるだけ。着替えやリストなどの仕事道具は、クローゼット一つで足りている。

新見は、田宮が差し出した札束を丁寧に数えていた。

「九、十……」

十枚ずつを束にして、重ね置く。

「一日で五百か。たいしたもんだ。今日も俺のグループでトップだったぞ」

「いや、まだまだ。一日一本はいきたいですね」

「千か。千はなかなかいかないぞ」

「手応えはありますから」

「性に合っているようだな」

「新見さんには感謝してます」

田宮は笑みを見せた。

エリアマネージャーになり、組織のシステムが徐々にわかってきた。

エリアマネージャーは、その場で実働員に報酬を払い、残りを集めて各グループのリーダーに預ける。そこで売り上げの二十パーセントがエリアマネージャーに渡される。今日の売り上げでいえば、五百万円の二十パーセント、百万円が田宮の取り分となる。

リーダーはエリアマネージャーに支払い、残った金をいったん、大峰に渡す。そこから、リーダーたちはグループ内全売り上げの三十パーセントを受け取ることになっている。

チームを飼うマンションや自分の住まいなどは、すべてリーダーに渡される報酬から出る。なので、部下の稼ぎがよければメンバーも増やせるが、稼ぎが悪ければ経費だけを食う。

リーダーは時々入れ替わっているようだ。実入りの問題もあると推測できる。稼げないチームのリーダーはグループを維持できなかったということだ。

新見の話では、現在四人のリーダーが大峰の下でグループを運営しているという。田宮が知っているのは石橋だけだった。

中入が選定人と呼ばれる窓口であること、人事の決定権はすべて大峰が握っていることもわかった。

田宮が想像していたより、しっかりとしたシステムが出来上がっている。

このシステムを大峰が構築したのだとすれば相当の切れ者だが、田宮は大峰がそこまで考えられるだろうかと疑っていた。

「明日から休みだ。せいぜい、羽を伸ばせ」

「そうさせてもらいます。ちょっと疲れたので」

田宮は立ち上がり、一礼してマンションを出た。

そのまま公園に入る。田宮は櫟《くぬぎ》の木の下で立ち止まり、一つ息をついた。木陰に身を隠し、自分のスマートフォンを取り出して、レンズを新見の部屋のドアに向ける。

この一週間、田宮は毎日、新見のマンションを訪れては木陰に身を隠し、出入りする者の写真を撮っていた。撮った写真は自動的にUSTへ送信される。

新見グループのエリアマネージャーは十人いると、本人が言っていた。これまで八人のエリアマネージャーの撮影に成功している。田宮を除いて、あと一人。その一人を待っていた。

田宮が預かっているリストも、撮影し、USTに送信している。そろそろ、何か出てくる頃だろうと踏んでいた。

大地を焦がしていた太陽が沈み、空が紫色に染まってきた。もうすぐ、陽が暮れる。公園の街灯に明かりが灯る。園内にいた家族連れが帰途に就いた。人影がなくなり、蟬の声だけが響いた。

田宮はISO感度の調整をしようと、スマートフォンに目を落とした。

その時、ふっと足下に影が差した。人影だ。影は急に大きくなった。

田宮は、背後の気配に神経を向けた。殺気を感じ、鳥肌が立った。

右脚を大きく踏み出し、木の陰に回り込んだ。振り返る。

鈍い光が黒目をよぎった。何者かが田宮の左脇を駆け抜けた。

男だ。

男は踏ん張って止まると同時に、右手に持った刃物を田宮に向けて振った。

田宮はとっさに屈んだ。浮き上がった髪の端を刃がかすめる。切れた髪の毛がはらりと舞う。左脚で地を蹴り、前受け身をし、立ち上がる。すぐさま、振り向いた。

「中入！」

田宮は呼び捨てをした。

中入だった。目を血走らせ、匕首を握っている。緊張と興奮で息が荒く、双肩が上下している。顔は尋常ではない量の汗で、海にでも飛び込んだ後のように濡れ、滴が滴っていた。

「俺を狙うとは、どういうことだ？」

右脚を引いて身構え、中入の鼻梁に目線を置く。そして、ぼんやりと全体を見る。格闘の際、どこか一点を見つめてはいけない。鼻あたりに目線を置き、その先を見るように視界をぼやかせると、相手の頭から爪先まで視覚で捉えることができる。ＵＳＴの実技訓練で習った方法だ。警察官時代に習った逮捕術とはまた違う、実戦格闘術だった。

田宮はスマートフォンをズボンの後ろポケットにしまい、両の上腕をすっと顔の前に立てた。

「犬塚、今何をしていた？」

中入が声を出す。震えていた。

「スマホを見ていただけだ」

「違うだろう。俺はずっと見ていた。おまえはスマホを新見さんの部屋の入口に向けていた。何をしようとしていたんだ？　おまえ、やっぱり、石橋さんの言う通り、犬か？」

「何言ってんだ？　適当なこと吹いていると、やっちまうぞ」

煤けた歯を覗かせ、口角を上げる。

中入は怯《ひる》み、眦を下げた。

田宮は腕の隙間から、中入を見据えた。

「今なら見逃してやるが。どうする？」

「そういうわけにはいかない。おまえを殺らなきゃ、こっちが殺られる。おい！」

中入が声を張った。

土を踏む音が蟬の鳴き声の合間に澱んだ。

田宮は木の幹に背を当て、黒目を動かして周囲を確認した。

四人の男が田宮を囲んでいた。全員が匕首を握っている。強くは見えないが、中入と違い、動けそうな者ばかりだった。

中入は男たちに駆け寄り、真ん中に立った。仲間を得たからか、余裕の笑みがこぼれる。

「おまえが犬かどうかは、殺した後、そのスマホを確かめればわかる。吐くなら、今だぞ？」

中入が顎を上げた。

「あんたが俺のスマホを確かめることはない」

「なんだと？」

気色ばむ。

「あんたらに俺は殺れない」

田宮は左の口角を上げて見せた。

中入の顔から笑みが消えた。奥歯を嚙み、匕首を握り締め、眉を吊り上げて震える。中入が目を見開いた。

「……殺れ！」

男たちが一斉に襲いかかってきた。

5

正面左から、男が匕首を振り下ろしてきた。

田宮は左脚から男の懐《ふところ》に飛び込むと同時に、左前腕を振り上げた。男の右腕を受け止める。匕首を握った男の右腕が止まる。田宮はすかさず、右掌底《しょうてい》を男の顎に叩き込んだ。

男の顎先が喉にめり込んだ。脳が揺れる。男は立っていられなくなり、その場で両膝を落とした。

頽れる男の背後から、別の男が匕首を突き出してきた。

田宮はとっさに左脚を引いて半身になった。切っ先が腹部をかすめる。田宮は両膝をついた男の胸元を蹴った。男の上半身が仰向けに倒れる。その背中が突っ込んできた男の足下に当たる。勢いの付いた後方の男は足を取られ、腕を伸ばしたまま前のめりになった。

田宮は左膝を振り上げた。男の顔面に膝頭が食い込む。前歯が砕け、おびただしい鮮血が四散した。男は血にまみれ、地面へダイブした。うつぶせに倒れる。田宮はすかさず、男の背中に踵を落とした。

男は目を剥いて短く呻き、気絶した。

二人の男が田宮の左右を挟んだ。田宮は手を開いて、両の上腕を軽く上げた。黒目だけを動かし、目の端で左右の男たちの動きを探る。男たちは腰を落とし、じりじりと回りながら、機会をうかがっている。田宮も男たちの動きに合わせ、身体を少しずつ回転させる。

息が詰まるほどの緊迫があたりを包む。中入は後方で息を呑み、三人の様子を見守っている。

右の男が左側に立つ男に視線を送った。

来る！

田宮は左脚で地を蹴り、右側の男に迫った。

先を取られた男は動けなかった。時が止まったように固まっている。田宮は匕首を握った男の腕を左脇に巻き込んだ。右手で男の左肩を握り、左脚を男の後方に踏み入れ、右脚で男のふくらはぎを払う。

男の身体がふわりと浮き上がった。田宮は右腕を男の胸元に預けたまま、しゃがみ込んだ。男の身体が背中から落ちる。

男は息を詰めた。田宮は男をうつぶせに返した。男の右腕を後方にねじ上げ、手から匕首を奪い、肩胛骨《けんこうこつ》の間に右肘を叩き込んだ。男はよだれを噴き出し双眸を剝き、そのまま気を失った。

残った男が怒声を上げ、田宮に向かってきた。低い体勢で柄頭《つかがしら》に左手のひらを添え、尖端をまっすぐ向け、迫ってくる。

田宮は奪った匕首を拾った。それを男に投げつける。直線に迫っていた男の体軸が右に傾いた。

田宮は素早く男の左手に躍り出た。男は足を止めた。匕首を左手に握り替え、左腕を振った。田宮はさらに背後に回り込んだ。男の左肘裏を両腕の前腕で受け止め、男の左腕を握った。

そのまま男の左腕が回転する惰性に従い、回り込みつつ、男の背中に右肩を預けた。男の身体が田宮の重みで沈んでいく。男は田宮に潰される格好で、うつぶせのまま沈み込み、胸元を地面にしたたかに打ち付け、息を詰めた。

田宮は腕をねじ上げ、男の手から匕首を奪った。男は顔面を地面にこすりつけ、横を向いた。

「てめえ……やっぱり、犬だな」

声を絞り出す。

「なぜ、そう思う？」

「昔、路上で暴れて、サツにパクられたことがあったんだがな。今のてめえと同じ技でねじ伏せられた」

「こんな技を使う人間はいくらでもいる」

「ああ、いるな。だが、俺たち側の人間なら、匕首を奪って何もしないなんてありえねえ。殺さないまでも、どこかを突き刺す。無傷で押さえようとするのは、サツの習性だろうが」

男は片頬に笑みをにじませた。

「そうだな。温情を見せるから、疑われるんだ。俺もまだまだ甘い」

田宮は逆手に匕首を握り替えた。小指側から切っ先を出す。

男の眦が引きつった。

「忠告に感謝するよ」

言うなり、田宮は男の左上腕に切っ先を突き立てた。

男が悲鳴を上げた。

切っ先を抜く。血が糸を引き、地面に垂れ落ちた。

田宮が立ち上がる。男は左腕を押さえ、のたうった。その男の鳩尾《みぞおち》に爪先を蹴り入れる。男は目を見開き、意識を失った。

やおら、中入を見やる。血に濡れた匕首を握り、仁王立ちする田宮を見て、中入は色を失っていた。

田宮が一歩右脚を踏み出した。中入が背を向けた。

「おい」

声をかける。中入は身を竦ませ、止まった。

田宮はゆっくりと中入に歩み寄った。肩に手をかける。中入はびくりと跳ねた。全身がこわばる。

「匕首を足下に落とせ」

田宮は背に切っ先を突きつけた。

中入は匕首を放した。切っ先が地面に刺さる。

「ゆっくりと振り向け。妙な真似をすれば、急所を一発で貫く」

田宮が命ずる。

中入はぎこちなく回り始めた。膝が震えているせいか、時折、上体が揺れる。身体が半分ほど横に向いた。中入は双眸を見開いた。

田宮は左肩を握り、振り向かせた。

「ひっ！」

中入が思い切り震える。

田宮は近くの木の幹に中入の背を押し当てた。胸元に切っ先を突きつける。

「た……助けてくれ……」

中入は涙目で声を絞り出した。

「誰の命令だ？」

田宮が訊く。

中入は目を逸らした。

「誰が命令した？」

田宮は匕首を突いた。胸元に少しだけ尖端が食い込んだ。白いシャツにじわりと血がにじむ。

中入のこめかみに脂汗がにじんだ。

「い……石橋社長だ」

「なぜ、俺を狙った？」

「おまえがやりすぎたからだ……」

「何を？」

「こんな短期間で頭角を現わすとは思っていなかった。かたや、石橋さんのグループからは二人の逮捕者が出て、店を開くのも難しい状況になっている。このままではおまえがリーダーに取って代わりかねない」

「だから、殺せと？」

田宮が念を押す。

中入は何度もうなずいた。

田宮の眉間に皺が立つ。中入は頬を引きつらせつつも笑みを浮かべた。

「な、なあ、犬塚君。石橋社長のグループに入ってくれないか」

「なぜだ？」

「おまえが石橋社長のグループで稼いでくれれば、すべて丸く収まるんだ。新見さんと大峰社長には私が話を通す。頼む。この通りだ」

中入はいきなり跪《ひざまず》いた。深々と頭を下げ、額を地面に擦りつける。

田宮は屈み、中入の肩に左手を置いた。中入がびくりとする。

「中入さん。顔を上げてください」

優しい口調で言う。

中入はおそるおそる顔を上げた。

田宮は笑顔を見せた。中入が少しだけ口角を上げる。

「中入さんも大変だったんですね。石橋社長に命じられて、俺を殺さなきゃならないほどにまで追い込まれて。楽になりましょう」

「石橋グループに来てくれるのか？」

「新見さんを裏切るわけにはいきません」

「そうか……そうだな」

中入はうなだれた。

「ただ、中入さんは俺が守ってあげますよ」

「本当か！」

顔を上げた。瞳が潤む。

田宮は深くうなずいた。

「ええ。石橋社長も手を出せないところに匿《かくま》ってあげます」

「どこだ、それは？」

「夢の中だ」

田宮は右拳を鳩尾に叩き入れた。

中入は目を剝いた。前屈みになり、田宮の肩をつかむ。

「おまえ……」

田宮はもう一度、鳩尾に拳を叩き込んだ。

中入は小さく呻いた。口から胃液を吐き出す。田宮が離れると、中入は静かに前にのめり、地面に突っ伏した。

田宮は足下を見回した。五人の男が転がっている。まだ呻き動いている男が二人いた。田宮はその二人に歩み寄り、鳩尾に爪先を蹴り入れ、気絶させた。

全員が意識を失っていることを確認し、各人のベルトを抜いて後ろ手に縛り、ズボンを下ろして両足首を拘束した。これで動けない。

転がった男たちを見下ろしつつ、スマートフォンを出した。

「もしもし、新見さんですか。犬塚です。たった今、中入に襲われました。石橋の指示だそうです。さすがに我慢できないので、今から殺りにいきます。迷惑かけますが、すみません」

一方的に話し、電話を切る。すぐさま、谷内に連絡を入れた。

「――もしもし、谷内さんですか？　犬塚です。このスマホをGPSで捕捉し、ターゲットを回収してください。五名、転がっています。俺は、これから次の幕に進みますので」

田宮は、気絶した中入の上着のポケットに繋いだままのスマートフォンを入れた。

警察が特定番号の携帯やスマホをGPSで捕捉するのは、三分とかからない。そこから現場に急行するまでは二分もあれば足りる。すべてを回収し終えるのに、五分程度を見ていれば十分だ。

「さてと。石橋を追い込むか」

田宮は匕首を取ると、左前腕に刃を当て、自らを切りつけた。それを鞘《さや》に収め、懐に入れ、公園を離れた。

6

吉沢は、落合《おちあい》にある築六十年の一戸建てに来ていた。

午後八時前、あたりは暗く、周囲に人影もない。小さな庭には、三好が運転してきたミニワゴンが停まっている。三好は一人で、ワゴンに積んだ段ボール箱を家の中へ運び込んでいる。

以前は週に一度あればいい方だったが、このところ、週に二、三度はここを訪れ、段ボール箱を運び入れていた。

報告を聞いたUSTは、段ボール箱の中身を確認するよう、吉沢に指令を出していた。吉沢は、今夜決行するつもりだった。

三好は、古い引き戸に鍵をかけた。周囲を見回し、誰もいないことを確認するとワゴンに乗り込んだ。ヘッドライトの明かりが灯り、静かに滑り出す。

吉沢は塀の陰に身を隠した。ワゴンが路地を下っていく。車は路地から大通りに出て左に折れた。テールランプの明かりがなくなったことを確認し、吉沢は路地を横切って敷地に潜り込んだ。

裏手に回り、庭に面した窓を見る。雨戸が閉めてあるが、ところどころ桟《さん》が外れ、傾いている。

吉沢は薄明かりを頼りに、右端の雨戸を音がしないようそっと外した。壁に立てかけ、窓を開けてみた。鍵は壊れていた。ガタガタと木枠が鳴る。吉沢は人一人が横になって入れる程度の隙間を開き、中へ入った。

LEDのペンライトを点け、廊下を照らし、部屋へ入る。畳や廊下の板は古く、足が沈むところもあった。

慎重に歩を進めつつ、段ボール箱を探す。昔ながらの造りの平屋なので、部屋数は多かった。その一室一室に入り、押し入れを開け、覗いてみる。が、押し入れの中はがらんどうだった。

今日は、五つの段ボール箱を運び込んだ。すべてを運び込み終えて、ここを立ち去るまで、わずか二十分程度。そう入り組んだところに段ボールを隠したとは思えない。

部屋の隅々を確かめながら、台所へ出た。古めかしい台所だ。が、ふっと足下に目を留めた。

古い台所なのに、床下収納の扉がある。吉沢は屈み、扉を開けてみた。

「ビンゴ」

にやりとする。

床下にはA４サイズの段ボール箱が置かれていた。その数、目算しただけでも十箱はある。茶色い無地の段ボール箱で、蓋は十字にガムテープで封をされていた。段ボール箱の周りには、乾燥剤が敷き詰められている。

吉沢はライトを口に咥え、一箱取り出した。両腕にずしりと重みがかかる。収納扉の脇に置き、ガムテープを取ってみた。

蓋を開く。

「これはこれは……」

吉沢は目を丸くした。

札束がぎっしりと詰まっていた。帯封の付いた一万円札の束が六つ並んでいる。札は新札だ。百万円の新札の束は約一センチ。段ボール箱の深さは二十一センチだが、上に隙間があるということは、下まで二十束の百万円の束があるとみていいだろう。つまり、二千万円の列が六つ。一箱に一億二千万円もの金が入っている。それが十箱ということは、十二億もの金がここにあることになる。

「こいつはすごいな……」

吉沢は首を振った。

二〇一三年の振り込め詐欺被害額は、約二百六十億円にも上る。そのうちの十二億と考えればありえない話ではないが、それにしても老朽化した民家にこれほどの金が隠されているとは思いもしなかった。

吉沢はスマホを取り出した。谷内に連絡を入れようとする。

その時ふと、物音に気づいた。吉沢が入ってきた廊下側の入口からだ。風か、猫か。耳を澄ませる。廊下がぎしっ……と軋んだ。

人だな……。

吉沢はスマホをポケットにしまい、ペンライトの明かりを切った。屋敷内部の記憶を辿り、暗がりの中、台所から出た。

廊下に懐中電灯の灯りが揺れた。吉沢はとっさに壁際に寄り、身を屈めた。障子戸の向こうを影がよぎる。足音と影は一人分しかなかった。

どうする……。

吉沢は考えた。

侵入者を拘束することはできる。しかし、ここで身元を明かすのは、得策ではない。

吉沢が身を潜めている隣の部屋の障子が開いた。吉沢は足音を忍ばせ、部屋を仕切るふすまに近づいた。ふすまの隙間から隣部屋を覗く。懐中電灯の明かりが人影の顔を照らしていた。

三好？

ふっと垣間見えた男の顔は、確かに三好だった。が、車が戻ってきた音はしなかった。

目が慣れてきた。部屋の様子がうっすらと見える。三好は、隣部屋から台所へ進んだ。吉沢は台所と自分のいる部屋を仕切る曇りガラスの戸に歩み寄った。少しだけ戸を開き、三好の様子を窺う。

三好は開けっ放しの段ボール箱を見て駆け寄り、屈んだ。

「くそう……」

三好が舌打ちをする。

すぐさまスマートフォンを出し、どこかへ連絡を入れ始めた。

「もしもし、三好です。やはり、誰か入ったようです。段ボールが開けられていました。いえ、侵入者が何者かはわかりません。姿は見えません。はい……はい、わかりました。すぐ、手配します」

そう言い、電話を切る。

誰に連絡を入れたのかわからない。が、口調からすると、目上の人間ということは推測できた。

三好はすぐさま、別の場所に連絡を入れようとした。

仲間を呼ぶ気か？

今、包囲されるのはうまくない。

仕方ないか。

吉沢は、ガラス戸を思い切り開けた。

三好はいきなりの物音にびくりとして、手を止めた。吉沢の方を向こうとする。吉沢はペンライトを点けた。三好は目を細め、顔の前に手をかざした。

瞬間、吉沢は右脚を振った。足の甲が三好の顎先を捉えた。

三好の首が九十度近く曲がった。短い呻きが漏れる。三好の上体がゆっくりと傾き、床に突っ伏した。

爪先で突いてみる。三好はぐったりしたまま動かなかった。

「強盗に見せかけるしかないか……」

吉沢は蓋の開いた段ボール箱を抱え、家を出た。

7

「鈴本さん、がんばりますね」

中丸弁護士事務所の所員の女性、成田《なりた》が声をかけてきた。

成田はベテラン所員で、舞衣子が事務所へ入ってきた時の教育係も務めた。念のため、成田の身元を照会したが、今回の振り込め詐欺事案には関係のないただの所員だった。

「いろいろと教えていただいたのに、なかなか要領を得なくてすみません」

舞衣子は座ったまま頭を下げた。

成田は微笑んで、小さく首を横に振った。

「法律用語は難しいでしょう？　私も慣れるまで一年はかかりましたから。あまり根を詰めずに、適当なところで切り上げてくださいね」

「はい。ありがとうございます」

舞衣子はもう一度、頭を下げた。

成田はうなずき、事務所を後にした。

事務所内に残っているのは、舞衣子一人だった。一時間ほどすると、事務所を統括している総務部長が帰ってくる予定になっている。それまでに、調べ物を済ませなければならない。

舞衣子はモニターの画面を切り替えた。中丸弁護士事務所で管理しているサーバにアクセスし、名簿関係のリストを総ざらいする。

これまでに調べた名簿は除外し、まだ調べていない名簿を呼び出し、振り込め詐欺被害に遭った人たちの名前を入れて検索をかける。その中から、複数の被害者の名前がひっかかる名簿を探し出しては、ＵＳＢメモリに記録していった。

名簿のほとんどは詐欺被害者リストだった。振り込め詐欺被害に遭った人たちの名簿もあれば、高額布団やリフォーム詐欺に遭った人たちの名簿もある。ただ、まとまったものでないところが、舞衣子は気になっていた。

田宮が入手した振り込め詐欺グループが使っている名簿は、ターゲットに的を絞ったものがまとめられたものだ。中丸弁護士事務所が管理する名簿の中に騙された人たちの名前はあるが、散見しているだけでは、中丸がまとめて相談者を売っているという証拠にはならない。

なんとか、まとまった名簿を探し出そうと腐心しているが、潜入して四ヵ月が経った今もなお、見つからない。

「うーん。的がずれているのかなあ……」

舞衣子は椅子の背にもたれ、天井を仰いで息をついた。

データの内容からみて、中丸弁護士事務所が管理するデータがまとめられているのは間違いない。が、その〝固まり〟が見つからない。

「別のところで管理してるのかな？」

考えを口にしてみる。

「別のところ……」

舞衣子は身を起こし、キーを叩いた。

サーバ本体へのログインデータを呼び出す。内部データにアクセスできるのは、中丸弁護士事務所内のパソコンと弁護士会の回線のみのはずだ。

舞衣子は事務所と弁護士会のＩＤを弾いてみた。すると、不審なＩＤが五件残った。そのうち、アクセス拒否されたＩＤを除いてみる。二件のＩＤが残った。一件は週に一度、もう一件は月に一度アクセスしている。

「これみたいね」

舞衣子は、IDデータをUSBメモリに移した。

オフィスのドアがかすかに音を立てた。舞衣子は急いでサーバ本体とのアクセスを絶ち、作業中の文書データをモニターに表示させた。USBメモリを抜き取り、ポケットにしまう。

板倉《いたくら》総務部長だった。

「鈴本さん、まだ残っていたんですか？」

黒縁眼鏡を押し上げる。

「もうすぐ、終わります。仕事が遅くてすみません」

舞衣子はそう言い、文書を打ち込んだ。

「仕事熱心なのはありがたいことですが、一応、うちも法律事務所ですので、残業に関してのコンプライアンスは守っていただかないと」

「そうですね。すみません」

舞衣子は作業を止め、シャットダウンした。

片付けをし、バッグを取り、席を立った。

「では、お先に失礼します」

会釈をし、事務所を出ようとする。

「あ、鈴本さん」

「なんでしょう？」

振り向き、微笑みを向ける。

「本当に仕事をしていたのですか？」

「どういう意味でしょう？」

首をかしげ、じっと見つめる。

板倉はしばし、舞衣子を見返していた。舞衣子はきょとんとした顔で板倉を見つめる。

「いや……申し訳ない。わざと残業をして、残業代を得ようとする所員が以前いましたものでね。疑ってすまなかった」

「いえ。部長としては、そういうところに気を配ることも大切ですから」

舞衣子は目を細めて会釈し、事務所を出た。

何か起こったのね……。

舞衣子の歩みが速くなった。

8

「……遅い！」

石橋は、机に両の拳を叩きつけた。

「中入からの連絡は！」

ぎょろ目を剝き、机の前にいた部下を睨みつける。

「いえ、まだ……」

若い部下は眉尻を下げ、小声で答えた。

石橋は、本社ビルの社長室で中入からの連絡を待っていた。しかし、二時間が過ぎても連絡がない。苛立っていた。

「まさか、殺られたんじゃねえだろうな……」

「それはないですよ。匕首持った連中を四人連れて行っているんです。犬塚がどういうヤツかは知りませんが、刃物を持った男を四人も相手にして勝てるわけが――」

部下が笑おうとした時だった。

ドアがけたたましい音を立てた。蝶番《ちょうつがい》が壊れんばかりの勢いで開く。

「犬塚！」

石橋の目尻が強ばった。

「なんだ、こら！」

若い部下が怒鳴った。田宮を睨みつけ、歩み寄る。

前に立った部下は、田宮の胸ぐらをつかんだ。

「ここをどこだと思ってんだ！　ここは、石橋社長の——」

粋がる部下の声が止まる。部下は目を剝いて、腰を引いた。左手で脇腹を押さえる。石橋は腰を浮かし、二人の様子を見つめた。

「しゃ……社長……」

部下が振り返る。

脇腹からは血が出ていた。左手の指の間に血がにじむ。

石橋は田宮の手元を見た。匕首がぬらりと鈍色の輝きを放っていた。

「邪魔するな」

田宮は石橋を見据え、部下を脇へ突き飛ばした。

部下は脇腹を押さえたまま、床に頽れた。

石橋の双眸が引きつった。

田宮は血走った目で石橋を睨み、ゆっくりと近づいた。

石橋は椅子に腰を落とした。

「ま……待て。何があった？」

「何があっただと？」

田宮はテーブルを蹴り飛ばした。浮き上がったテーブルがひっくり返り、灰皿が砕ける。

「中入が全部吐いた。てめえが指示したんだろうが、俺を殺せと！」

田宮はソファーを突き刺した。中綿が舞い上がる。

「そ、それは誤解だ！」

「うるせえ！」

太い声で怒鳴る。腹の底に響く声だった。

石橋はびくりと跳ね、唇を震わせた。

「どいつもこいつも、俺をコケにしやがって。わかるか！　俺はずっと人生を潰されてきたんだ。まともに生きようとすればするほど、てめえみたいなクズが湧いて、俺を潰すんだ！　もう、我慢できねえ。もう、どうでもいいぜ、こんな人生！」

「俺を殺ったら、ただじゃすまねぇぞ」

「上等だ、この野郎！」

田宮は机を蹴飛ばした。

重い机が揺らぐ。石橋は身を竦めた。

「俺の人生を終わらせる代わりに、てめえの人生もきっちりと終わらせてやる！」

田宮は机の上に飛び乗った。匕首を振り上げる。

「やめてくれ！」

石橋は頭を抱え、椅子の上で丸まった。

と、背後から声がかかった。

「やめとけ、犬塚」

新見の声だった。

田宮は振り向かず、匕首を振り上げたまま、石橋を見下ろしていた。

すると、別の声もかかった。

「そうだ、犬塚。そんなヤツを殺っても、つまんねえぞ」

野太い声。大峰の声だった。

「社長！」

石橋が顔を起こした。大峰を見て、懇願するように目を潤ませる。

田宮は肩越しに背後を一瞥した。新見と大峰が近づいてきていた。大峰は田宮の背後で立ち止まった。新見は石橋の脇に歩み寄った。

「社長！　こいつが俺を殺そうとしたんですよ！」

石橋が大峰に訴える。そして、ぎょろ目を剝き、新見を睨みつけた。

「おい、新見！　てめえの部下が俺を殺そうとしたんだ！　どう落とし前つけてくれるんだ！」

居丈高《いたけだか》に吠える。が、新見は眉一つ動かさない。

「犬塚。ちょっと降りろ」

大峰が言う。静かだが、迫力がにじむ声色だった。

田宮は机から降りた。大峰の脇に立つ。大峰は石橋に目を向けた。

「石橋。めんどくせえ真似、してくれたな……」

石橋を見据える。

石橋は色を失った。

「犬塚を襲った中入と他の男たちは、こいつに伸《の》された」

田宮を一瞥する。

「それは仕方ねえ。犬塚は降りかかった火の粉を払っただけだ。しかしな。伸された連中は中入も含めてみな、パクられちまった。おかげで、全チームを閉じなきゃならなくなった。この事態には、オーナーもお怒りだ」

大峰が言う。

石橋の顔色が、ますます蒼くなる。

オーナー？

田宮は大峰の言葉に気を留めつつも、素振りは見せなかった。

「おまえが姑息《こそく》な料簡で相手を潰すのはかまわねえ。稼いでりゃな。だが、こないだ逮捕者を二人も出したばかりで、今度は選定人の中入まで持って行かれるような真似をしやがった。これまでいろいろと目をつむってきたが、今度ばかりは見過ごせねえ。落とし前はつけてもらうぞ。犬塚。貸せ」

大峰が分厚い手を差し出した。

田宮は匕首の柄を大峰の手のひらに置いた。大峰がぐっと握りしめる。

新見が石橋の左腕を取った。手のひらを下に向け、机の上に置き、押さえつける。

「カンベンしてください。許してください！」

石橋は泣いて懇願した。

が、大峰は涼しい表情で石橋を見据えた。

匕首を振り上げる。躊躇なく振り下ろし、石橋の手の甲を貫いた。

石橋が悲鳴を上げた。失禁し、床を濡らす。

大峰は刺した刃を倒した。小指と薬指が飛び転がる。おびただしい鮮血がしぶき、机を紅く染めた。

田宮は大峰の背後で息を呑んだ。

背中から漂う殺気はすさまじい。本物がまとう空気だ。

「おい！」

大峰が声を張る。

ドア口で待っていた大峰の部下が四人、入ってくる。

「石橋とそこに転がっているひょろいヤツを海に捨ててこい」

「わかりました」

部下の一人が返事をする。

部下たちは有無を言わせず、石橋と田宮に刺された若者の手足を縛って猿ぐつわを噛ませ、抱え上げ、社長室を出た。

一瞬で静かになる。

大峰は机に匕首を刺すと、一つ息をついた。先ほどまで漂っていた殺気が消える。

「やっぱり、姑息なヤツは使えねえな」

振り向いて笑う大峰は別人のようだった。

「犬塚。まあ、座れ」

大峰がソファーを目で指した。

田宮は二人掛けソファーに座った。大峰が正面に座る。その隣に、新見が腰掛けた。

「おまえもたいしたもんだな。石橋はどうってことのない男だが、あれでも元ヤクザだ。新見から聞いて飛んできてみたが、本当に殺しに来るとは思わなかった。口だけの連中ばかりだからな、世の中は」

大峰が笑う。隣で新見も微笑んでいた。

「そこで、相談なんだがな。おまえ、リーダーにならねえか？」

大峰が言う。

田宮は大峰を見やった。

「俺が、ですか？」

「そうだ。石橋がいなくなって、石橋のグループのリーダーがいねえ。しかし、こいつを潰すわけにもいかねえ。早急にリーダーを決める必要がある。おまえは腕がいい。度胸もある。おまえならリーダーを務められる。なあ、新見」

「俺もそう思います」

新見が田宮を見て、うなずく。

「買ってくれるのはうれしいですが、俺、ヤクザになる気はないですから」

田宮がうつむく。

と、大峰が豪快に笑った。

「だから、俺たちはヤクザじゃねえって言ってるだろうが。石橋ですら、元ヤクザだ。俺もそこに近い場所にはいたが、ヤクザじゃねえ。新見はまったく畑違いだ」

「新見さん、何やってたんですか？」

田宮は新見を見た。

「チェーン居酒屋の店長だ」

「新見さんが？」

思わず、笑みがこぼれる。

「信じられないだろうが、本当だ。その昔は無茶もしてたんだが、いずれ、自分の店を持ちたいと思うようになって、心を入れ替えて懸命に働いていたんだ。しかし、こき使われるだけこき使われて、金は上に吸い上げられる。そんな生き方が馬鹿らしくなっちまってな。つい昔の本性が出てしまって、本社の人間を殴って辞めちまった。で、次の仕事を探して、大峰社長のリサイクルショップに面接に行った時、この道に入らないかと誘われたんだ」

「自分の店を持つには、金がいるだろう？」

大峰が白い歯を見せる。

田宮も笑みを覗かせた。

「新見さん。今でも、店をやるつもりはあるんですか？」

「ああ。この仕事を終えたら、店を開くつもりだ。その時は飲みに来い」

新見が言う。

仕事を終えたらということは、期限があるのか？

田宮は思ったが、表情は変えない。

「でもさっき、大峰社長が言ってませんでしたか？　チームを閉じると」

大峰を見やる。

「閉じなきゃいけないな。しかし、もう一稼ぎしてからだ。そこでおまえの力を借りたい。おまえと新見なら、短期に稼いで抜けられる。頼む、犬塚」

大峰は両膝に手を突き、頭を下げた。

「そんな……頭を上げてください」

田宮が言う。大峰は、ひょこっと顔を上げた。

「やってくれるのか、リーダーを？」

「……わかりました」

「おお、ありがとう！」

大峰が右手を伸ばしてくる。

「ただし、条件があります」

田宮が言う。

大峰が右手を止めた。微笑んでいた目の奥の光が淀む。

「さっき言っていたオーナーという人に会わせてください。引き受ける以上、わけのわからない組織で働くのは嫌なんで」

田宮は大峰を見据えた。

大峰も見返す。が、まもなく目元を緩めた。

「心配するな。初めからそのつもりだ。リーダーになる者は、オーナーの承認が必要だからな。後日、連絡する。携帯かスマホは持っているか？」

「中入に襲われた時になくしてしまいました」

「じゃあ、新しいものを手配する。新見、いいな？」

「はい」

新見はうなずいた。

「来週から一週間、仕事は中止だ。石橋のグループにもそう伝えろ」

「わかりました」

新見は立ち上がり、社長室を出た。

「そういうことだ。近いうちに連絡を入れる。それまで少し、羽を伸ばしておけ」

大峰が笑う。

いよいよ、本丸だな……。

田宮は胸の内でほくそ笑んだ。

第6章

1

谷内と舞衣子、吉沢は、スタジオＵＳＴに呼び出されていた。ミーティングルームに集まっている。舞衣子と吉沢がスタジオに顔を出したのは、実に四ヵ月ぶりだった。

ホワイトボードの前には古川がいた。

「ご苦労。休日なのに集まってもらって悪かったね」

古川がねぎらう。

誰もが古川に微笑みを向けた。

「さて、早速だが。そろそろ舞台は最終幕に入る」

「犬塚さんが動いたんですか？」

吉沢が訊いた。

古川はうなずいた。

「犬塚と接触したエキストラから報告が入った。犬塚はリーダーに抜擢された。近々、オーナーに会う予定だ」

古川の言葉に、吉沢と舞衣子が色めき立つ。谷内は目を伏せて、小さく笑った。

「千秋楽はいつです？」

舞衣子が訊いた。

「犬塚がオーナーを確認した後、裏を取る。また、リーダーとして動くようになれば、トンネル会社の詳細もわかるかもしれない。そのすべてを確認してからなので、二週間から一ヵ月後といったあたりだ」

古川が言う。舞衣子はうなずいた。

「けど、なぜリーダーに抜擢されたんですか？」

吉沢が疑問を口にした。

「石橋が失脚したんだよ」

谷内が答えた。舞衣子と吉沢が谷内を見る。

「石橋は中入と部下を使って、犬塚を殺そうとした」

「えっ」

吉沢の顔が強《こわ》ばる。

が、舞衣子は微笑みを崩さなかった。

「心配するな。あいつはUST随一のアクターだ。そこいらの三下《さんした》に殺られるほど、やわじゃない」

谷内が片頬を上げた。話を続ける。

「返り討ちにした犬塚は、石橋の下に乗り込んだ。そこへ大峰と新見が現われ、石橋を処分した」

「殺したの？」

舞衣子がこともなげに訊く。

「そのつもりだったんだろう。半殺しにした後、東京湾に放り込んだ。石橋の状況はエキストラに監視させていた。そのエキストラが、石橋と石橋の部下と思われる若者を助け出した。一命は取り留めたが、まだ話せる状態ではない。石橋が話せれば、黒幕の名前はすぐに割れたんだがね」

「まあ、いずれ回復すれば、重要な証人になる。それでいい」

古川が話を受けた。

「他にも、諸君の働きでいろいろとわかった。まず、大友君が調べてきたサーバ本体にアクセスしているIDの解析結果だが、ID元が判明した。NPO法人〈キボウノヒカリ〉とケイワイ不動産だ」

古川が言う。

舞衣子は微笑み、小さくうなずいた。

「さらに伴に依頼し、双方の内部のサーバ、および各端末のデータを確認してもらった」

「ハッキングしたんですか？」

吉沢が言う。

「確認だ」

古川は語気を強めた。吉沢は苦笑した。

「その結果、中丸弁護士事務所のサーバを通じて入手した詐欺被害者リストから、ターゲットを絞り出してまとめた名簿が見つかった。それが、犬塚が送ってきた、詐欺グループが使用している名簿と合致した」

「やっぱり、別のところにあったのね」

舞衣子は独りごち、うなずいた。

「リストをまとめていたのは、誰ですか？」

吉沢が訊く。

「ケイワイ不動産の端末に元データが残っていたことを考えると、ケイワイ側がまとめたものがＮＰＯに流れているとみていいだろう。ケイワイ不動産については、谷内さんに調べてもらっている」

古川が谷内を見た。谷内がうなずいて、口を開く。

「ケイワイ不動産は、柿沢幸司《かきざわこうじ》という五十七歳の男性が一人で経営している小店舗だ。〈キボウノヒカリ〉のシェアハウスの仲介を請け負うまでは、一般賃貸の仲介手数料で稼ぐ、ごくごく平凡な不動産屋だった。それが、ＮＰＯ事業に荷担した途端、売り上げが十倍以上に伸びている」

「不動産の仲介で儲けているということですか？」

吉沢が訊く。

「それもあるが、不動産情報提供料という名目で申告されているものもあった。それが今回の詐欺被害者名簿の売買だと思われる」

「中丸とは関係があるの？」

舞衣子が訊いた。谷内は舞衣子を見た。

「柿沢は七年前、ギャンブルで多額の多重債務を抱え、中丸弁護士事務所に相談していたことがわかっている。そこで接点を得たのだろうと推測している」

「つまり、ケイワイ不動産の柿沢が名簿屋、あるいは道具屋の役割を果たしていたということですか？」

吉沢が言った。

「そういうことになるな」

谷内がうなずいた。

振り込め詐欺における道具屋とは、詐欺に使う名簿を用意したり、振り込み用の架空口座を作ったり、トバシ携帯を集めたりする裏方のような存在を言う。道具屋は時に、新人の教育や管理を請け負うこともある。

「今回の場合、柿沢は名簿屋に近い働きをしているようだ。また、不動産事業や名簿売買事業を通じて、振り込め詐欺で集めた金を合法的にケイワイ不動産の口座に流している可能性もある。さらに、面白い事実が判明した」

谷内が言い、古川を見る。舞衣子と吉沢が目を向けた。

古川が口を開いた。

「吉沢君が旧シェアハウスから持ち帰った多額の現金だが」

「出所がわかったんですか？」

「いや、金の出所はまだ調べ中だが、使われていた段ボールとガムテープは、ケイワイ不動産で使用しているものだった」

古川の言葉に、吉沢は目を丸くした。

「うっかり、ゴミを出すのも怖いわね」

舞衣子が谷内に目を向ける。谷内は意味深に微笑んだ。

古川が話を続けた。

「現在、エキストラ監視の下、ケイワイ不動産に出入りしている者を特定している最中だが、ＮＰＯの職員や正体不明の若者が多数出入りしている。〈キボウノヒカリ〉の職員が出入りするのは、シェアハウスの関係からみてまだ理解できるが、一般賃貸の仲介をしていない今、一般の若者が出入りする理由がない」

「詐欺グループの若者が金を運んでいるということですか？」

吉沢が疑問を口にした。

「それも調査中だ。近々判明するだろう。ともかく、ケイワイ不動産が金庫の一部だということは間違いないようだ」

古川は言った。

「若者たちの身元が判明すれば、詐欺グループとの関係性も立証できますね」

舞衣子が言う。

古川がうなずいた。

「犬塚の内偵が済み次第、各所の一斉摘発に着手する。そこで、大友君は中丸の動向を把握。吉沢君は三好の動向を把握しておいてくれ。連絡は引き続き、谷内さんに行なってもらう。最後の詰めだ。くれぐれも悟られないように」

「わかりました」

三人は口を揃え、うなずいた。

2

田宮はスーツを着て、都内の高級ホテルを訪れていた。大峰、新見と共にエレベーターに乗り込み、三十階に向かう。大峰たちもスーツを着ていた。

田宮は襟元やネクタイを何度も何度も直し、緊張している様を演じていた。

それを見て、大峰が笑う。

「そんなにビビることはない。オーナーはヤクザでも何でもないからな」

「しかし、失礼があっては……」

「案外、気の小せえところもあるんだな」

新見がからかう。

「こういう場には慣れていないというか……初めてなもので」

「まあ、そのくらい緊張している方が心証はいいだろう」

大峰が言う。

三十階に着いた。ドアが開く。エレベーターホールからまっすぐ深紅の絨毯《じゅうたん》が先の先まで続いている。ＶＩＰ用のスイートフロアだった。

絨毯が三人の革靴の足音を吸い込む。右側に木製のドアが並ぶ。大峰は三〇一二号室のドアの前で止まった。呼び鈴を鳴らす。音は廊下に漏れない。

ほどなくして、ドアが開いた。スーツを身にまとった眼鏡の中年紳士が出迎える。スマートな出で立ちをしているが、眼鏡の奥の眼光は鋭い。

「大峰さんですね。お待ちしておりました。どうぞ」

ドアを開け、田宮たちを迎え入れる。

田宮は大峰に続き、中へ入った。

ロイヤルスイートだった。ドアを入るとエントランスホールがあり、左右にドアがある。中年紳士は右へ案内した。ドアを開くと、広々とした空間にゆったりと応接セットが置かれていた。

楕円形のテーブルの周りに六脚のソファーが並べられている。右手奥のソファーに紺色のスリーピースを着た眉の太い白髪の紳士がいた。その右手の一人掛けソファーに青緑の四角い眼鏡をかけたラフな格好をした若げな男がいる。

やはり、こいつらだったか——。

田宮は心の奥でにやりとした。

白髪の紳士は、根岸了三衆議院議員後援会の会長、篠岡喜美治。青緑の眼鏡をかけた男は、弁護士の中丸孝次朗だった。

「遅くなりました」

大峰が頭を下げた。

「こちらへ」

中年紳士が手でうながす。

大峰は篠岡の左手のソファーに座った。新見は中丸の隣に腰を下ろす。田宮は篠岡の真正面にあたる席に案内され、浅く腰掛けた。

「皆様、お飲み物は？」

中年紳士が訊く。

「あとだ」

篠岡はぞんざいに右手の甲を振った。

「失礼します」

中年紳士は一礼し、部屋を出た。

一瞬、静けさに包まれ、緊張感が漂う。田宮は縮こまって見せた。

「大峰君。彼が新リーダー候補か？」

「はい」

大峰が田宮を見る。

「犬塚健です。よろしくお願いします」

膝に拳を置き、深々と頭を下げる。

「貴様、犬だろう？」

篠岡が言った。

田宮は顔を上げた。困惑したように眉尻を下げつつ、篠岡の様子を探る。にやにやしていた。中丸や大峰、新見も同じような顔をしている。

ブラフか……。

胸の内で息をつき、かすかに涙を溜める。

「おいおい、大峰君。彼で大丈夫なのか？」

篠岡は大声で笑った。

「心配いりません。お二人を前にして、緊張しているだけです。石橋よりはよっぽど度胸も腕もありますよ」

「石橋さんはどうしたんですか？」

中丸が訊く。

「今頃、のんびり海を泳いでいると思いますよ。海の底でしょうけどね」

新見が言う。

「そう」

中丸は何でもないことのように聞き流し、片眉を上げた。脚を組んで、ソファーにもたれ、田宮に目を向ける。

「犬塚くん、一つ訊いていいかな？」

「はい、何なりと」

「きみ、今の仕事をどう思っています？」

「これのことですか？」

電話を耳に当てるふりをする。中丸がうなずいた。

「実入りのいい仕事だという感想しかないです」

「騙すことに罪悪感を感じるとか。逆に、金を持っている人から取るんだから悪くないとか。そういう感覚は？」

「すみません。まったくないです」

目を伏せる。

と、中丸はふっと微笑んだ。

「大峰さん。彼はいいね」

「でしょう？」

大峰も微笑む。

田宮は顔を上げ、全員の様子を見た。それぞれが笑みを浮かべている。

「あの……中丸先生」

「なぜ、僕の名前を？　まだ、自己紹介はしていないが」

中丸が笑みを崩さず見据える。

「〈キボウノヒカリ〉のセミナーで一度お見かけしたことがありましたので。大峰社長の特別講演があった時です。そちらの方も確かその時にお見かけしたのですが、お名前までは……すみません」

ちらりと篠岡に目を向ける。

大峰が篠岡を見た。篠岡がうなずく。

「こちらは、篠岡喜美治さんだ」

「よろしくお願いします」

田宮が頭を下げる。篠岡は深くうなずいた。

「犬塚くん。僕に訊きたいことがあったのでは？」

中丸が口を開いた。

田宮は中丸に顔を向けた。

「話の途中ですみませんでした。あの、なぜ俺でいいのでしょうか？」

「理念を持たないところがいい」

中丸が言う。

田宮は首をかしげた。

「罪悪感を持つ者は、詐欺行為を行なっていながら、自分が犯罪者ではないという理由を探す。それはおもしろいことに、罪悪感を持たない金銭至上主義者と同じ理念に帰着する。金を持っている年配者が金を出さないから、若者が経済的な不遇を強いられる。ある種のアンチテーゼを作り上げ、それを理として自分たちの行為を正当化する。こうした理念には何の意味もない。そうした者たちは、その理が崩れると心的に路頭に迷う。その迷いがミスをしでかす。きみはそれをよくわかっている」

「すみません。どういうところがでしょうか？」

「きみは『実入りのいい仕事』と言った。その通り。今きみが行なっているのは、ただの実入りのいい仕事でしかないんだよ。そこに理屈はない。きちんと仕事として詐欺行為を認識し、距離を保っているところが実にいい。きみが結果を出してきた理由がよくわかったよ」

「なんだかよくわかりませんが……。ありがとうございます」

田宮は頭を下げた。

「篠岡さん。僕は彼をリーダーとして認めますよ」

中丸が言った。

「君が認めるなら、私も文句はない」

篠岡がうなずく。

「ということだ。明日から、石橋グループをおまえに預ける。頼んだぞ」

大峰が言った。

「よかったな、犬塚」

新見が微笑む。

「あの……すみません。すごくありがたいお話なんですが、一つだけ訊いてもいいですか？」

田宮は篠岡に目を向けた。

「なんだ。不満か？」

篠岡が眉尻を上げる。

「いえ。光栄な話です。ですが、一つだけ気になることが。俺を襲った中入が捕まり、石橋が失脚した今、活動を停止する方が得策だと思うのですが。それを大峰社長に訊ねた時、短期で稼がなきゃならないと言っていました。何か、今、継続しなければならない理由があるんですか？」

田宮は訊いた。

篠岡が大峰を睨む。大峰は軽く頭を下げてみせたが、悪びれた様子はない。

「まあ、いいじゃないですか、篠岡さん。彼もリーダーになるなら、知っておいた方がいい。その後のこともありますからね」

中丸が言う。

篠岡は口角を下げ、目をつむった。やおら、顔を上げ、目を開き、田宮を見つめる。

「再来月、私の地元で衆議院の補選が行なわれる」

「選挙ですか？」

「篠岡さんは、与党衆議院議員の根岸了三先生の後援会会長なんだよ」

中丸が答えた。

「その根岸先生に近々引退してもらう」

篠岡が言う。

「してもらう？」

田宮が聞き返す。

篠岡は口をへの字に曲げた。

新見は田宮を見て、小さく首を振った。田宮は目でうなずいた。

「その後任に中丸君を擁立することにした」

篠岡が語気を強めた。

「中丸先生、政治家になるんですか！」

田宮が目を丸くする。

「弁護士業も頭打ちでね。過払い金返還特需も終わったし。政治家に転身すれば、それなりに儲けられるし、その後引退しても、コメンテーターとして長くやっていけるしね。人生はきちんと構築しないと、きみたちのように堕ちてしまう。それはカンベンだからねえ」

中丸がぞんざいな口ぶりで語る。

犬塚になりきっている田宮は、その発言につい苛つき、眉根を寄せた。新見が田宮を見て、目で制止した。

「その資金が必要だ。十五億はほしい。あと三億というところだったが、先日、プールしていた資金が何者かに奪われたそうだな、中丸君」

篠岡が中丸を見る。

「うちの三好が使えないせいで。議員に当選した暁には、きみたちと共に秘書として迎え入れるつもりだったんだけどね。ちょっと考えちゃうな」

中丸はため息をつき、首を振った。

「すべて盗られたんですか？」

大峰が訊く。

「いや。一箱、一億二千万かな。他の金は別の場所に移したよ」

「盗った者は？」

「姿も見ていないそうだ。全部持って行かれなくて、よかったよ。以前、きみたちに渡す名簿をなくしたこともあったしね。大学では優秀なのかもしれないけど、やっぱり実務を知らない若者はダメだね」

中丸は言いたい放題だった。

これが、若者のカリスマの正体かと思うと、田宮は逆に、中丸に心酔していた三好たちが哀れに感じた。

「ということだ、犬塚君。君たちには明日から二週間で六億以上稼いでもらう。リーダー四人で一億五千万強。一日一千五百万だ。できるか？」

篠岡が田宮を見据えた。

「事情はわかりました。必ず、達成します」

田宮が言う。

篠岡は深くうなずいた。

3

翌日の午前中、大峰は石橋のグループのエリアマネージャーを新橋の石橋トラベル本社に集めた。十名ほどのエリアマネージャーが簡易会議室のパイプ椅子に腰を下ろしている。

大峰の横には、田宮が立っていた。

「石橋社長は、所用で私のところへ来てもらうことになった。今日より、リーダー代行として、石橋グループはこの犬塚に預けることになった」

大峰が言う。

エリアマネージャーたちがざわついた。

一番前にいたエリアマネージャーの男が口を開く。

「大峰社長。石橋社長の件はわかりましたが、通常、こういう場合は同グループのエリマネから代行が出ると聞いていましたが……」

「ルールは俺が決める」

大峰は一同を睥睨《へいげい》した。

誰もがうつむき、押し黙る。

「ということで、おまえらには犬塚の下で働いてもらう。犬塚。あとは、頼んだぞ」

大峰は田宮の肩を叩き、会議室を出た。

静かになった。重苦しい空気が室内を覆う。

「あんた、名前は？」

大峰に質問した男に声をかける。

「尾寺《おでら》……です」

目を合わせず、答える。

「歳は俺と同じくらいだろう？　タメロでいいよ。俺は犬塚健。今日より、あんたらのリーダーを任された者だ。よろしく」

一同を見回す。誰も顔を上げず、目を合わさない。

「まあ、あんたらの気持ちはわかる。俺は石橋トラベルで働いていたが、新見さんのグループに入った。言ってみれば、裏切り者の外様《とざま》だ。それがいきなりリーダーじゃ、おもしろくねえよな。なあ、尾寺」

田宮は尾寺を見た。尾寺は顔を背け、奥歯を噛んだ。

「そこでだ。あんたらの取り分を五十パーセントにしよう」

「折半《せっぱん》だと！」

尾寺が顔を上げた。他のエリアマネージャーたちも顔を見合わせ、ざわつく。

「ふざけるな。そんなに取ったことがバレれば、俺たちは――」

「これは、俺とあんたらだけの秘密だ」

田宮が言葉を遮った。

「大丈夫なのか？」

尾寺が訊く。

「条件がある。俺が必要なのは、二週間で一億五千万」

「一億五千万だって！」

後ろから声が上がる。田宮はその男を見た。

「まあ待て。日数で割ってみろ。実働十日で一億五千万。一日一千五百万。おまえら十人いるから、一グループ一日百五十万稼げばいい。難しいことじゃねえだろ。それ以上稼いだ分は、あんたらにくれてやる」

「それじゃあ、五十パーセント超えることもあるぞ」

尾寺が言う。

「かまわない。俺は、あくまで代行だ。石橋社長が戻ってくれれば、また元の仕事に戻る。言っちゃ悪いが、石橋社長のやり方については、あまりいい噂を聞かない。逮捕者も出た。あんたら、ここで稼げるだけ稼いで、抜けちまったらどうだ？」

「何、言ってんだ？」

別のエリアマネージャーが口を開く。

「あんた、リーダーになったのなら知っているだろう？　飛んだヤツが、どういう扱いを受けるかぐらい……。だいたい、あんたが一番、危ないんじゃ……」

男は若干青ざめていた。

田宮は男を見つめ、煤けた歯を覗かせた。

「心配ない。俺も抜ける。俺が抜ければ、あんたらが追い回されることもない」

「あんた、何を考えているんだ……？」

尾寺は田宮を見た。

「あんたらと一緒だ。まっとうな道に戻りたいだけ」

尾寺を見つめ返す。

尾寺はあんぐりと口を開けて田宮を見ていた。が、ふっと目を伏せて微笑み、ゆっくりと立ち上がった。

「あんた……いや、犬塚さん。俺はあんたについていくよ。よろしく」

尾寺は右手を差し出した。

「こちらこそ。厳しいノルマになるが、頼む」

田宮は右手を握った。

他のエリアマネージャーも田宮に寄ってきて、次々と握手を求める。そして、各自の椅子に戻り、着席した。

田宮は一同を見回した。

「では、さっそく今から、仕事を始める！　逮捕者が出ても関係ない。とにかく、この二週間、稼ぎまくるんだ。そして、自由になろう！」

鼓舞する。

エリアマネージャーたちの気勢が上がった。

4

石橋グループを率いた田宮は、破竹の勢いで利益を上げた。

その仕事ぶりには、推薦した新見や大峰も目を瞠った。他のリーダーたちは、田宮の勢いを危惧し、自分たちの部下を叱咤し、通常より多く売り上げを上げるようになっていた。

その週末には、田宮はすっかり大峰や他のリーダーたちから、真のリーダーとして認められた。

リーダーとなり、上層部の仕組みが見えてきた。

まず、リーダーはエリアマネージャーたちの売り上げを週末まで保管する。その週の土曜日、現金を持って、大峰屋本社の会議室に集まる。そこで売り上げ報告書と現金を納める。翌週の会合の際に、前週の売り上げに対するリーダー分の報酬を受け取る。

リーダーへの報酬計算は、大峰屋の経理担当者の一部が専任で行なっていた。彼らもまた、振り込め詐欺グループの一員だ。

実態を探りたいが、時間がない。田宮は、経理担当者の名前だけを確認した。摘発する際、経理担当者を押さえれば、資金の流れも明らかになる。

翌日曜日、谷内と落ち合い、終幕のシナリオの最終確認をするつもりだった。が、大峰に呼び出された。

田宮は経理担当者の名前と黒幕の名前の調査と、今所持しているスマートフォンをＧＰＳで捕捉するよう取り急ぎ谷内に電話で依頼し、スマートフォンに収めた画像と文章を削除して、大峰の待つ大峰屋本社へ出向いた。

リサイクルショップ奥にあるオフィスへ入る。

オフィスの最奥に大峰がいた。隣に新見の姿もある。田宮は他の従業員に挨拶しつつ、大峰の下に歩み寄った。

「休日に悪かったな」

「いえ」

田宮は空いている椅子に座った。

「今日は何か？」

大峰に訊く。

「ちょっと相談したいことがあってな。ここでは何だから――」

大峰がオフィスを見回し、席を立つ。新見も立ち上がり、大峰に続く。

田宮も大峰と新見の後に続いた。

大峰と新見は裏口から外へ出た。その先にプレハブの建物があった。

大峰が入っていく。新見が先に入るよう、促した。田宮は警戒しつつ、中へ入る。

後ろから入ってきた新見は、すぐにドアを閉め、鍵をかけた。

部屋の三分の二が、パーテーションで隠されていた。新見がパーテーションに歩み寄る。大峰が振り向き、田宮を見据える。

「この一週間の稼ぎはたいしたものだったな、犬塚。リーダーに推薦はしたが、俺もここまでおまえがやってくれるとは思わなかったよ」

「ご期待に添えて何よりです」

田宮は微笑んだ。

大峰も微笑む。が、目は笑っていない。室内にぴりっとした緊張が走る。

「旧石橋グループのエリマネたちの士気も高い。どんなマジックを使ったんだ？」

「とにかく、かっぱごうとはっぱをかけただけですよ」

愛想笑いを返す。

「それが、売り上げの五十パーセントという話か？」

大峰は双眸を細めた。

田宮の顔からも笑みが消えた。

「ついでに、稼いで抜け出せとでも言ったか？」

大峰が言う。

田宮の眦が強ばった。

大峰が右手を挙げる。新見がパーテーションを開いた。がらんどうのスペースに、男が縛られ、横たわっていた。暴行を受け、顔が腫れ上がっている。

「尾寺……」

田宮はつぶやいた。

尾寺はふさがりそうな両目をわずかに開き、田宮の方を向いて呻く。

新見が近づいた。何も言わず、腹部を蹴り上げる。猿ぐつわを嚙まされた尾寺の口から呻きが漏れ、口辺から血があふれた。

「多少の割り増しなら俺も目をつむるが、折半はねえなあ、犬塚」

大峰が片頰を上げる。

「どういう料簡だ？」

田宮を見据える。

「どうもこうもないでしょうよ、大峰社長」

田宮は声色を変えた。低くて冷めた口調だった。

大峰の右目元がひくりと引きつる。

「俺のノルマは、二週間で一億五千万。四人全員で六億だから、もう少し稼がなきゃならないかもしれない。こっちの儲けはともかく、そのノルマを達成することが先決だと、あの日の話で思ったんですけどね。違うんですか?」

「間違っちゃいねえが、儲けを下の者に回せとは言ってねえぞ。しかも、稼いで抜けろという指示はどういうことだ」

「ケツ叩いて脅したところで、こいつら働きゃしないでしょう。これまで、石橋の下で虐《しいた》げられていたんだから、餌を与えりゃ働くと思って。事実、売り上げは俺のところがトップでしょう? 何か、問題あるんですか?」

田宮は大峰を睨み返した。

「わかっちゃいねえな、犬塚」

新見が口を開いた。

「こいつ、何をしたか知っているか? 他のエリマネと結託して、おまえが把握している以上の金を自分のものにして、飛ぼうとしてやがったんだ」

新見は、尾寺の背中を蹴飛ばした。

尾寺は背を反らし、猿ぐつわを噛みしめた。

「しかも、おまえがそうしろと指示したと言った」

新見が田宮を睨んだ。

「本当か？」

「本当ですよ、新見さん」

田宮は答える。

「ですが」

田宮は新見を睨んだ。

「方便に決まっているじゃないですか。こいつらを二週間、馬車馬のように働かせるための嘘。そんなことでもしないと、新参のリーダーの言うことなど聞くはずがないでしょう」

田宮は新見に近づいた。尾寺の脇に立ち、見下ろす。

「こいつ以外に飛ぼうとしたヤツはいるんですか？」

「おまえのところのエリマネ、全員だ」

新見が答える。

田宮はしゃがみ、尾寺の猿ぐつわを外した。尾寺は何度も呼吸をした。

「本当か、尾寺？」

「……当たり前だ」

「なぜ、俺の話を信じなかった？」

「信じるわけねえだろ。ナメるな」

「そうか……」

田宮はゆっくりと立ち上がった。

右足を振り上げる。爪先を尾寺の腹に蹴り込んだ。

「ぐええ……」

尾寺は目を剝き、血反吐《ちへど》混じりの胃液を吐き出した。

田宮は無言で、三発、四発と尾寺の腹を蹴った。尾寺の顔の周りに血の海が広がる。それでもやめない。

「犬塚。そろそろやめとけ」

新見が肩に手をかける。

田宮はそれを振り払い、なおも執拗に蹴り続ける。尾寺は丸まったまま、呻くことすらできなくなっていた。

「やめろ、犬塚！」

大峰が腹に響く声で制止した。

田宮は尾寺を見下ろし、肩で息をした。

尾寺は半死状態だった。

新見が田宮の肩を叩く。

「わかっただろう、犬塚。こいつらはクズだ。将来なんてものは考えねえ。信じるのは目の前の金だけだ。金のためなら、温情も約束も平気で裏切る。だから、ここまで堕ちてしまうんだよ」

新見は尾寺に唾を吐きかけた。

「大峰社長。他のエリマネは？」

尾寺に目を向けたまま、訊く。

「居所はつかんである。あとは捕まえるだけだ」

「全員捕まえて、ここへ放り込んでおいてもらえますか？」

「かまわんが、どうする気だ？　殺るか？」

大峰が言う。

尾寺はふさがった目を見開き、色を失った。

「いや……。俺を裏切った罰だ。死ぬよりつらい地獄を見せてやりますよ」

うっすらと笑みを浮かべる。

隣で見ていた新見の目尻が引きつった。

大峰は目を伏せ、ふっと微笑んだ。

「それはいいが、仕事はどうする？」

「俺が一人で全部仕切ります」

「できるのか？」

「あと実質五日ですよね。なんとかなります。売り上げのほとんどをかっぱぎますから、楽にノルマに届きます」

大峰にまっすぐ目を向ける。

大峰はじっと田宮の黒目を見返した。

「わかった。二度と下の者に甘い餌はやるな」

「迷惑かけました」

田宮は深々と頭を下げた。

大峰はうなずいて、先にプレハブを出た。

新見が肩に手をかけ、耳に口を寄せた。

「おまえ、本当は裏切るつもりだったんじゃねえか？」

肩越しに尾寺を一瞥する。

田宮は何も言わず、薄笑いを見せた。

新見も微笑み、肩を叩く。

「その時は、一枚嚙ませろ」

小声で言う。

田宮は笑みをにじませたまま、新見と共にプレハブを出た。

5

田宮に預けられたスマートフォンはいったん回収され、大峰から別のものを渡された。それ以降、田宮は谷内に連絡を入れていない。

大峰が、納得したような顔をしてスマートフォンを替えさせたということは、今手にしている機器には何かが仕込まれていると考えた方がいい。

新見の〝一枚嚙ませろ〟という言葉も、あぶり出しの可能性が高い。

大峰も新見も、田宮を信用していないとみて行動する方がいい。

当然、監視も付いているだろう。

田宮はそう考え、まだ〈キボウノヒカリ〉にいるであろう吉沢との接触も断っていた。

大詰めだ。ここでミスを犯すのは致命傷となる。

といって、篠岡や中丸、大峰をトップとする詐欺グループが幕を引く日も近づいている。何とか、連絡を取らなければとも思っている。

以前持っていたスマートフォンは、当然のごとく、SIMカードを焼かれ、廃棄されているだろう。旧番号のスマートフォンの位置を追うことはできない。

おそらく、谷内の指示で田宮の動向はエキストラが監視しているはず。田宮の無事は確認できているだろうから、その点は心配ないが、今週末の動向を知らせないことには、摘発もできなくなる。

田宮は一人、各チームの拠点を回りながら、隙を見てどこかでUSTの仲間とコンタクトを取る機会を窺っていたが、神経を尖らせるほどに違和感を覚え、自ら接触を避けていた。

そうしているうちに、木曜日の午後を迎えていた。実務は、この日を除けばあと一日。土曜日に大峰屋で経理処理を済ませれば、詐欺グループは解散。一網打尽にする機会を逸する。

田宮は下北沢の拠点に顔を出した。ここは、今藤《いまふじ》という男が中心となって仕切っているチームだが、他のチームに比べ、売り上げが上がっていなかった。

田宮の姿を認めると、三人の男が立ち上がり、頭を下げた。

「どうだ、今藤？」

田宮が問う。

が、訊くまでもない。今藤と他の二人も意気消沈し、うつむいている。机に置いた携帯も鳴る様子がない。

「すみません、犬塚さん。新リーダーを盛り上げるには、今、集中して稼がなきゃいけねえって、エリマネさんから言われていたんですが、なんかうまくいかなくて……」

今藤がうなだれる。

「しょうがねえな。うつむいてたって、何も始まらないぞ。俺が指導を——」

言いかけて、ふとあるアイデアが浮かんだ。

「わかった。おまえら、ちょっと見てろ。俺が電話がけから受け取るところまで、見せてやる」

「一人でですか？」

今藤が目を丸くした。

「俺がチームを組んでいた時は、実質、俺一人でやっていたようなもんだ。まあ、三人とも、そこで見てろ」

田宮は携帯を一つ取った。

名簿に目を落としつつ、谷内の番号を入れる。すぐに谷内が出た。

「もしもし、こちら世田谷警察署の田宮と申します。そちら、佐々木《ささき》高則《たかのり》さんのお宅で間違いないですか？」

名簿を見ながら、ターゲットの名前を口にする。

田宮という名を耳にし、谷内は黙って聞いていた。

「お宅の高則さんが、交通事故を起こしてしまいまして。いえ、被害に遭われたお子さんは軽傷ですが、念のため、病院で検査をしています。それで今、高則さんと先方のお父様が話し合っているのですが、すぐに入院費と慰謝料を出してくれれば、お父様は示談にしてもいいとおっしゃっているんです。あ、少々お待ちください。高則さんと替わりますので」

田宮はまくし立てた後、送話口を手でふさいだ。

咳払いをし、再び電話に口を当てる。

「もしもし……母さん。僕だ……」

田宮は見事な泣き声を作った。名簿を見て、高則の一人称の〝僕〟を巧みに織り込む。

「取引先に急いでいてね。とんでもないことをしてしまった……。このままじゃ、クビになる……」

時折、洟を啜り、高則を演じる。

今藤と他の二人は、別人になりきる田宮を見て、感嘆の声を漏らした。

「先方さんは、今なら二百万で許してくれるというんだ。けど、僕、手持ちがなくて……。毎月、少しずつ返すから、用立ててくれないかな……。警察の人と替わるね」

再び、送話口を押さえ、咳払いをして顔から作り直す。

「もしもし。そういうことです。もし、ご用意していただけるのでしたら、こちらで示談の手続きを行ないます。ただ、私たちが直接受け取りに行くわけにはいきませんので、お母様か、高則さんの会社の方にこちらまで持ってきていただければと思うのですが。はい……あ、少々お待ちください」

田宮は再び、高則に変わった。

「母さん。後輩の吉沢を行かせるから、渡してもらえるかな。時間がないんだ。僕も取引先に行かなきゃいけないし。急いで。ごめん、ほんとに……。頼む。うん……わかった。じゃあ、三十分後にうちまで取りに行ってもらうよ。ごめん……本当にごめんなさい……」

田宮はすぐさま、警察官に変わる。

「高則さんのお話は聞いていました。では、示談ということでよろしいですね？　はい。示談金が届けば、署で手続きをしますので。よろしくお願いします」

田宮はそう言い、電話を切った。

息を詰めていた今藤たちが、ほぅ……と息を吐いた。

「今ので大丈夫なんですか？」

今藤が田宮を見る。

「相手に考える隙を与えないこと。それと、堂々と役になりきること。その二つが揃っていれば、まずしくじることはない。よし、これから金を受け取りに行くぞ。受け取りも俺がやるから、よく見ておけ」

田宮は今藤たちを連れ、マンションを出た。


佐々木高則の家は、桜上水《さくらじょうすい》の閑静な住宅街の一画にあった。路地を入った三軒目の二階建て住戸が目標の場所だ。田宮は路地の入口で立ち止まった。

「今藤。おまえはここで待ってろ。他の二人は周辺を歩き、不審な車や耳にイヤホンをした者がいないか確かめてこい。もし、そういう不審な車や人間がいたら、今藤と共に立ち去れ」

「それじゃあ、犬塚さんが……」

「心配するな。逃げ足には自信がある。何もなくても、十分経って俺が戻ってこなかったら、ここを立ち去り、すぐにマンションを片付けろ。いいな」

田宮は命じ、佐々木高則の家に歩いて行った。

今藤が息を呑んで見守る。他の二人は、田宮に言われたとおり、それぞれに散り、周辺を調べに回った。

今藤は、田宮の姿をじっと見つめていた。

呼び鈴を押すと、すぐにドアが開き、小柄な老女が出てきた。田宮は笑顔を見せ、そのまま玄関へ入っていく。

今藤は田宮が中へ入ったのを見て、汗ばんだ手を握りしめた。


中へ入ると、玄関口で谷内が待っていた。

「佐々木さん。ご協力、ありがとうございました」

谷内が頭を下げる。高則の母は微笑み、奥へ引っ込んだ。

「すみません、時間がないので、これまでの詳細は省きます」

「かまわん。用件を」

「明日、金曜日の仕事をもって、詐欺グループは解散します」

「解散？」

「このグループは、根岸了三の後援会長・篠岡喜美治が中丸孝次朗を根岸の後釜として押し出すための選挙資金集めに結成されたものです。その金が集まるのが明日。明後日、大峰屋の本社オフィスに金が届いたところで消失します」

「ということは、土曜日に大峰屋へ踏み込む必要があるというわけだな」

「はい。そこに大峰以下、リーダーが一堂に会します。その機を逃せば、証拠は手に入らず、幹部の一斉検挙は難しくなります」

「時間は？」

「先週の土曜日は午後一時に集合しましたが、集合時間は大峰次第です。今持っているスマートフォンの番号を伝えますから、GPSで捕捉して、エキストラと確認した上で時間を逆算してください。突入時刻は任せますが、俺がオフィスに入って二十分程度は事務処理をしているでしょうから、その間に摘発を」

「わかった。他には？」

「経理担当者を押さえること。資金関係は、経理担当者が知っていますので。それと、中丸と篠岡の動向も捕捉しておいてください」

「同日に検挙するか？」

「いえ。大峰たちを押さえておいて、リーダーの誰かに吐かせた後、逮捕した方がいいと思います。俺だけの証言では、どうにもならないでしょうから。リーダーたちは、全員、大峰と篠岡や中丸の関係を知っていますから、誰か一人に吐かせれば、十分な供述となります。三好は大峰たちと同じタイミングで吉沢に押さえさせましょう。中丸事務所のデータは、舞衣子さんに言って、明日のうちに押さえておいてください。それと――」

田宮は言葉を溜めた。

「大峰は相当の手練れです。気をつけるよう、伝えてください」

その言葉に、谷内は深くうなずいた。

「踏み込みの合図は？」

「そうですね……」

田宮はしばし考えた。顔を起こす。

「リサイクルショップの裏にプレハブがあります。そこに一人、エキストラを待機させておいてください。俺がそこに出てきた時、右手を挙げたら一斉に踏み込んでください」

「わかった。そうしよう」

「そろそろ行きます。おそらく、大峰の息のかかったものがこのあたりをうろつくと思うので、家を出る際は慎重に願います」

「承知した。君も気をつけろ」

谷内は二百万円の入った封筒を田宮に手渡した。

田宮は封筒を受け取り、ドアを開けた。

「ありがとうございました。失礼します」

今藤に見えるように腰を折り、ドアを閉め、門の外に出た。

今藤たちはホッとしたように眉尻を緩ませ、田宮に近づこうとする。田宮は首を横に振って、駅の方を顎で指した。今藤たちが顔を引き締め、ばらばらに駅へと向かう。

田宮は急ぎ足で、今藤たちを追った。

6

土曜日を迎えた。

大峰からスマートフォンに連絡が入ったのは、午前六時だった。八時にオフィスへ集合しろという命令だった。

「早いな……」

リサイクルショップが開くのは、午前十一時だ。一般従業員は、十時前に出勤して、開店準備を始める。

その前に、すべてを片付けてしまおうというわけか。

現場の警察の態勢が整っているのか気になるが、今、田宮が持っているのは、大峰から預かったスマートフォンだけだ。詐欺に使った携帯は、昨日のうちにすべて処分した。連絡は取れない。

谷内やエキストラの追尾を信頼するしかない。

田宮は金を持ったバッグを抱え、マンションを出た。

田宮が動き出した情報は、すぐにエキストラから谷内に入った。谷内は田宮のスマホの位置を追う傍《かたわ》ら、吉沢に三好の身柄を確保するよう、指示を出した。

「了解」

吉沢は、谷内からの電話を切った。

視界は三好を捉えている。

土曜日に三好を確保するという決定が下り、金曜日の夜から三好を張っていた。三好はＮＰＯ事務所に籠もっていた。吉沢は着替えるふりをして、オフィス隣のロッカールームに潜《ひそ》み、時折、ドア越しに三好の行動を監視していた。

三好は一晩中、パソコンをいじっていた。内部データを消しているのだろう。が、三好のパソコンの中身はハッキングされ、すべてコピーされている。

「ご苦労なことだな」

吉沢は鼻で笑い、ドアを引き開けた。

突然の物音に、三好の尻がびくりと跳ねた。椅子が軋む。

「おはようございます」

「大島君か……」

三好が胸をなで下ろす。

「どうしたんだい、こんな早くに？」

「三好さんこそ、何をしていたんですか？」

「ちょっと、スタッフのローテーションを組むのに手間取ってね。結局、徹夜になってしまった」

三好は愛想笑いを見せながら、パソコンをシャットダウンした。

「さてと。今日の午後は炊き出しだから、少し仮眠するかな」

三好が座ったまま、あくびをし、伸びをする。

「寝るなら、いいところを教えましょうか？」

「近くに安いところでもあるの？」

「ええ。タダで泊まれる極上の宿があるんですよ」

「へえ、どこだい？」

三好が吉沢に目を向ける。

吉沢は、にっこりと笑った。

微笑んだまま、両眉を上げる。

三好の眦が強ばった。

「すぐそこなんで、泊まりに行きましょうよ。三好センパイ」

「やっぱり、そうだったんだな……」

「何がです？」

「おまえ、スパイだろう！」

三好が眉尻を吊り上げる。

吉沢はきょとんとした。

「何の話ですか？」

「中丸先生から任されていた詐欺被害者の分類をしたデータベースのCDがなくなったことがあったんだ。僕は中丸先生からこっぴどく叱られた。僕は確かに管理していたのに、それがなくなるなんておかしいと思っていたんだ」

「あ。それで、カラオケボックスで僕が席を外していた時、バッグを漁っていたんですか？」

吉沢が言う。

三好はますます目尻を吊り上げた。

「そんなところまで、監視していたのか……」

「ちょっと待ってくださいよ。僕は戻った時にたまたま見かけただけです。スパイと言うなら、人がいない時に勝手にバッグを漁る三好さんの方がスパイっぽいですけど」

「うるさい！」

三好は怒鳴った。

まるで、駄々っ子だ。吉沢は呆れ、首を振った。

「そのへんの話、別の場所でしてください。行きましょう」

「おまえは何なんだ!」

三好が睨みつける。

「さてね」

吉沢は笑顔を消した。静かに見据える。

三好の頬が引きつった。

「僕は何もしていない……」

「それも別の場所で訊きますから一緒に来てください。面倒は――」

吉沢がふっと視線を下げた時だった。

ガタッと音がした。

前を向く。三好が椅子を振り上げていた。しかし、オフィス用の椅子の重さで、足下がふらついている。

吉沢は仁王立ちした。

「僕は何もしていないんだ!」

三好が椅子を振り下ろした。

が、吉沢にはスローモーションにしか見えない。左脚を引き、さっと横を向く。椅子は吉沢の面前を通り過ぎた。床に打ち付けられた椅子が音を立て軋み、歪む。

三好は吉沢の目の前で、前にのめっていた。

左拳を握った。思い切り、振る。拳が三好の腹部にめり込んだ。

「公務執行妨害。すみません、三好センパイ」

三好の腰が浮き上がった。目を剝いて呻き、胃液をまき散らす。左拳を退《ひ》く。三好の両膝が落ちた。三好はそのまま前に突っ伏し、意識を失った。

「弱いんだから、やめときゃいいのに」

吉沢は息をつき、スマホを取り出した。古川に連絡を入れる。

「もしもし、吉沢です。三好は確保しました。回収をお願いします。はい……わかりました。すぐに向かいます」

通話を切る。

吉沢は三好を抱え、NPOのオフィスを出た。

7

田宮は大峰屋本社に到着した。オフィスへ向かいながら、周囲の気配を探る。警官隊が潜んでいる気配はない。

気配があっては困るが、あまりに感じないと、若干の不安を覚える。リサイクルショップには、十名弱の従業員がいた。彼らは、一般従業員でなく、詐欺グループでの大峰の手下だろう。店内外に散らばり、周囲を警戒していた。

オフィスへ入ると、リーダーたちはすでに大峰の下に集まっていた。

「すみません。遅くなりました」

小走りで近づき、経理担当者が待つテーブルに金の詰まったバッグを置く。そして、空いている席に腰を下ろした。

「揃ったな。みんな、この二週間、ご苦労だった」

大峰が言う。

リーダーたちに笑みがにじむ。

「阪崎《さかざき》。売り上げは？」

大峰は経理担当者に声をかけた。

「六億五千万です。目標を超えました」

「トップは？」

「犬塚さんの二億一千万です」

「すごいな……」

新見が田宮を見る。多少、嫉妬を含んだ目をしていた。

田宮は気づかないふりをして流した。

「犬塚。いろいろあったが、その後、よくがんばってくれた」

大峰が笑みを向ける。

「仕事をしただけです」

田宮は微笑み、目を伏せた。

「これでいったん、グループは解散する。おまえらは、この仕事のやり方に精通しているが、二度と手を染めるな。無断で再びこの仕事を始めた者は、きっちりと処分してもらいたいというのがオーナーの意向だ。わかったな」

大峰が一同を見回す。

リーダーたちは静かにうなずいた。

「それと、今後、手元資金で何を始めてもいいが、俺やオーナーと共に行動したい者がいれば、自宅で待機していてくれ。今月中にこちらから連絡を入れる」

「俺はそのつもりです」

新見が言った。大峰がうなずく。

「俺もできれば……」

リーダーの一人が言う。

「俺は、田舎に帰ってラーメン屋をやろうと思っています。今まで、世話になりました」

もう一人のリーダーが、両膝に手を突いて頭を下げた。

「厨房の道具ならうちにあるから、格安で譲るぞ」

大峰が微笑む。その目が田宮に向いた。

「俺はまだ、次のことは考えていません」

「そうか。まあ、のんびりしながら考えりゃいい。とりあえず連絡は入れるから、俺が渡したスマホは持っておけ」

「ありがとうございます」

田宮は頭を下げた。顔を上げ、大峰を見る。

「で、俺のとこのエリマネはどうなりました？」

「全員捕まえて、プレハブに放り込んである。どうする？」

「そいつだけは、カタつけさせてもらいます」

田宮が席を立った。

「俺も行くよ」

新見が立つ。

「一人でいいですよ」

「おまえ一人だと誰かを殺しかねないだろう」

新見が口角を上げた。

「そうだな。さっさと済ませてこい。半殺しまではいいぞ。あとは俺たちの方で処分しておくから」

大峰が言う。

田宮はうなずき、新見と共にオフィスの奥へ進んだ。裏口から外へ出る。新見が出てくる前に外の空気を吸うふりをして、右腕を伸ばした。

エキストラが見ているかどうかはわからないが、新見がついてきている以上、つぶさに確かめるわけにはいかない。あとは信じるしかない。

「どうした、犬塚？」

新見が目を細める。

「やっと、終わったなと思って。あとは、連中にカタつけさせたらすっきりです」

右腕を振り回し、プレハブに近づいていく。

ドアに手をかける。と、新見が田宮の肩を握って止めた。

「なあ、犬塚。ちょっと話があるんだが」

「なんですか？」

田宮は振り向いた。

「二億一千万はすごいな。売り上げ全部かっぱいだとしても一日二千万の計算だ。どんなマジックを使ったんだ？」

探るような目つきで田宮を睨める。

「マジックも何も、全力を尽くしただけですよ。新見さんならわかるでしょう。俺の腕くらい」

「知っているがな。それにしても、一日二千を二週間続けるのは尋常じゃねえ。他に手を使ったんじゃねえか？」

「他とは？」

田宮の目尻がひくりと引きつる。

「サツに捕まらない術を持っていた。つまり――」

新見が田宮を見据えた。

「てめえがサツだってことだ」

新見はプレハブの壁を殴った。壁パネルが音を立てて揺らぐ。

ドアが開いた。

田宮はとっさに後退した。

中から、ぞろぞろと男たちが出てきた。石橋グループのエリアマネージャーたちだ。総勢十名。尾寺の顔もある。傷はずいぶん癒えていた。

手には木刀や鉄パイプ、ナイフを持っている者もいた。

「どういうことだよ、新見さん」

新見に目を向ける。

「最初から、てめえを信じてねえんだよ。いきなり頭角を現わすヤツは警戒するのが俺たちの常識だ。大峰さんは人がいいから、信じてたみたいだけどな。俺はずっと疑ってた。けどまあ、おまえは稼いでくるから、使えるところまで使ってやろうと思ってただけだ。しかし、ここまでだ。てめえがサツであろうとなかろうと、これ以上出られると、俺の立場も危うくなる」

「なんだ、あんた。あんたも石橋と変わらないじゃねえか」

鼻で笑う。

「何とでも言え。邪魔者は潰すだけだ」

新見は片頬を上げた。

田宮は尾寺を見据えた。

「尾寺。俺と新見。どっちが怖《こえ》えか、わからないのか？」

低い声で静かに言う。

尾寺が怯んだ。新見を見る。新見も尾寺を睨み据える。尾寺は木刀を握ったまま、困惑の色を浮かべた。

新見は尾寺の胸の内を見透かしたように言った。

「さっさと殺れ。でねえと、ここで殺すぞ」

ストレートな言葉だった。

が、混乱している尾寺には、その言葉だけで十分だった。木刀の柄を両手で握りしめる。

「う……うおおお！」

奇声を発し、木刀を振り上げ向かってきた。

それを合図に、全員が田宮に襲いかかってきた。

田宮は体勢を低くし、尾寺の懐に飛び込んだ。尾寺が立ち止まり、あわてて木刀を振り下ろす。が、遅い。

田宮の頭頂部が尾寺の腹部にめり込んだ。尾寺が腰を折る。田宮はそのまま頭を振り上げる。頭骨《とうこつ》が尾寺の顎をかち上げた。

尾寺の口からおびただしい血がしぶいた。踵が浮き上がり、仰向けに反り返り倒れていく。手に持っていた木刀が飛び、宙を舞う。向かってきた男たちが、足を止めた。

尾寺は血をまき散らし、背中から地面に叩きつけられた。息を詰める。

田宮は、尾寺の鳩尾を踏みつけた。

「ふぐっ！」

尾寺が双眸を剝いた。まもなく、意識を失う。男たちの足下に木刀が落ちた。

田宮は、一同を睥睨した。

「覚悟しろよ、おまえら」

田宮の迫力に、誰もが気圧《けお》される。

「行け、おら！」

新見が鉄パイプを持った男の尻を蹴飛ばした。

男がよろよろと前に出てくる。

田宮は自分から男に近寄った。男が鉄パイプを上げようとする。その腕を押さえると同時に、頭突きをかました。男の鼻腔から血が噴いた。鮮血が田宮の顔を染める。

田宮は鉄パイプをもぎ取った。男が顔を押さえ、よろめく。田宮は男の左膝に斜め上から鉄パイプを振り下ろした。

鈍い音がし、男が片膝をついた。右脚を振り、首元に蹴りを入れる。男は横倒しになって側頭部を打ち、痙攣した。

左斜め前から、ナイフを持った男が迫ってきた。田宮は鉄パイプを水平に構え、男の胸元に向け、先端を突き出した。パイプの先が男の鳩尾にめり込んだ。勢い、後方に飛ぶ。後ろから向かってきていた男二人をなぎ倒した。

左横から木刀を持った男が襲ってきた。木刀を振り上げている。田宮は鉄パイプを手の中で滑らせ、反対側の先端を男の懐に突き入れた。男は目を剝き、呻いた。動きが止まる。

田宮は先端を振り上げた。先端が男の顎を捉える。男は木刀を持ったまま、仰向けに倒れた。

「まとめてかかれ！」

新見は苛立ち、怒鳴った。

残った四人が田宮を取り囲んだ。

正面の男が木刀を振り上げた。左右の男が鉄パイプを真横に振る。背後の男がナイフを突き出す。四人の武器が一斉に田宮に迫る。

田宮はとっさに屈み込んだ。男たちの立ち位置を瞬時に見極め、隙間に跳ぶ。前回り受け身をし、前方に転がった。すぐさま立ち、振り返る。

的を失った木刀の先端が、田宮の背後から迫っていたナイフ男の頭頂を砕いた。左右から振られた鉄パイプは、木刀男の腹を抉《えぐ》った。頭を砕かれたナイフ男はよろめき、右側の鉄パイプの男の腕を刺した。

三人の男が腹や頭、腕を押さえてのたうつ。

残った一人は、その状況に狼狽している。

田宮は間髪を容れず、その男の頭に鉄パイプを振り下ろした。当たる直前、多少加減をする。が、鉄パイプの衝撃はすさまじい。

頭皮が割れ、血が噴き出す。男は衝撃とショックで立ったまま気を失い、その場に頽れた。

「ほら、どうする？　てめえ一人だ」

田宮は垂れてきた返り血を舐め、うっすらと笑った。

新見の顔が強ばった。

踵を返し、オフィスへ戻ろうとする。田宮は鉄パイプを投げつけた。鉄パイプは新見の脇を抜け、オフィスの壁にぶつかった。

新見がドアに手をかけた。と、勝手にドアが開いた。

中から、大峰や他のリーダーが出てきた。

「逃げろ！　サツだ！」

リーダーの一人が飛び出してくる。新見とぶつかった。二人は顔を打ち合い、地面に転がった。

大峰は足を止めた。

「なんだ、こりゃ？」

転がっている男たちを見て、眉根を寄せる。視線を田宮に向けた。

「てめえがやったのか？」

「カタをつけただけだ」

田宮が言う。

新見が頭を振り、よろよろと立ち上がる。

「こいつは犬だ！」

顔を押さえ、田宮を指さす。

「本当か？」

大峰が田宮を睨む。リーダーたちも田宮を見据えた。

「おいおい。まだ、そんなことを言ってんのか。違うよ。新見が俺の業績に嫉妬して、こいつらを使って襲わせたんだ。だから、返り討ちにしてやった。それだけだ」

田宮は笑った。

話をしながら、裏への応援を待っていた。新見や他のリーダーはともかく、大峰に一人で向かうにはリスクがある。

早く来い！

強く願う。

「嘘ですよ、社長！　あいつは犬だ！　今、警察が踏み込んできているのが、その証拠——」

新見が食らいつく。

大峰は田宮を睨んだまま、左拳を振った。

新見の顔面に裏拳がめり込んだ。顔面が歪んだ。凄まじいパワーにはじき飛ばされる。新見は背中からオフィスの壁に激突した。息を詰め、そのままずるずると壁伝いに沈んだ。

「どいつもこいつも信用できねえというわけか。本当にクソみてえな世の中だな、犬塚よ」

右拳も振る。そばにいたリーダーの顔面を抉る。リーダーの男は、新見と同じようにはじき飛ばされ、歯が砕けた口から血を吐き出し、地面に座り込んだ。

新見とぶつかって倒れていたリーダーの顔面を踏みつぶす。男は奇妙な呻きを発し、絶入《ぜつじゅ》した。

「俺はな。何をしようが、信じられるヤツが欲しかった。一人でいい。金があろうがなかろうが、こいつだけで繋がれるヤツがどこかにいねえか、探していた」

大峰は男を踏みつけながら、自分の胸元を右拳で叩いた。

「おまえはいい線、いってたんだけどな。目に濁りがねえからよ」

「だったら、こんな世界に身を置いてちゃいけないだろう。クズは所詮、クズだ」

「一般人もクズじゃねえか。適当に話を合わせちゃいるが、腹の中では何を考えているかわからねえ。ちょっと道を踏みはずしゃあ、それがどういう理由であれ、自分たちとは別の生き物みてえな顔をして、距離を置く。そんな連中の中に、信じられるヤツがいるってえのか？」

「いるよ」

田宮は〈つつみんシアター〉の看板女優・桜井由里子のことを思い出していた。

「おまえが勝手にひねくれて、信じられる人を探さなかっただけだろう？　人のせいにするな」

「俺に説教か。たいしたもんじゃねえか」

大峰はふっと笑みをにじませた。

「一つ訊く。おまえはサツか？」

大峰は田宮を見据えた。

田宮は大峰をまっすぐ見返した。

「そうだ」

「そうか。俺も見る目がねえな」

小さく首を振って、顔を上げる。

大峰の顔から笑みが消える。

「俺は騙されるのが一番嫌いなんだ。てめえだけは許さねえ」

拳を握った。凄まじい殺気が全身をまとう。

その迫力だけで気圧されそうだ。

田宮は半身になって身構えた。前腕を顔の前に立てる。

大峰が地を蹴った。ずんぐりとした体型からは想像できないほど速い。踏み込むと同時に、右ストレートを放つ。

田宮は腕を狭めた。前腕に大峰の拳がめり込む。骨が軋み、腕がしびれる。大峰はガードの上に左ストレートを叩きつけた。

田宮は凄まじい威力ではじき飛ばされた。踵が浮き上がり、背中から地面に落ちる。したたかに背を打ち付け、息が詰まった。

大峰が迫った。右脚を上げ、踏みつけようとする。

田宮は横に回転した。田宮の残像を大峰の靴底が踏みつぶす。地面に穴が開いた。二回転して立ち上がった田宮は、素早く後退し、距離を取った。前腕を立て、拳を握る。指の先までしびれていた。

大峰が迫る。左右のフックとストレートを矢のように繰り出してくる。

田宮は防戦一方で、じりじりと後退する。手を出したいが、ガードを開いて大峰の拳が顔面にヒットすれば、一発で勝敗は決する。

田宮の背中がオフィスの壁に触れた。右ストレートが迫った。田宮は上体を右に振り、腰を落とした。すり抜けた大峰の拳が壁を砕く。ぱらぱらと落ちてきたモルタルの欠けらに一瞬気を取られた。

大峰が左アッパーを突き上げた。田宮は背を丸めた。が、ガードを抜けた拳が腹部にめり込んだ。

大砲で撃ち抜かれたような衝撃が身体を貫いた。胃液が一気に食道を駆け上る。息ができず、胃液をまき散らし咳き込んだ。膝が震え、落ちそうになる。

大峰の右アッパーが、再び腹部を襲った。二度の胃液の逆流に食道が焼け付く。両膝から力が抜ける。

大峰は田宮の髪の毛をつかんだ。

「こんなもんじゃ終わらねえぞ、犬塚」

片頰に笑みがにじむ。

大峰が右拳を振り上げた。

やられる……。

大峰の拳が動きかけた。

瞬間、二人に影が被さった。

「うっ！」

大峰が右腕を上げたまま、双眸を開いた。

田宮の髪の毛をつかんだ左手の力が緩む。田宮は壁伝いにへたり込んだ。

「誰……だ」

大峰が振り向く。

大峰の身体が開き、後ろに立っていた男の姿が映る。長身で細身だが、鍛えられた肉体を持つ若者だ。手には鉄パイプを握っていた。

吉沢……。

思わず、笑みがこぼれた。

「てめえ……〈キボウノヒカリ〉の……。そういうことか……」

「そういうことです。ごめんなさい」

吉沢は再び、大峰の頭部に鉄パイプを振り下ろした。

鉄パイプはこめかみに食い込んだ。

大峰が両目を見開いた。ずんぐりとした身体がゆっくりと前のめりに倒れていく。

大峰は田宮の前に突っ伏し、動かなくなった。

「死んでないか？」

「これほど頑丈な人なら、大丈夫でしょう」

吉沢は悪びれたふうもなく笑い、大峰の太い腕を背後にねじり、手錠をかけた。

警官隊が裏手に現われた。倒れた男たちに次々と手錠をかけ、連行していく。警察官の一人が、田宮も捕まえようとした。

「こちらは――」

吉沢がズボンの後ろポケットから身分証を出し、提示する。

「失礼しました！」

警察官は直立し、他の警察官と共に大峰を抱え、連れて行った。

吉沢が田宮に右手を伸ばす。田宮はその手をつかんで立ち上がり、壁にもたれかかった。大きく息をつく。

「おまえが来てくれて、助かったよ」

「犬塚さんほどの人がここまで一方的にやられるのもめずらしいですね」

「勘違いするな。俺は格闘家じゃない。あんな化け物にはかなわないよ。それにしても、こんなアドリブはもう勘弁してほしいな」

田宮は苦笑した。

吉沢も笑みをこぼす。

「ここにいた連中は全員逮捕したのか？」

「はい」

「誰一人逃すな。たった一人でも逃げられたら、おしまいだからな」

「わかっています。谷内さんが指揮しているので、大丈夫です」

「そうか」

田宮は再び息をつき、壁から背を離した。

「いよいよ、千秋楽だ。行くぞ」

「はい」

吉沢が田宮の脇に肩を通す。

田宮は吉沢に支えられ、騒然とする現場を離れた。

8

翌日曜日、篠岡と中丸は、帝都《ていと》ホテルのスイートルームに詰めていた。三十分後の午後一時より、根岸了三の引退会見が行なわれる。その後、後継指名で中丸が登場する手はずとなっている。

中丸は、篠岡の脇に立っているスーツを着た男に目を向けた。

「根岸先生はもう到着しているのか？」

「はい。別の控え室にいらっしゃいます」

「先生は納得されたんですか？」

篠岡を見やる。

「納得も何も、私が支持をしなければ彼は地盤を失う。引退の手土産に、やすらぎ倶楽部の相談役のポストを用意した。年収二千万だ。余生としては悪くないだろう」

「相変わらず、飴と鞭の使い分けがお上手だ」

中丸がうっすらと笑う。

「そういえば、大峰君はどうした？」

「さっき、先日リーダーになった犬塚君から連絡がありました。今日いっぱいは事後処理に追われるそうなので、資金は月曜日に届けると。ちなみに、予定の額より五千万近く多く稼いだそうです」

「そうか。金はいくらあってもいい。もらっておこう」

篠岡が口角を上げた。

話していると、スーツの男の携帯が鳴った。

「すみません」

部屋の端へ行き、携帯に手を添え、小声で話す。

「はい……はい。なんだって！」

突然、男の声が大きくなった。

「根岸先生の会見が始まるそうです！」

「まだ、早いじゃないか」

篠岡は眉間に皺を寄せた。

「まあまあ、根岸先生も早く決着を付けたかったんでしょう」

中丸はリモコンを取った。会場から直接中継されるカメラ映像をテレビに映し出す。壇上に座った根岸の前には、報道陣が群がっていた。

「根岸先生も人気がありますね」

中丸が冷めた口調で言う。

「一応、弱者の味方だからね。しかし、君ならもっと人気が出る。根岸君は、生真面目なところがいけなかった」

「僕が真面目ではないということですか？」

「いや、大人だということだ。政治は大人がするものだよ」

篠岡が意味深に微笑む。

中丸は眉を上げ、テレビに目を向けた。

《それでは、衆議院議員根岸了三の引退会見を行ないます。ご質問は後ほど受け付けますので、まずは根岸の話から。先生、お願いします》

司会が進める。会場にフラッシュの嵐が降り注ぐ。

根岸は机の上の原稿に目を落とした。落ち着いた態度だ。

《私、根岸了三は二十年間務めてきた議員の職から引退することにいたしました》

《理由は何ですか？》
早くも記者から質問が飛んだ。
根岸は記者の方を向いた。
《私と共に歩んできた後援会長の犯罪行為が発覚したからです》
根岸ははっきりと口にした。会場がざわつく。
「何を言っとるんだ！」
篠岡が声を荒らげた。中丸の顔からも笑みが消える。
《後援会長が何をしたんですか！》
《このたび、彼が振り込め詐欺グループを組織していたことが発覚しました》
根岸は言い切った。
篠岡と中丸は色を失った。
会場内は、《爆弾発言だ！》とか《すぐにデスクに連絡を！》といった報道陣たちの声が飛び交い、騒然となっていた。
《詳細は、今からお配りするプリントに記してあります。後ほど、ご確認ください。私の与《あずか》り知らぬところで行なわれていたこととはいえ、弱者救済を標榜している私の関係者が、事もあろうに庶民のなけなしの金銭を騙し取る卑劣な犯罪に手を染めていたことは看過しがたい事態です。私は被害に遭われた方、ひいては国民への謝罪の意

味を込めて、引退することを決意しました。申し訳ございませんでした》

根岸が深々と頭を下げ、机に額を擦りつける。

会場内はさらに騒然となった。

「これはこれは……まいりましたね」

中丸はやおらソファーを立った。

「どこへ行く」

篠岡が中丸を睨む。

「いえね。まさか、篠岡さんがそんな真似をしているとは思いませんでした。そんな方と行動を共にすることはできませんのでね。失礼しますよ」

ドアへ向かおうとする。

「待て！」

篠岡は立ち上がった。中丸の前に回り込み、胸ぐらをつかんで引き寄せる。

「ちょっと近いなあ。暴力はやめてくださいよ」

中丸は顔を背けた。

「私にすべての罪をなすりつけようとしても無駄だ。私が捕まれば、すべてを洗いざらい話すぞ」

「すべてというのは、私の名前を使って、三好君と結託したことですか？」

「なんだと……？」

篠岡が気色ばんだ。

「彼も純粋に見せかけて、食えない青年でしたね。まさか、こんな利用のされ方をするとは思いませんでした。今後、NPOへの肩入れは慎重にしようかと」

「そんなシナリオが通用するとでも思っているのか！」

篠岡は中丸を突き飛ばした。

中丸がソファーに尻餅をつく。

「だから、暴力はやめてください」

中丸は涼しい顔で言い、襟元を整えた。

「逮捕されたら、弁護は請け負いますよ。ただし、破格になりますけどね」

中丸がせせら笑う。

「この、小僧が……」

篠岡はこめかみに血管を浮かせ、拳を震わせた。

突然、ドアが開いた。刑事課長と警官隊が部屋になだれ込む。

「中丸孝次朗、篠岡喜美治。詐欺および組織的犯罪処罰法違反の容疑で逮捕する」

刑事課長が逮捕令状を呈示した。

警官隊が篠岡と中丸を取り囲む。篠岡は色を失い、そのまま手錠をかけられた。

が、中丸は立ち上がり、両手を挙げた。

「ちょっと待て。僕には覚えのない話だ。ここで強行すれば、不当逮捕として、僕はあなた方を訴えなければならない」

「大峰以下、リーダー格はすべて逮捕した。石橋も生きているぞ。全員の証言は取れている。逮捕しろ！」

中丸の腕を下ろさせる。警察官が手錠をかけた。

「僕は無罪を主張する。そもそも、潜入捜査は日本の法律では認められていない。君たちの集めてきた証拠はすべて無効だ。僕は徹底して争うぞ」

「言いたいことがあれば、署で聞こう。連れていけ」

刑事課長が言った。

「無罪を勝ち取った暁には、君たち全員を葬ってやる」

中丸がつい口走る。

「今の言質《げんち》を取ってくれ。脅迫罪だ」

刑事課長が微笑んだ。

中丸は奥歯を嚙み、警察官に連れ出された。

田宮たちUSTメンバー四人は、ホテルのロビーの隅で、連行される篠岡や中丸を見つめていた。

互いに顔を見合わせ、微笑む。

「根岸に会見場で暴露させたのは、谷内さんの演出ですか？」

田宮は谷内を見た。

「いや、座長の演出だよ。最後は華がなきゃいけないなんて言うものでね。それで私が出向いて根岸と打ち合わせ、この会見となった」

「座長らしいな」

田宮が笑う。

「俺がかっぱいだ金はどうしました？」

「全部被害者に返却したよ。吉沢君が民家で見つけた金もね」

谷内が言った。

「終わりよければ、ＯＫね。撤収しましょうか」

舞衣子が白い歯を見せた。

「主演、一言ください」

吉沢が言った。

田宮はうなずいた。ポケットから懐中時計を取り出す。新見から取り返した日比の時計だ。

「本日、午後十二時五十分をもって、長期公演終了です。お疲れ様でした。今回も皆さんに支えられ、無事公演を終えることができました。また機会があれば、このメンバーでもっといい舞台を作りましょう。では、これより——」

言葉を溜める。

「打ち上げだ！」

田宮は満面の笑みを浮かべ、右腕を突き上げた。

エピローグ

田宮は〈つつみんシアター〉の稽古場のドアをそっと開けた。

「あの……ご無沙汰しています」

蚊の鳴くような小声で声をかける。

「あ、田宮君！」

真っ先に認めてくれたのは、桜井由里子だった。頭にイルカの帽子を被り、真っ青なレオタードを着ている。どうやら、今取り組んでいるのは、海をテーマにした演目のようだ。

由里子が田宮に駆け寄った。チュチュが揺れる。その姿は妖精のようだった。

「今回は長かったのね」

「はい。すみませんです」

田宮に微笑む者もいれば、ため息をつく者、鼻で笑う者もいる。それでも、目の前にある由里子の笑顔に触れるだけで至福だった。

「ちょっと痩せた？」

「いや、そうでも……」

腹をさする。

田宮はすっかり、元のぽっちゃり体型に戻っていた。歯も入れ替えている。どこにも犬塚の面影はない。

「由里子！　稽古中だ！」

津々見の怒鳴り声が飛んだ。

「あとでゆっくり話そうね」

由里子は小声で言い、中央に戻っていく。

田宮は役者たちの中央で踊るように動き、淀みなく台詞を口にする由里子に見とれた。

俗世に戻ってきたという実感が湧いてくる。

ＮＰＯや弁護士事務所、政治家の後援会が絡んだ振り込め詐欺組織の事件は、世の中を震撼させた。マスコミ報道も過熱している。

が、田宮にとって、この事件はオーナーを逮捕した時点で終わっている。自分が関わった事件でありながら、どこか傍観者として眺めている自分がいた。

仕事を終えた後は、いつもこんな気分になる。ＵＳＴの主役を張っていたこと自体が幻に思えることもある。

どこか世間の中でふわりと浮いた存在になっている自分を現実に戻してくれるのは、いつも、桜井由里子と〈つつみんシアター〉の仲間たちだった。

田宮は、パイプ椅子に仰け反って座り、演出をしている津々見におそるおそる近づいた。

「はい、わかめ！　もっと揺れる！」

「あの……」

「サメ！　もっと速く動け！　サメがそんなにのろまなわけねえだろうが、ばかやろう！　少しは考えろ！」

津々見は怒鳴り、持っていたメガホンを役者に投げつけた。

田宮はびくっとして身を竦めた。

「あのお……」

再び声をかける。

津々見は眉間に皺を立て、ぎろりと田宮を睨んだ。上から下まで何度も舐め回すように見る。

田宮は蒼くなって、肩をすぼめ、うつむいた。

「ウミウシ」

「はい？」

「ウミウシをやれと言ってんだ。早く入れ！」

「ありがとうございます！」

田宮は満面の笑みを見せた。

由里子が微笑みをくれる。

田宮はうなずいて、端の方へ走り、突っ立った。

「田宮！」

「はい！」

「海の中でぼーっと突っ立ってるウミウシがどこにいるんだ、ばかやろう！」

ライターが飛んでくる。

ライターは田宮の額に当たった。顔を押さえてうずくまる。

「田宮君、大丈夫？」

由里子が駆け寄ろうとする。

「由里子、続きだ！　田宮！　飲み物買ってこい！」

津々見の怒鳴り声が稽古場に響いた。

田宮は顔を上げた。

やっと、戻ってきたなあ……。

額をさする田宮の口元に笑みがこぼれる。

田宮は、津々見から金を受け取り、稽古場を出た。近所のコンビニエンスストアへ向かう。

中へ入る。客もまばらな店内では、店員が運ばれてきた商品の出し入れをしていた。飲み物を取ろうとするが、冷蔵ケースの前にプラスチックケースが積み上がっている。

「あの、ドリンク取りたいんですけど」

「あ、すみません！」

店員が振り向いた。

田宮は、息を呑んだ。

日比だった。日比は慣れない所作でケースを動かそうとする。田宮は手伝った。

「すみません。入ったばかりなもので」

日比は恐縮しきりだ。

変わらないな。田宮は微笑んだ。

ケースから飲み物を取って、カゴに入れる。レジへ運ぶと、日比がレジに戻ってきた。

おぼつかない手つきで会計を済ませる。

「千五百円になります」

日比に言われ、田宮は財布を出した。払いを済ませ、商品を受け取る。

「あ、そうだ。店先で、日比さんという方にこれを渡してほしいと頼まれたんですが」

田宮は懐中時計を差し出した。

「これ……」

日比が目を見開く。

「ケンさん！」

日比は店を飛び出した。周囲を見渡すが、犬塚らしき男性はいない。

田宮が店を出る。日比が駆け寄った。

「これを渡した人はどちらに？」

「さあ……。頼まれただけなので」

会釈し、背を向ける。

がんばれよ。

田宮は、背中に感じる気配にエールを送り、稽古場へ戻っていった。

「小説現代」二〇一四年四月号から十月号に連載されたものを改題加筆修正。

（この作品はフィクションですので、登場する人物、団体は
実在するいかなる個人、団体とも関係ありません。）

|著者|矢月秀作　1964年、兵庫県生まれ。文芸誌の編集を経て、1994年に『冗舌な死者』で作家デビュー。ハードアクションを中心にさまざまな作品を手掛ける。シリーズ作品でも知られ「もぐら」、「D１」、「リンクス」、「警視庁公安０課　カミカゼ」などのシリーズを発表している。「ＡＣＴ　警視庁特別潜入捜査班」シリーズは、『ＡＣＴ２　告発者』『ＡＣＴ３　掠奪』と続編が刊行され、大人気シリーズとなっている。その他の著書に『スティングス　特例捜査班』『サイドキック』『光芒』『フィードバック』『刑事学校』などがある。

ＡＣＴ《アクト》　警視庁特別潜入捜査班《けいしちょうとくべつせんにゅうそうさはん》

矢月秀作《やづきしゅうさく》

© Shusaku Yaduki 2015

2015年１月15日第１刷発行
2019年５月24日第４刷発行

発行者——渡瀬昌彦
発行所——株式会社　講談社
東京都文京区音羽2-12-21　〒112-8001
電話　出版（03）5395-3510
　　　販売（03）5395-5817
　　　業務（03）5395-3615

Printed in Japan

講談社文庫

定価はカバーに
表示してあります

デザイン—菊地信義
本文データ制作—講談社デジタル製作
印刷———大日本印刷株式会社
製本———株式会社国宝社

落丁本・乱丁本は購入書店名を明記のうえ、小社業務あてにお送りください。送料は小社負担にてお取替えします。なお、この本の内容についてのお問い合わせは講談社文庫あてにお願いいたします。

本書のコピー、スキャン、デジタル化等の無断複製は著作権法上での例外を除き禁じられています。本書を代行業者等の第三者に依頼してスキャンやデジタル化することはたとえ個人や家庭内の利用でも著作権法違反です。

ISBN978-4-06-277990-6

講談社文庫刊行の辞

二十一世紀の到来を目睫に望みながら、われわれはいま、人類史上かつて例を見ない巨大な転換期をむかえようとしている。

世界も、日本も、激動の予兆に対する期待とおののきを内に蔵して、未知の時代に歩み入ろうとしている。このときにあたり、創業の人野間清治の「ナショナル・エデュケイター」への志を現代に甦らせようと意図して、われわれはここに古今の文芸作品はいうまでもなく、ひろく人文・社会・自然の諸科学から東西の名著を網羅する、新しい綜合文庫の発刊を決意した。

激動の転換期はまた断絶の時代である。われわれは戦後二十五年間の出版文化のありかたへの深い反省をこめて、この断絶の時代にあえて人間的な持続を求めようとする。いたずらに浮薄な商業主義のあだ花を追い求めることなく、長期にわたって良書に生命をあたえようとつとめるところにしか、今後の出版文化の真の繁栄はあり得ないと信じるからである。

同時にわれわれはこの綜合文庫の刊行を通じて、人文・社会・自然の諸科学が、結局人間の学にほかならないことを立証しようと願っている。かつて知識とは、「汝自身を知る」ことにつきていた。現代社会の瑣末な情報の氾濫のなかから、力強い知識の源泉を掘り起し、技術文明のただなかに、生きた人間の姿を復活させること。それこそわれわれの切なる希求である。

われわれは権威に盲従せず、俗流に媚びることなく、渾然一体となって日本の「草の根」をかたちづくる若く新しい世代の人々に、心をこめてこの新しい綜合文庫をおくり届けたい。それは知識の泉であるとともに感受性のふるさとであり、もっとも有機的に組織され、社会に開かれた万人のための大学をめざしている。大方の支援と協力を衷心より切望してやまない。

一九七一年七月

野間省一

百田尚樹　海賊とよばれた男(上)(下)
ヒキタクニオ　東京ボイス
平田オリザ　十六歳のオリザの冒険をしるす本
平田オリザ　幕が上がる
ビッグイシュー　枝元なほみ　世界一あたたかい人生相談
久生十蘭　久生十蘭「従軍日記」
東　直子　さようなら窓
東　直子　らいほうさんの場所
東　直子　トマト・ケチャップ・ス
樋口明雄　ミッドナイト・ラン！
樋口明雄　ドッグ・ラン！
平谷美樹　居留地同心・凌之介秘帳　小倫敦の幽霊
蛭田亜紗子　人肌ショコラリキュール
樋口卓治　ボクの妻と結婚してください。
樋口卓治　続・ボクの妻と結婚してください。
樋口卓治　もう一度、お父さんと呼んでくれ。
樋口卓治　「ファミリーラブストーリー」
平山夢明　どたんばたん(土壇場譚)〈大江戸怪談〉
平山夢明　魂《たま》豆《どう》腐《ふ》〈大江戸怪談どたんばたん(土壇場譚)〉

東川篤哉　純喫茶「一服堂」の四季
東山彰良　流《りゅう》
樋口直哉　偏差値68の目玉焼き〈星ヶ丘高校料理部〉
平田研也　小さな恋のうた
藤沢周平　新装版　春秋の檻〈獄医立花登手控え(一)〉
藤沢周平　新装版　風雪の檻〈獄医立花登手控え(二)〉
藤沢周平　新装版　愛憎の檻〈獄医立花登手控え(三)〉
藤沢周平　新装版　人間の檻〈獄医立花登手控え(四)〉
藤沢周平　新装版　闇の歯車
藤沢周平　新装版　市塵(上)(下)
藤沢周平　新装版　決闘の辻
藤沢周平　新装版　雪明かり
藤沢周平　義民が駆ける〈レジェンド歴史時代小説〉
藤沢周平　喜多川歌麿女絵草紙
藤沢周平　闇の梯子
藤沢周平　長門守の陰謀
船戸与一　新装版　カルナヴァル戦記
藤田宜永　樹下の想い
藤田宜永　艶《つや》めき

藤田宜永　流砂
藤田宜永　子宮の記憶〈ここにあなたがいる〉
藤田宜永　乱調
藤田宜永　壁画修復師
藤田宜永　前夜のものがたり
藤田宜永　戦力外通告
藤田宜永　いつかは恋を
藤田宜永　喜の行列　悲の行列(上)(下)
藤田宜永　老猿
藤田宜永　女系の総督
藤　水名子　紅嵐記(上)(中)(下)
藤原伊織　テロリストのパラソル
藤原伊織　蚊トンボ白鬚の冒険(上)(下)
藤原伊織　遊戯
藤田紘一郎　笑うカイチュウ
藤本ひとみ　新・三銃士　少年編・青年編〈ダルタニャンとミラディ〉
藤本ひとみ　皇妃エリザベート
福井晴敏　Twelve《トゥエルブ》　Y.O.《ワイオー》
福井晴敏　亡国のイージス(上)(下)

講談社文庫　目録

福井晴敏　川の深さは
福井晴敏　終戦のローレライ I～IV
福井晴敏　6ステイン
福井晴敏　平成関東大震災〈いつか来るとは知っていたが今日来るとは思わなかった〉
福井晴敏　人類資金1～7
福井晴敏　限定版 人類資金7
福井晴敏作 霜月かよ子画　C-blossom《シーブロッサム》〈case《ケース》729〉
藤原緋沙子　遠花火〈見届け人秋月伊織事件帖〉
藤原緋沙子　春《はる》疾風《はやて》〈見届け人秋月伊織事件帖〉
藤原緋沙子　暖《ぬく》め鳥《どり》〈見届け人秋月伊織事件帖〉
藤原緋沙子　霧の路《みち》〈見届け人秋月伊織事件帖〉
藤原緋沙子　鳴《なる》子《こ》守《もり》〈見届け人秋月伊織事件帖〉
藤原緋沙子　夏ほたる〈見届け人秋月伊織事件帖〉
藤原緋沙子　笛吹川〈見届け人秋月伊織事件帖〉
藤原緋沙子　青《せい》嵐《らん》〈見届け人秋月伊織事件帖〉
椹野道流　禅定の弓〈鬼籍通覧〉
椹野道流　亡羊の嘆〈鬼籍通覧〉
福田和也　悪女の美食術
深水黎一郎　トスカの接吻〈オペラ・ミステリオーザ〉
深水黎一郎　ジークフリートの剣《つるぎ》
深水黎一郎　言霊《ことだま》たちの反乱
深水黎一郎　世界で一つだけの殺し方
深水黎一郎　ミステリー・アリーナ
深水黎一郎　倒叙の四季〈破られた完全犯罪〉
深見　真　硝煙の向こう側に彼女〈武装強行犯捜査・塚田志士子〉
深町秋生　ダウン・バイ・ロー
古市憲寿　働き方は「自分」で決める
船瀬俊介　かんたん「1日1食」!!〈万病が治る！ 20歳若返る！〉
二上　剛　黒薔薇 刑事課強行犯係 神木恭子
二上　剛　ダーク・リバー〈暴力犯係長 葛城みずき〉
藤野可織　おはなしして子ちゃん
古野まほろ　身元不明《ジェーン・ドゥ》〈特殊殺人対策官 箱崎ひかり〉
藤崎　翔　時間を止めてみたんだが
藤井邦夫　大江戸閻《えん》魔《ま》帳《ちょう》
辺見　庸　抵抗論
星　新一　エヌ氏の遊園地
星　新一編　ショートショートの広場①～⑨
本田靖春　不当逮捕
保阪正康　昭和史七つの謎
保阪正康　昭和史七つの謎 Part2
保阪正康　天皇〈「君主」の父、「民主」の子〉
保坂和志　未明の闘争(上)(下)
堀江敏幸　熊の敷石
堀江敏幸　燃焼のための習作
本格ミステリ作家クラブ編　珍しい物語のつくり方〈本格短編ベスト・セレクション〉
本格ミステリ作家クラブ編　法廷ジャックの心理学〈本格短編ベスト・セレクション〉
本格ミステリ作家クラブ編　凍れる女神の秘密〈本格短編ベスト・セレクション〉
本格ミステリ作家クラブ編　からくり伝言少女〈本格短編ベスト・セレクション〉
本格ミステリ作家クラブ編　探偵の殺される夜〈本格短編ベスト・セレクション〉
本格ミステリ作家クラブ編　墓守刑事の昔語り〈本格短編ベスト・セレクション〉
本格ミステリ作家クラブ編　子ども狼ゼミナール〈本格短編ベスト・セレクション〉
本格ミステリ作家クラブ編　ベスト本格ミステリTOP5〈短編傑作選001〉
本格ミステリ作家クラブ編　ベスト本格ミステリTOP5〈短編傑作選002〉
星野智幸　毒身
星野智幸　われら猫の子
星野智幸　夜は終わらない(上)(下)
本田靖春　我、拗ね者として生涯を閉ず(上)(下)

丸谷才一　恋と女の日本文学
丸谷才一　輝く日の宮
麻耶雄嵩　翼ある闇〈メルカトル鮎最後の事件〉
麻耶雄嵩　夏と冬の奏鳴曲《ソナタ》
麻耶雄嵩　メルカトルかく語りき
麻耶雄嵩　神様ゲーム
松浪和夫　警官魂〈激震篇〉〈反撃篇〉
松井今朝子　仲蔵狂乱
松井今朝子　奴《やっこ》の小万《こまん》と呼ばれた女
松井今朝子　似《に》せ者《もん》
松井今朝子　そろそろ旅に
松井今朝子　星と輝き花と咲き
町田　康　へらへらぼっちゃん
町田　康　つるつるの壺
町田　康　耳そぎ饅頭
町田　康　権現の踊り子
町田　康　浄土
町田　康　猫にかまけて
町田　康　猫のあしあと

町田　康　猫とあほんだら
町田　康　猫のよびごえ
町田　康　真実真正日記
町田　康　宿屋めぐり
町田　康　人間小唄
町田　康　スピンク日記
町田　康　スピンク合財帖
町田　康　スピンクの壺
舞城王太郎　煙か土か食い物〈Smoke, Soil or Sacrifices〉
舞城王太郎　世界は密室でできている。〈THE WORLD IS MADE OUT OF CLOSED ROOMS〉
舞城王太郎　好き好き大好き超愛してる。
舞城王太郎　イキルキス
舞城王太郎　短篇五芒星
松浦寿輝　花腐《くた》し
松浦寿輝　あやめ鰈ひかがみ
真山　仁　虚像の砦
真山　仁　新装版ハゲタカ(上)(下)
真山　仁　新装版ハゲタカII(上)(下)
真山　仁　レッドゾーン(上)(下)

真山　仁　グリード(上)(下)〈ハゲタカIV〉
真山　仁　ハーディ(上)(下)〈ハゲタカ2・5〉
真山　仁　スパイラル〈ハゲタカ4・5〉
真山　仁　そして、星の輝く夜がくる
牧　秀彦　裂《れっ》帛《ぱく》〈五坪道場一手指南〉
牧　秀彦　凜《りん》々《りん》〈五坪道場一手指南〉
牧　秀彦　雄《ゆう》飛《ひ》〈五坪道場一手指南〉
牧　秀彦　清《せい》冽《れつ》〈五坪道場一手指南〉
牧　秀彦　美《び》剣《けん》〈五坪道場一手指南〉
真梨幸子　孤《こ》虫《ちゅう》症《しょう》
真梨幸子　深く深く、砂に埋めて
真梨幸子　女ともだち
真梨幸子　クロク、ヌレ！
真梨幸子　えんじ色心中
真梨幸子　カンタベリー・テイルズ
真梨幸子　イヤミス短篇集
真梨幸子　人生相談。
牧野修　巴亮介漫画原作　ミュージアム〈公式ノベライズ〉
松本裕士　兄弟〈追憶のhide〉

円居　挽　丸太町ルヴォワール
円居　挽　烏丸ルヴォワール
円居　挽　今出川ルヴォワール
円居　挽　河原町ルヴォワール
松宮　宏　さくらんぼ同盟
丸山天寿　琅《ろう》邪《や》の鬼
丸山天寿　琅《ろう》邪《や》の虎
町山智浩　アメリカ格差ウォーズ 99%対1%
松岡圭祐　探偵の探偵
松岡圭祐　探偵の探偵II
松岡圭祐　探偵の探偵III
松岡圭祐　探偵の探偵IV
松岡圭祐　水鏡推理
松岡圭祐　水鏡推理II〈インパクトファクター〉
松岡圭祐　水鏡推理III〈パレイドリア・フェイス〉
松岡圭祐　水鏡推理IV〈アノマリー〉
松岡圭祐　水鏡推理V〈ニュークリアフュージョン〉
松岡圭祐　水鏡推理VI〈クロノスタシス〉
松岡圭祐　探偵の鑑定I

松岡圭祐　探偵の鑑定II
松岡圭祐　万能鑑定士Qの最終巻〈ムンクの〈叫び〉〉
松岡圭祐　黄砂の籠城(上)(下)
松岡圭祐　シャーロック・ホームズ対伊藤博文
松岡圭祐　八月十五日に吹く風
松岡圭祐　生きている理由
松岡圭祐　黄砂の進撃
松岡圭祐　瑕《か》疵《し》借り
松島泰勝　琉球独立宣言〈実現可能な五つの方法〉
松原　始　カラスの教科書
益田ミリ　五年前の忘れ物
マキタスポーツ　一億総ツッコミ時代〈決定版〉
三好　徹　政・財 腐蝕の100年
三浦綾子　ひつじが丘
三浦綾子　岩に立つ
三浦綾子　青い棘《とげ》
三浦綾子　イエス・キリストの生涯
三浦綾子　愛すること信ずること
三浦明博　滅びのモノクローム

宮尾登美子　新装版天璋院篤姫(上)(下)
宮尾登美子　新装版 一絃の琴
宮尾登美子　東福門院和子《まさこ》の涙(上)(下)〈レジェンド歴史時代小説〉
皆川博子　クロコダイル路地
宮本　輝　ひとたびはポプラに臥す1～6
宮本　輝　骸骨ビルの庭(上)(下)
宮本　輝　新装版二十歳《はたち》の火影《ほかげ》
宮本　輝　新装版命の器
宮本　輝　新装版避暑地の猫
宮本　輝　新装版ここに地終わり 海始まる(上)(下)
宮本　輝　新装版花の降る午後(上)(下)
宮本　輝　新装版オレンジの壺(上)(下)
宮本　輝　にぎやかな天地(上)(下)
宮本　輝　新装版朝の歓び(上)(下)
宮城谷昌光　侠骨記
宮城谷昌光　花の歳月
宮城谷昌光　夏姫春秋(上)(下)
宮城谷昌光　重《ちょう》耳《じ》(全三冊)
宮城谷昌光　介《かい》子《し》推《すい》

深木章子《みきあきこ》　鬼畜の家
深木章子　衣更月《きさらぎ》家の一族
深木章子　螺旋《らせん》の底
深志《みゆき》美由紀　美食の報酬
三木笙子　百年の記憶〈哀しみを刻む石〉
湊かなえ　リバース
宮内悠介　彼女がエスパーだったころ
宮乃崎桜子《みやのさきさくらこ》　綺羅《きら》の皇女《ひめみこ》(1)
宮乃崎桜子　綺羅の皇女(2)
村上　龍　海の向こうで戦争が始まる
村上　龍　走れ！タカハシ
村上　龍　愛と幻想のファシズム(上)(下)
村上　龍　超電導ナイトクラブ
村上　龍　イビサ
村上　龍　音楽の海岸
村上　龍　村上龍料理小説集
村上　龍　村上龍映画小説集
村上　龍　ストレンジ・デイズ
村上　龍　共生虫
村上　龍　新装版 限りなく透明に近いブルー
村上　龍　新装版 コインロッカー・ベイビーズ
村上　龍　歌うクジラ(上)(下)
向田邦子　新装版 眠る盃
向田邦子　新装版 夜中の薔薇
村上春樹　風の歌を聴け
村上春樹　1973年のピンボール
村上春樹　羊をめぐる冒険(上)(下)
村上春樹　カンガルー日和
村上春樹　回転木馬のデッド・ヒート
村上春樹　ノルウェイの森(上)(下)
村上春樹　ダンス・ダンス・ダンス(上)(下)
村上春樹　遠い太鼓
村上春樹　国境の南、太陽の西
村上春樹　やがて哀しき外国語
村上春樹　アンダーグラウンド
村上春樹　スプートニクの恋人
村上春樹　アフターダーク
村上春樹 佐々木マキ絵　羊男のクリスマス
村上春樹 佐々木マキ絵　ふしぎな図書館
村上春樹 糸井重里　夢で会いましょう
村上春樹・文 安西水丸・絵　ふわふわ
U・K・ルグウィン 村上春樹訳　空飛び猫
U・K・ルグウィン 村上春樹訳　帰ってきた空飛び猫
U・K・ルグウィン 村上春樹訳　素晴らしいアレキサンダーと、空飛び猫たち
U・K・ルグウィン 村上春樹訳　空を駆けるジェーン
T・ファリッシュ著 B・ルート絵 村上春樹訳　ポテト・スープが大好きな猫
群ようこ　濃い人々〈いとしの作中人物たち〉
群ようこ　いいわけ劇場
群ようこ　浮世道場
群ようこ　馬琴の嫁
村山由佳　すべての雲は銀の…(上)(下)
村山由佳　永遠。
村山由佳　天翔る
室井　滋　うまうまノート
室井　滋　気になり飯《めし》〈うまうまノート②〉
睦月影郎　平成好色一代男 和装セレブ妻の香り
睦月影郎　新・平成好色一代男 元部下のOL

睦月影郎　新・平成好色一代男 隣人と。女子アナと。
睦月影郎　帰ってきた平成好色一代男 一の巻
睦月影郎　平成好色一代男 占女《せんにょ》楽天編
睦月影郎　帰ってきた平成好色一代男 完結編
睦月影郎　武家娘〈明暦江戸隠密控〉
睦月影郎　密通妻
睦月影郎　姫《ひめ》遊《なそび》
睦月影郎　肌《はだ》褥《しとね》
睦月影郎　影《かげ》舞《まい》
睦月影郎　傀儡《くぐつ》舞《まい》
睦月影郎　とろり蜜姫・掛け乞い〈睦月影郎傑作選〉
睦月影郎　卒業一九七四年
睦月影郎　初夏一九七四年
睦月影郎　快楽のグルメ
睦月影郎　快楽のリベンジ
睦月影郎　快楽ハラスメント
向井万起男　渡る世間は「数字」だらけ
向井万起男　謎の1セント硬貨〈真実は細部に宿る in USA〉
村田沙耶香　授乳
村田沙耶香　マウス
村田沙耶香　星が吸う水
村田沙耶香　殺人出産
村瀬秀信　気がつけばチェーン店ばかりでメシを食べている
室積光　ツボ押しの達人
室積光　ツボ押しの達人 下山編
森村誠一　悪道
森村誠一　悪道 西国謀反
森村誠一　悪道 御三家の刺客
森村誠一　悪道 五右衛門の復讐
森村誠一　ミッドウェイ
森村誠一　棟居刑事の復讐
森村誠一　日蝕の断層
森村誠一　ねこの証明
森詠　吉原首代 左助始末帳
毛利恒之　月光の夏
森博嗣　すべてがFになる〈THE PERFECT INSIDER〉
森博嗣　冷たい密室と博士たち〈DOCTORS IN ISOLATED ROOM〉
森博嗣　笑わない数学者〈MATHEMATICAL GOODBYE〉
森博嗣　詩的私的ジャック〈JACK THE POETICAL PRIVATE〉
森博嗣　封印再度〈WHO INSIDE〉
森博嗣　幻惑の死と使途〈ILLUSION ACTS LIKE MAGIC〉
森博嗣　夏のレプリカ〈REPLACEABLE SUMMER〉
森博嗣　今はもうない〈SWITCH BACK〉
森博嗣　数奇にして模型〈NUMERICAL MODELS〉
森博嗣　有限と微小のパン〈THE PERFECT OUTSIDER〉
森博嗣　黒猫の三角〈Delta in the Darkness〉
森博嗣　人形式モナリザ〈Shape of Things Human〉
森博嗣　月は幽咽のデバイス〈The Sound Walks When the Moon Talks〉
森博嗣　夢・出逢い・魔性〈You May Die in My Show〉
森博嗣　魔剣天翔〈Cockpit on knife Edge〉
森博嗣　恋恋蓮歩の演習〈A Sea of Deceits〉
森博嗣　六人の超音波科学者〈Six Supersonic Scientists〉
森博嗣　捩れ屋敷の利鈍〈The Riddle in Torsional Nest〉
森博嗣　朽ちる散る落ちる〈Rot off and Drop away〉
森博嗣　赤緑黒白〈Red Green Black and White〉
森博嗣　四季 春～冬
森博嗣　φ《ファイ》は壊れたね〈PATH CONNECTED φ BROKE〉

講談社文庫　目録

森 博嗣　θ《シータ》は遊んでくれたよ〈ANOTHER PLAYMATE θ〉
森 博嗣　τ《タウ》になるまで待って〈PLEASE STAY UNTIL τ〉
森 博嗣　ε《イプシロン》に誓って〈SWEARING ON SOLEMN ε〉
森 博嗣　λ《ラムダ》に歯がない〈λ HAS NO TEETH〉
森 博嗣　η《イータ》なのに夢のよう〈DREAMILY IN SPITE OF η〉
森 博嗣　目薬α《アルファ》で殺菌します〈DISINFECTANT α FOR THE EYES〉
森 博嗣　ジグβ《ベータ》は神ですか〈JIG β KNOWS HEAVEN〉
森 博嗣　キウイγ《ガンマ》は時計仕掛け〈KIWI γ IN CLOCKWORK〉
森 博嗣　イナイ×イナイ〈PEEKABOO〉
森 博嗣　キラレ×キラレ〈CUTTHROAT〉
森 博嗣　タカイ×タカイ〈CRUCIFIXION〉
森 博嗣　ムカシ×ムカシ〈REMINISCENCE〉
森 博嗣　サイタ×サイタ〈EXPLOSIVE〉
森 博嗣　女王の百年密室〈GOD SAVE THE QUEEN〉
森 博嗣　迷宮百年の睡魔〈LABYRINTH IN ARM OF MORPHEUS〉
森 博嗣　赤目姫の潮解〈LADY SCARLET EYES AND HER DELIQUESCENCE〉
森 博嗣　まどろみ消去〈MISSING UNDER THE MISTLETOE〉
森 博嗣　地球儀のスライス〈A SLICE OF TERRESTRIAL GLOBE〉
森 博嗣　今夜はパラシュート博物館へ〈THE LAST DIVE TO PARACHUTE MUSEUM〉

森 博嗣　虚空の逆マトリクス〈INVERSE OF VOID MATRIX〉
森 博嗣　レタス・フライ〈Lettuce Fry〉
森 博嗣　僕は秋子に借りがある I'm in Debt to Akiko〈森博嗣自選短編集〉
森 博嗣　どちらかが魔女 Which is the Witch?〈森博嗣シリーズ短編集〉
森 博嗣　探偵伯爵と僕〈His name is Earl〉
森 博嗣　銀河不動産の超越〈Transcendence of Ginga Estate Agency〉
森 博嗣　喜嶋先生の静かな世界〈The Silent World of Dr. Kishima〉
森 博嗣　実験的経験〈Experimental experience〉
森 博嗣　そして二人だけになった〈Until Death Do Us Part〉
森 博嗣　つぶやきのクリーム〈The cream of the notes〉
森 博嗣　つぼやきのテリーヌ〈The cream of the notes 2〉
森 博嗣　つぼねのカトリーヌ〈The cream of the notes 3〉
森 博嗣　ツンドラモンスーン〈The cream of the notes 4〉
森 博嗣　つぼみ茸《きのこ》ムース〈The cream of the notes 5〉
森 博嗣　つぶさにミルフィーユ〈The cream of the notes 6〉
森 博嗣　月夜のサラサーテ〈The cream of the notes 7〉
森 博嗣　森博嗣のミステリィ工作室
森 博嗣　100人の森博嗣〈100 MORI Hiroshies〉
森 博嗣　アイソパラメトリック

森 博嗣　悠悠おもちゃライフ
森 博嗣　君の夢 僕の思考〈You will dream while I think〉
森 博嗣　議論の余地しかない〈A Space under Discussion〉
森 博嗣　的を射る言葉〈Gathering the Pointed Wits〉
森 博嗣　森博嗣の半熟セミナ 博士、質問があります！
森 博嗣　DOG&DOLL
森 博嗣　TRUCK&TROLL
森 博嗣 ささきすばる 絵　悪戯王子と猫の物語
森 博嗣 土屋賢二　人間は考えるFになる
諸田玲子　鬼あざみ
諸田玲子　笠《かさ》雲《ぐも》
諸田玲子　からくり乱れ蝶
諸田玲子　其《そ》の一《いち》日《にち》
諸田玲子　末世炎上
諸田玲子　昔《せき》日《じつ》より
諸田玲子　日《にち》月《げつ》めぐる
諸田玲子　天女湯おれん 春色恋ぐるい
森 達也　「自分の子どもが殺されても同じことが言えるのか」と叫ぶ人に訊きたい
森 達也　すべての戦争は自衛から始まる

本谷有希子　腑抜けども、悲しみの愛を見せろ
本谷有希子　江利子と絶対 〈本谷有希子文学大全集〉
本谷有希子　あの子の考えることは変
本谷有希子　嵐のピクニック
本谷有希子　自分を好きになる方法
本谷有希子　異類婚姻譚
茂木健一郎　「赤毛のアン」に学ぶ幸福《しあわせ》になる方法
茂木健一郎　セレンディピティの時代 〈偶然の幸運に出会う方法〉
茂木健一郎　漱石に学ぶ心の平安を得る方法
茂木健一郎　東京藝大物語
茂木健一郎 with ダイアログ・イン・ザ・ダーク　まっくらな中での対話
森川智喜　キャットフード
森川智喜　スノーホワイト
森川智喜　踊る人形
森川智喜　一つ屋根の下の探偵たち
森　繁和　参謀
森　晶麿　ホテルモーリスの危険なおもてなし
森　晶麿　恋路ヶ島サービスエリアとその夜の獣たち
森　晶麿　M博士の比類なき実験
森林原人　セックス幸福論 〈偏差値78のAV男優が考える〉
山岡荘八　新装版 小説太平洋戦争 全6巻
山田風太郎　甲賀忍法帖 〈山田風太郎忍法帖①〉
山田風太郎　伊賀忍法帖 〈山田風太郎忍法帖③〉
山田風太郎　忍法八犬伝 〈山田風太郎忍法帖④〉
山田風太郎　魔界転生 (上)(下) 〈山田風太郎忍法帖⑥⑦〉
山田風太郎　風来忍法帖 〈山田風太郎忍法帖⑪〉
山田風太郎　新装版戦中派不戦日記
山田詠美　晩年の子供
山田詠美　熱血ポンちゃんが来りて笛を吹く
山田詠美　日はまた熱血ポンちゃん
山田詠美　A《エイ》2《トゥ》Z《ズィ》
山田詠美　ジェントルマン
山田詠美　珠玉の短編
山田詠美／ピーコ　ファッション ファッショ
山田詠美／ピーコ　ファッション ファッショ 〈マインド編〉
山田詠美／高橋源一郎　顰蹙文学カフェ
柳家小三治　ま・く・ら
柳家小三治　もひとつ ま・く・ら
柳家小三治　バ・イ・ク
山口雅也　垂里冴子のお見合いと推理
山口雅也　続・垂里冴子のお見合いと推理
山口雅也　垂里冴子のお見合いと推理 vol.3
山口雅也　PLAYプレイ
山口雅也　モンスターズ
山口雅也　古城駅の奥の奥
山本一力　深川黄表紙掛取り帖
山本一力　牡丹酒 〈深川黄表紙掛取り帖㈡〉
山本一力　ワシントンハイツの旋風《かぜ》
山本一力　ジョン・マン1 波濤編
山本一力　ジョン・マン2 大洋編
山本一力　ジョン・マン3 望郷編
山本一力　ジョン・マン4 青雲編
椰月美智子　十二歳
椰月美智子　しずかな日々
椰月美智子　みきわめ検定
椰月美智子　ガミガミ女とスーダラ男
椰月美智子　市立第二中学校2年C組 〈10月19日月曜日〉

2019年3月15日現在